Maria Matios

Mitternachtsblüte

Roman

Aus dem Ukrainischen von
Maria Weissenböck

Im Andenken an meinen Vater
Wasyl Onufrijowytsch Matios
(05.11.1934–18.07.2013)

MIX
Papier aus verantwortungsvollen Quellen
FSC® C017859

Auflage:
4 3 2 1
2018 2017 2016 2015

HAYMON verlag
Innsbruck-Wien
www.haymonverlag.at

ISBN 978-3-7099-7163-5

Umschlag- und Buchgestaltung nach Entwürfen von
hœretzeder grafische gestaltung, Scheffau/Tirol
Umschlag: hœretzeder grafische gestaltung, Scheffau/Tirol
unter Verwendung einer Abbildung von spacejunkie/photocase.de
Satz: Da-TeX Gerd Blumenstein, Leipzig

Gedruckt auf umweltfreundlichem,
chlor- und säurefrei gebleichtem Papier.

Verzeiht ...
Denn ich verzeihe.
Allen und alles.
Doch ich erinnere.
Alle und alles.
Und ich will Wahrheit,
denn ohne Wahrheit geht es nicht.
Denn es gibt kein Zuviel an
Wahrheit, Reue und Vergebung.

Maria Matios

... Iwanka ist auf dem Heimweg aus dem Teufelsgraben, als sich über ihrem Kopf die Sterne zu Dutzenden ausstreuen und der Mond – makellos rund, wie Mutters Bauch gerade – faul in die Mitte des Himmels kriecht, ohne die silbrige Straße, auf der die Tschumaken heute noch Salz bringen, und die vereinzelten Wolkenschwärme zu streifen, die gemächlich dahinziehen und einander liebkosen, wie Milchfohlen einander liebkosen und lecken, wenn sie auf die Weide oberhalb des tosenden Schwarzen Flusses getrieben werden.

Obwohl es schon spät und auch ein wenig unheimlich ist, stellt Iwanka den Eimer mit Milch und den Korb mit Beeren auf dem Weg ab, springt los, fröhlich quietschend, als wollte sie jemanden fangen; dann verwandelt sie sich mit einem Mal in eine Mohnblume, legt den Kopf in den Nacken und bewegt sich langsam, Schritt für Schritt, rückwärts.

Nein, nein, ein Kind, das eine Mutter hat, darf nicht rückwärts gehen! Das sagt die Moskowiterin Seweryna immer: Die Mutter könnte vor der Zeit sterben, wenn ihr Kind gern mit dem Rücken voran geht. „Denk daran, solange du ein Kind bist, Iwanka, denn wenn du erwachsen bist, willst du sowieso nicht mehr rückwärts gehen!“, rief die Moskowiterin Iwanka jedes Mal in Erinnerung, wenn diese ihr Milch brachte.

Ganz langsam dreht Iwanka sich um, schleichend, fast in der Hocke, als wollte sie eine Katze am Schwanz packen. Iwanka spielt aber nicht, sie will ihren Schatten im Mondlicht sehen. Der Mond ist heute so groß. So hell. So wohlgenährt. Aber er wirft keinen Schatten. Oje, was für ein Unglück ...

Einmal hat Iwanka in der Scheune mit bloßen Händen eine Ratte gefangen, als die sich an die frisch geschlüpften Küken heranmachte. Und Iwanka hat sich nicht gescheut, den schwarzen Rattenschwanz mit zitternden Händen zu halten. Und jetzt das ... Sie kann ihren Schatten nicht fangen.

Iwanka würde gern ihren Mondschatten fangen. Dann hätte sie nie wieder Angst. Das hat vor langem die Moskowiterin gesagt. Und Oma Warwara, als sie noch lebte. Aber die Großmutter hat auch gesagt, dass niemand, keine Menschenseele im Dorf, nicht einmal der Herr Pfarrer Onufrij, der mit Gott spricht, wenn er will, der alles weiß und alles kann, dass niemand jemals den eigenen Schatten im vollen Mond gesehen hat.

Irgendwo auf der Erde soll es Menschen geben, die ihrem Mondschatten begegnet sind und sich vor nichts mehr im Leben fürchten. Aber hier gibt es die nicht. Warum, weiß niemand.

Iwanka seufzt, legt wieder den Kopf in den Nacken und schaut lange und aufmerksam zu den hellen Himmelsstreitwagen hinauf, die Sternennebel auf die Erde schleudern, als wollten sie Iwanka ein geheimes Zeichen im schwarzen Wald geben – ein schreckliches, schweigsames und gleichzeitig wohlriechendes Zeichen.

Wegen des prächtigen Sternenhimmels und der ungewöhnlichen Hitze an diesem Juniabend kommt Iwanka zu spät nach Hause, wofür sie vom Vater sicher Schläge bekommen wird, der immer sagt: „Trödel nicht herum!“, „Los, los, im Schweinsgalopp!“

Aber wozu jetzt überstürzt losrennen? Die Oma hat ihr gelernt, *gesetzt* zu gehen – würdevoll, ohne Eile, damit die Leute Zeit haben dich anzuschauen und damit du die Leute mit deiner Hast nicht erschreckst. „Der Gang sagt einem, der Augen hat und denken kann, sehr viel“, sprach sie. Großmutter Warwara redete viel, über Gott und die Welt. Und sie schimpfte nie mit Iwanka. Nicht wie der Vater: „Los, los, im Schweinsgalopp!“

Doch nicht einmal die bittere Erinnerung an die väterlichen Strafen, wenn sie für einen versehentlichen Ungehorsam auf Maiskörnern in der Ecke knien oder die schmerzhaften Schläge auf den eigenen Hintern laut zählen musste, konnten das Kind dazu bringen, den Blick vom kugelrunden Mond am Himmel loszureißen. Auf dem Mond stehen zwei Brüder mit Mistgabeln, Aug in Aug, bereit, einander jeden Moment den Bauch aufzustechen.

Iwanka schaudert beim Gedanken an den Streit im Hof ihrer nächsten Nachbarn kürzlich, der Risuns. Worum sich die Brüder dabei gestritten haben, weiß Iwanka nicht, oder hat es vor Schreck vergessen. Sie weiß nur, dass sie sich, die Mistgabeln über dem Kopf erhoben, wie wilde Stiere aufeinander zubewegt haben, als wollten sie ihre Geschicklichkeit messen und herausfinden, welcher Bruder zuerst dem anderen den Leib durchbohren kann.

Zorniges Gebrüll erfüllte den Nachbarhof, bis zum blutigen Zusammenstoß fehlte nicht viel, als Iwanka plötzlich in ihrem Hof loskreischte.

Sie kreischte, als würde sie selbst gleich aufgespießt werden.

Als spürte sie bereits die kalten Zinken auf ihrer Haut.

Da hielten die Brüder inne, verwirrt vom Kindergeschrei oder erstaunt über die eigene Dummheit. Und sie ließen ihre einfachen Waffen sinken, die im nächsten Moment den Bauch des anderen bis zum Rückgrat durchbohrt hätten.

Jetzt schaut Iwanka zum Mond und denkt, dass die himmlischen Brüder, die Mondbrüder, dass Kain und Abel zorniger sind, als Mychail und Wasyl es damals waren. Einen Augenblick noch und ihr Blut würde als rote Beeren vom Himmel fallen. Vielleicht aber fließt es schon und spritzt ihr gleich ins Gesicht?

Sie schließt die Augen und stellt sich vor, wie das Blut des verwundeten Abel vom Mond auf die Erde tropft, und sie will die zornigen Brüder irgendwie trennen. Und wenn es nur mit einem Schrei ist, wie bei den Risun-Brüdern.

Worum kämpfen sie auf dem Mond so wütend? Und worum auf der Erde? Kann man sie nicht mit Worten versöhnen? Und wer könnte das?

Iwanka stellt sich auf die Zehenspitzen, hebt die Hände zum Himmel, als versuchte sie das rasende Paar zu erreichen. Sie spürt, wie stark ihre dünnen Arme werden und wie laut ihr Herz schlägt, fast ist es im ganzen Wald zu hören. Den Schrei aber hält sie in der Kehle zurück: Was, wenn sie jemand hört? Sie beißt sich auf die Zunge. Und reckt die Arme nach oben.

Doch der kleine Kopf malt weiter ein schreckliches Bild an die Wand: Nachdem sie durch Iwankas Hände getrennt worden sind, nimmt sich jeder Bruder sein Stück des Mondes mit. Die runde Schönheit bricht auseinander und ihre beiden Teile irren am Himmel umher; Iwanka versucht sie von der Erde aus zu vereinen, wieder zusammenzufügen ...

Denn wie sollen die Menschen ohne Mond leben, ohne diese feine Sichel, ohne diese Kugel rund wie eine Melone? Bei Vollmond könnte sie Beeren sammeln, würde Mama es nur erlauben. Und in der Nacht vor dem Iwan-Kupala-Fest eine Farnblüte suchen. Juhu, nur noch drei Wochen bis Kupala. Da wird Iwanka wieder richtig ausgelassen sein im Mondschein.

Das Kind seufzt. Fast so, wie die Großmutter geseufzt hat: tief und kurz. Und blickt zum Mond. Nein, das geht nicht, dass zwei Brüder einander so hassen. Die Leute erfinden allerlei Geschichten über die beiden, um den Kindern zänkischer Familien Angst einzujagen. Im Dorf gibt es viele zänkische Menschen. Wieso? Weiß der Teufel. Iwanka zerbricht sich darüber nicht den Kopf. Sie mag Streit nicht. Sie mag Denken. Aber so, dass es niemand bemerkt.

Doch wenn sich die Brüder auf dem Mond nicht um Grund und Boden streiten, wieso wird der Mond dann von Zeit zu Zeit kleiner? Wieso schrumpft er mir nichts dir nichts vor unseren Augen weg? Die Vorstellung, es könnte plötzlich Mondstückchen regnen, ist furchtbar.

Vielleicht hat Sofijka Dronjakowa ihr doch die Wahrheit gesagt, als sie erzählte, dass da nicht Brüder, sondern Wölfe auf dem Mond leben und so lange an ihm nagen, bis von ihm nur noch ein schmaler Rest übrig ist? Der Mond schwächelt dann eine Zeit, nimmt anschließend wieder zu und am Ende nagen die Wölfe an einem neuen Mondbauch. Und so bis zum Tod.

Bis zu wessen Tod versteht Iwanka allerdings nicht, bis zum Mondtod oder bis zum Wolfstod: Dass Wölfe einmal sterben wie Menschen, das weiß sie. Aber kann der Mond sterben?

Sie ist völlig verwirrt. Und sie denkt nicht gern an Wölfe auf dem Mond.

Wieso sollten sich die Wölfe bis zum Mond durchschlagen, wenn es ringsherum so viel Wald gibt? Lauft bis zum Umfallen, schlaft unter einer Fichte oder einer Buche, stehlt euch ein fettes Schaf aus der Herde, aber beißt euch die Zähne doch nicht am Mondgestein aus. Die Wölfe, sagte Sofijka zu Iwanka, klettern auf den Mond, wenn die Menschen nicht hinschauen, und dann geschehen diese schrecklichen Dinge.

Der Gedanke an Kain und Abel ohne Mistgabeln ist ihr lieber, aber immer noch furchterregend. Irgendwie sind ja auch sie auf den Mond gekommen. Und leben dort. Und sehen alles von oben. Und streiten außerdem aus irgendeinem Grund. Anstatt zu spielen. Sie haben ja Zeit.

Sie müssen ja nicht jeden Morgen und jeden Abend in den Teufelsgraben um Milch gehen.

Sie müssen nicht Unkraut jäten.

Sie müssen die jüngeren Geschwister nicht hüten.

Aber es geht ihnen dort oben nicht gut.

Was sind das nur für Menschen?

Auf der Erde ist es nicht gut.

Auf dem Mond auch nicht.

Wo aber ist es dann gut?

Hier, in dem ringsum dunkel gewordenen Wald, der voll von Geräuschen ist, wo hinter jedem Baum der Waldgeist Tschuhajster hervorguckt und wenn nicht der Waldgeist, dann eine eifersüchtige Teufelin. Hier geht es Iwanka fast gut. Aber wegen diesem Kain und diesem Abel, und dann noch mit Mistgabeln, endet ihre abendliche Mondbeschau beinah in Tränen.

Warum nur hat Oma ihr die angsteinflößende Brudermordgeschichte erzählt, und warum hat Iwanka sie sich bis ins kleinste, ja allerkleinste Detail gemerkt, diese Geschichte, die sich, wie Iwanka schien, früher oder später am Abendhimmel ereignen musste? Und ganz bestimmt vor ihren Augen.

Warum erzählen alte Menschen Kindern Geschichten, die Angst einjagen?

So vieles hat ihr die Oma immer wieder erzählt – Schreckliches und Lustiges –, doch an die Geschichte von der Himmelsfeindschaft zweier Brüder kann sich Iwanka am besten erinnern, und die Geschichte nagt an ihr, denn sie versteht nicht, warum es auf der Welt so sein kann. Die Welt ist doch fröhlich und schön!

Um die lästigen Gedanken an den zerteilten Mond zu vertreiben, denkt Iwanka an ihre eigenen Brüder und warme Freude erfüllt ihre Brust: Mit Mistgabeln aufeinander losgehen? Nein, das würde es bei ihnen nicht geben.

Aber ganz so ist es auch nicht: Ihre Brüder sind Schelme. Richtige Schelme sogar. Es kommt vor, dass Iwanka ihre schmächtigen Hinterteile vor Vaters Rute oder Peitsche retten muss. In Wahrheit hätten sie die Strafe ja verdient. Wie war das damals im Winter? Im Teufelsgraben, wo Großvater Iwans Haus auf dem abschüssigen Hang der Sonne zulächelt, glitzerte der Schnee im Licht wie das mit Dachsspeck gefettete Krähenhaar des Trembitaspielers Ostap.

Der Schnee glitzerte.

Die Sonne schien.

Im Haus des Großvaters waren keine Erwachsenen.

Semen, Fedus und Stefko hatten sich einen spaßigen Zeitvertreib ausgedacht: Sie holten die Speckstreifen, die in Fässern eingelegt werden sollten, aus dem Holztrog, legten sie auf den Boden und machten sich mit dem Trog auf zur nahen Anhöhe.

Vom Vorhaus aus konnte Iwanka gut beobachten, wie lustig der alte, kerbige Trog mit den drei jauchzenden Jungen darin den steilen, schneebedeckten Hang hinuntersauste und dann auf dünnen Schultern wieder und wieder auf die kleine Anhöhe hinaufgetragen wurde. So ging es, bis Noahs Küchenarche in

Teile zersprang, entweder unter der Last der drei Jungen, oder weil sie gegen den Stamm eines einsamen Haselbaums prallte, der da im Weg stand.

Da schrie Iwanka auf und schlug die Hände zusammen: „He ihr, dafür gibt's heute Schläge! Dafür gibt's sicher Schläge!“

Und vermutlich würde Vaters Gürtel am Abend wirklich über die Rücken der Jungen wandern: Im Trog hatte Mutter Brotteig gemacht, im Trog war frisch Geschlachtetes mariniert, waren Dörrpflaumen aufbewahrt worden ... Und wer weiß, wozu der Großvater den uralten Trog noch gebraucht hatte, wenn er alleine war. Und nun das!

Am Abend versuchte Iwanka die Hände des Vaters festzuhalten und flehte ihn an, die Brüder nicht zu schlagen, und sie – drei triefende Rotznasen – wischten sich mit den Ärmeln die Tränen weg und bissen bei jedem Schlag mit dem Gürtel die Zähne zusammen: Bei den Borsuks durften die Kinder nicht weinen, wenn sie vom Vater bestraft wurden.

Die Geschichte mit dem Trog ging vorbei und es folgten neue Abenteuer. Fast bei jedem kam Vaters Gürtel ins Spiel. Die Brüder liebten einander wie kleine Wolken am Abendhimmel. Und auch auf Iwanka passten sie stets gut auf.

Es wäre aber schön zu wissen, wie es dort ist, am Himmel ...

Hätte sie nur eine Leiter, könnte sie heimlich hinaufklettern und schauen, was da oben los ist,

und über die Wolken wie über frischgemähtes Gras gehen,

und von oben auf den Wald und die Jungpferde auf der Weide hinabschauen, und die schlimmen Brüder mit erhobenem Finger schelten, die Äpfel abreißen – ganz grüne, und noch dazu vor Apfel-Erntedank zum Fest der Verklärung des Herrn –, ja, das wäre fein!

Aber so eine lange, richtig lange Leiter, die bis zum Himmel reicht, hat niemand im Dorf. Danylo Danyschtschuk hat dort, wo er sein Holz lagert, immer eine ganz lange Leiter liegen, auf der wohl das halbe Dorf Platz fände. Aber die Leiter reicht trotzdem nur bis zum Dach von Danyschtschuks Rutenberg mit dem Heu. Iwanka ist einmal hinaufgeklettert, als Danylo die Leiter dort stehen gelassen hat.

Vom Dach des Rutenbergs hatte man einen ähnlichen Blick auf die Erde wie von der Erde selbst:

Unten scharrten die Hühner im Beet,
Äpfel lagen im Gras,
eine Ziege sprang am Pflaumenbaum hoch,
aber bis zum Himmel war es noch sehr weit.

Doch wenn sie Danylos Leiter gemeinsam mit den Brüdern an den Runden Berg lehnen würde, der mit seinem Bauch den Dorfausgang versperrt! Und noch eine zweite lange Leiter daran befestigen würde, dann könnte es gerade reichen.

Aber bis zum Runden Berg war es weit, um die Leiter dorthinzuschaffen, musste man stark sein. Und Iwanka war noch klein. Sie war nicht so stark.

Iwanka bat den Nachbarsjungen Sisjo Klugman um Hilfe. Der überlegte lange, ohne seine blauen, ja tiefblauen Augen von ihr abzuwenden. Dann rief er einen anderen, etwas älteren, ärmlichen Bengel aus der Nachbarschaft herbei, Jakow Kapetuter.

Jakow hörte sich an, was die beiden zu sagen hatten, und legte den Zeigefinger an die Lippen.

Er schwieg.

Er schaute durch den Zaun zu Danyschtschuks Leiter hinüber.

Er schüttelte den Kopf: „Nein, Iwanka, das klappt nicht."

Dann maß Sisjo die Leiter mit den Augen ab.

„Nein, das wird nichts. Und euer lieber Gott könnte uns dafür bestrafen, Iwanka. Man darf nicht zum lieben Gott in den Himmel schauen, der liebe Gott holt in den Himmel, wen *Er* will."

„Woher weißt du das, Sisjo?"

„Von der Mutter."

Iwanka seufzte, „und mir hat die Mutter gesagt, dass man den lieben Gott im Himmel nicht stören darf, und dass der liebe Gott im Himmel nie schläft und alles sieht, alles weiß, denn der liebe Gott schließt niemals die Augen und hört nie auf zu denken. Der liebe Gott aber denkt anders als die Menschen, hat die Mutter gesagt. Und die Menschen hätten gern, dass der liebe Gott so denkt wie sie."

„Iwanka, dann weiß der liebe Gott also, dass du gerade zu ihm in den Himmel hinaufwolltest und uns um Hilfe gebeten hast?"

„Nein, Jakow, ich wollte nicht zum lieben Gott, ich wollte schauen, was am Himmel los ist, und dann vom Himmel auf unser Dorf und auf die Berge herunterschauen."

„Am Himmel ist nichts, Iwanka. Was soll es dort geben? Dort sind nur der Mond und die Sonne."

„Du hast keine Ahnung, Jakow. Am Himmel wohnen die Sonne, der Mond, die Sterne, die Wolken, der Regen, Tag und Nacht, im Himmel wohnen finstere Mächte, die Seelen der Verstorbenen, Engel, die den Lebenden mit den Flügeln zuwinken. Viele wohnen dort oben. Ich würde mich gern bei ihnen umsehen."

„Was redest du da, Iwanka?“

„Was denn? Ich würde mir den Mond aus der Nähe anschauen. Kain und Abel vielleicht versöhnen. Na ja, wenigstens würde ich ihnen die Mistgabeln wegnehmen. Und außerdem könnte ich vom Himmel aus sehen, wo auf der Erde ein Farn blüht und wo das Gold von Dowbusch vergraben ist. Jakow, ich würde von oben die Kippa auf deinem Kopf mit den Augen streicheln!“

„Reicht es dir nicht, dass du meine Kippa jetzt und auch sonst jederzeit angreifen kannst?“

„Wieso soll ich sie angreifen ... Ich streichle besser deine lockigen Locken. Sie sehen aus wie Schustergarn bei dir, Jakow.“

„Und bei mir, Iwanka?“

„Du hast keine Locken, Sisjo. Du hast Flachshaar, sagt unsere Mama.“

„Also, werden wir die Leiter jetzt nicht zum Runden Berg tragen?“

„Nein. Vielleicht kommt der Himmel einmal auf die Erde und dann gehe ich zwischen den Sternen und Engeln spazieren.“

„Was auch immer du sagst, Iwanka-Lachomanka – ich muss lachen.“

„Lach nur, Sisjo, lach, solange es noch zum Lachen ist, sagt unsere Mama. Und außerdem sagt sie, dass Zeiten kommen könnten, in denen uns nicht mehr zum Lachen sein wird.“

„Was weiß deine Mutter schon, Iwanka? Wie sollte uns einmal nicht mehr zum Lachen sein?“

„Lach nur Jakow, lach: Das Wasser fließt den Berg hinauf!“

Da lacht Jakow ohne Grund.

Iwanka nimmt die Maultrommel zwischen die Zähne.

Sisjo zieht die Telenka aus seinem Hosenbund.

Jakow unterbricht sein grundloses Lachen augenblicklich.

„Du dummer Goj! Die Telenka ist nicht unser Instrument. Vater hat es dir gesagt!“

„Und wo sind unsere Instrumente, Jakow?“

„Frag den Vater, er sagt es dir.“

„Sisjo, Sisjo, zeig mir deinen Schiss-Po ...“

„Jakow schaut nach und sagt es dir, Iwanka!“

Alle drei lachen, halten sich die Bäuche.

Wieso, weiß keiner.

... **Iwanka seufzt wieder:** Schade, dass sie damals nicht versucht haben, Danylos Leiter an den Runden Berg zu lehnen ...

Doch jetzt ist Iwanka schon größer. Jetzt schämt sie sich, den Nachbarsjungen zu sagen, dass sie auch als großes Mädchen noch zwischen den Wolken spazieren gehen will.

Wenn Iwanka mit Milch aus dem Teufelsgraben zurückkehrt und die Welt um sie herum in dichten Nebel gehüllt ist, schwebt sie mit geschlossenen Augen langsam durch den weißen Schaum und denkt, dass sie inmitten der Wolken geht.

Mit einem Ruck bleibt sie stehen, wo sie gerade ist. Während sie den Atem so lange anhält, dass ihr fast schwindelig wird, wippt sie mit seitlich ausgebreiteten Armen langsam von den Fersen auf die Zehen, atmet dann geräuschvoll aus und beginnt leise, aber sehr deutlich zu flüstern: „Hörst du mich, lieber Gott, zeig mir, wo du wohnst! Ich verrate es niemandem, lieber Gott. Und bring mich zu Kain und Abel. Ich will sie versöhnen. Ich mag es nicht, wenn Brüder sich schlagen, da habe ich Angst. Lieber Gott, zeig mir den Weg. Die anderen sehen im Nebel nicht, wohin du mich führst. Und ich verrate es niemandem. Erhöre mich doch, lieber Gott!"

Iwanka spricht lange und leidenschaftlich mit sich selbst und presst dabei ihre gefalteten Hände gegen die Brust, einen Moment lang hält sie inne, als würde sie lauschen, aber um sie herum herrscht die tiefe Morgenstille des noch schläfrigen Waldes, die nur gelegentlich vom fernen, dumpfen Läuten einer Kuhglocke oder von noch fernerem Hundegebell aus einem Weiler hinter den Hügeln gestört wird. Innerhalb von Sekunden verzweifacht, verdreifacht sich das Gebell und die fernen, im Nebel nicht erkennbaren Weiler scheinen Iwanka zu umzingeln, mitsamt ihren Hunden und den rauen Stimmen ihrer Herren, die das Vieh mit Rufen und Peitschenknallen antreiben. Und dem verzauberten Kind ist, als würde es in einem weißen, feuchten Hemd auf dem Weg zum Himmelstor stehen.

Der wattige Nebel durchdringt lautlos den zitternden Körper, durchspült das feuchte Haar, er durchströmt Iwanka ohne anzuhalten oder langsamer zu werden, als wollte er dem Kind tatsächlich den Weg dorthin bereiten, wohin alle Leitern des Dorfes zusammen nicht reichen.

Da bekommt sie Angst: Was ist, wenn der liebe Gott das Himmelstor öffnet und Iwanka sich plötzlich auf dem Mond wiederfindet?

Hilfe!

Wer sagt Mama und Papa dann, dass ihre Iwanka nicht von irgendeinem Schattenwesen vom Weg abgebracht wurde, sondern dass bloß der liebe Gott sie in den Himmel hineingelassen hat?

Und wird sie Mut genug haben, sich zwischen die Mistgabeln der zerstrittenen Brüder zu stellen? In ihrem rasenden Zorn könnten Kain und Abel Iwanka aufspießen, bevor sie erkannt hätten, dass sie gekommen ist, um die Brüder zu versöhnen. Wenn Menschen streiten, denken sie nicht an andere.

Aber vielleicht sind die Himmelsbrüder gar nicht zerstritten? Vielleicht behaupten das die Menschen auf der Erde nur? Die Menschen auf der Erde streiten gern miteinander, und sie schimpfen gerne mit anderen.

Der Nachbar von Iwankas Eltern, Danylo Danyschtschuk, beginnt jedes Mal einen schrecklichen Streit mit seiner Frau, wenn der Nachbar Strynada ihren Hof betritt.

Iwanka weiß jedoch, dass es kein echter Streit ist: Die Danyschtschuks wollen nicht, dass Hawrylo sich etwas aus ihrem Schuppen ausleiht. Einmal hörte sie Danylos Frau Anna zu Danylo sagen: „Wenn Hawrylo in unser Haus kommt, schrei mich an, so laut du kannst, vielleicht will er sich dann nicht unsere Haue ausborgen. Soll er doch zum alten Scherf in die Kooperative gehen und sich dort eine kaufen."

Vielleicht haben auch Kain und Abel am Himmel unechten Streit ... aber wieso so lange, und noch dazu mit Mistgabeln ...

Iwanka bekreuzigt sich: Warum, zum Teufel, denkt sie wieder an die Mondfeindschaft? Was für eine Nacht plötzlich über sie hereingebrochen ist, was für eine feindliche Dunkelheit über den Wipfeln liegt; und bis zum Dorf ist es noch weit, sehr weit.

Iwanka schüttelt das Himmelsbild von sich ab und lässt ihren Blick über die spitzen Gipfel der umliegenden Berge wandern. Sie kommen aus allen Richtungen näher, wie die Opryschky in Großmutters Erzählung, als wollten sie Iwanka vor ihrer Angst beschützen.

Alles Mögliche hat Iwanka gefürchtet, aber Berge und Wälder noch nie. Sie ist ganze Tage lang wie ein Grashüpfer-Mädchen zwischen fröhlichen Blumen und hohen Gräsern herumgesprungen, hat den Morgentau von tintenblauen Glöckchen oder schneeweißem Dost geschlagen; sie hat einen Trichter aus ihren Händen geformt und ohne Angst in endlose Brombeergeflechte oder zwischen dünne Haselstämme hineingerufen. Die Angst hat sie auch dann nicht eingeholt, wenn der schwarze Wald nur mehr mit Wolfsgeheul zu ihr sprach.

Doch mit einem Mal war die Zeit der Kühnheit, in der die nächtlichen Geräusche freundlich in ihren

Ohren raunten, Zweige unter ihren Füßen knackten und trockenes Buchenlaub raschelte, vorüber. Seit kurzem fürchtet Iwanka sich am meisten vor der Dunkelheit. Die schwarze Nacht spricht nun mit hässlichen, furchteinflößenden Stimmen zu ihr, mit dem Rauschen der Bäche, die aussehen wie Hexenhaarsträhnen, mit den Rufen krummschnäbeliger Eulen – die Nacht jagt ihr mit dem Rascheln von Igeln Angst ein, mit den Schatten lang verstorbener Menschen und unbekannter Vampire.

Wäre nicht dieser nächtliche Schreck gewesen, der Iwanka krank und ängstlich gemacht hat, würde sie auch jetzt auf sommerlichen Pfaden nach Heilpflanzen suchen, am eifrigsten aber nach einer Farnblüte, die ihr Kräfte verleihen würde, wie sie ihr Urgroßvater Nykyfir gehabt hat oder die Moskowiterin Seweryna immer noch hat.

Hätte ihr doch jemand verraten, welchen Pfad man entlangschleichen muss, um plötzlich auf einen Farn mit ungeöffneter Blüte zu stoßen, die sich an Iwan Kupala genau um Mitternacht öffnen würde!

Iwanka weiß von der Moskowiterin, dass es nahezu unmöglich ist, einen Farn beim Aufblühen zu beobachten und die Blüte dann ihrem teuflischen Hüter zu stehlen. Vielleicht hat die Moskowiterin deshalb solche Kräfte, weil sie einst in den Besitz einer Mitternachtsblüte gekommen ist?

Nicht einmal Iwanka erzählt sie davon, denn es ist ein Geheimnis, von dem niemand auf der Welt erfahren darf.

Aber die Moskowiterin ist nett, sie hat ihr beigebracht, wie man dem Teufel die Zauberblüte abnimmt. Und wenn Iwanka alt, oder zumindest so alt wie Seweryna ist, wird sie sich trauen, mit einem geweihten

Messer in den nächtlichen Wald zu gehen und ein besticktes Tuch um den Farn herum auszubreiten, auf dem die Mutter bereits zwölf Mal Osterbrot weihen ließ.

Das Ostertuch der Borsuks lag immer an ein und demselben Ort, ganz unten in Großmutters Truhe, die unter dem Bild mit der Muttergottes stand. Den Schlüssel der Truhe bewahrte Mama in der obersten Schublade der Holzkredenz auf, im großen Zimmer, dem für die Gäste ...

Und würde das Tuch schließlich um die Farnpflanze gelegt sein, müsste Iwanka mit dem Messer zwölf Mal einen Kreis um das Tuch beschreiben, dann das Messer mit geweihtem Wasser beträufeln und zu beten beginnen.

Sie kennt unzählige Gebete. Und könnte alle nacheinander herunterbeten.

Aber nein. Für so einen Anlass würde Iwanka ihr liebstes, ihr tägliches Gebet zu Jesus Christus wählen, das Oma Warwara selbst erfunden und Iwanka beigebracht hat:

„Herr Jesus Christus! Ich kann dich weder um ein Kreuz noch um Freude bitten. Ich stehe vor dir, und mein Herz ist offen nur für dich. Mein Vater Jesus Christus! Du kennst meine Sünden und kennst meine Nöte, die ich selbst nicht kenne. Richte über mich mit Gnade und nach deinem Willen. Aber schenke mir ein Wort des Glaubens, Vater! Und bitte für mich. Amen."

Und obwohl Iwanka wenig von Großmutters Gebet versteht, würde sie Jesus Christus zehn Mal am Tag bitten, und er würde wissen, dass sie auf ein Wunder wartet, auf eine Farnblüte zu Mitternacht.

Während sie in ihrem, mit dem geweihten Messer gezogenen Kreis stehen und Jesus ohne Unterbrechung anrufen würde, kämen verführerische Teufel zu ihr: wie sich schlängelnde Nattern; würden Steine nach ihr werfen, mit Gewehren auf sie schießen und wie Hunde bellen.

Aber Iwanka würde die Farnpflanze nicht aus dem Blick lassen, nicht atmen und sich nicht vor den Schreckgestalten fürchten. Seweryna hat ihr beigebracht, dass die Teufel nur außerhalb des geweihten Kreises Macht haben. Sie würde den Kreis um nichts in der Welt verlassen und ein Gebet nach dem anderen sprechen, denn sie kennt unzählige; und um Mitternacht würde die heiße Blüte der Farnpflanze einen Augenblick lang vor Iwankas Augen aufflammen und anschließend auf das ausgebreitete Ostertuch fallen.

Oh nein, Iwanka würde keine Zeit verschwenden. Schnell würde sie Mutters weites Hemd, das sie in weiser Voraussicht angezogen hat, öffnen und den Schatz an ihrer Brust verbergen.

Nein, nein ... Sie würde es anders machen: Mit dem geweihten Messer würde sie flink einen Schnitt in ihre linke Handfläche machen und die Blüte darin verstecken.

Danach würde sie durch den Wald laufen, ohne sich umzuschauen und ohne Angst zu haben vor dem, was zwischen ihren Füßen kreucht und fleucht, ohne Angst vor dem Wolfsgeheul und all dem, was sich der Teufel sonst noch einfallen lässt.

... Aber mit der Zeit schwindet Iwankas Hoffnung auf eine Farnblüte.

Seit letztem Sommer liebäugelt sie mit anderen Pflanzen, die auch um Mitternacht ihre allmächtige Zauberblüte entfalten.

Denn es gibt eine weniger geheime Pflanze in ihren Wäldern – *Marienschuh* heißt sie –, die ebenso wie der Farn ihre Zauberkraft nur an denjenigen weitergibt, der ihr Aufblühen miterlebt. Schon vor ihrer Krankheit hat Iwanka an den Tagen vor Iwan Kupala manchmal zwischen den dichten Almkräutern nach den rosaroten Blütenköpfen gesucht.

Warum hatte sie nicht früher daran gedacht? Oma Warwara hat einmal gesagt: Das ist so ein Kraut! So ein Kraut mit einer Blüte, die ein eisernes Sensenblatt zerschellen lässt, wenn der Bauer sie im Gras erwischt. Und wenn man gemähtes Gras ins Wasser wirft, schwimmt alles mit der Strömung, nur der *Marienschuh* schwimmt dagegen, solche Kräfte hat er. Kräfte gegen das Böse und gegen Krankheiten. Aber nur wenige Menschen machen Jagd auf diese Blüte, alle wollen die Farnblüte.

Oh, vielleicht ist er das ja? Gleich am Wegrand, der blasse, unscheinbare *Marienschuh*, der Iwanka so ins Auge sticht. Vielleicht will er wirklich unter die Haut ihrer kleinen Handfläche gelangen?

Ohne nachzudenken schlitzt Iwanka in einer schnellen Bewegung mit dem Pilzmesser die dünne Haut ihrer linken Handfläche auf, verschmiert vor Schmerzen das Blut und drückt dann ein rosarotes, fast durchsichtiges Blütenblatt in die Wunde; sie presst die Hand zu einer Faust zusammen und stürmt, so schnell sie kann und ohne sich noch einmal umzusehen, den Pfad entlang nach Hause, damit der Teufel sie nicht einholen und ihr die allmächtige Blüte wieder wegnehmen kann ...

Die angeschwollene, verletzte Handfläche juckt und brennt, doch damit niemand etwas bemerkt, öffnet Iwanka die Hand zu Hause nur heimlich hinter der Scheune und blickt ohne mit der Wimper zu zucken auf den schlampigen, vereiterten Schnitt.

Es wäre gut zu wissen, was für Schuhe die Muttergottes da trägt, die mehr Macht haben als Gebete? Die Eltern erlauben Iwanka nur an Ostern, Mariä Geburt, Mariä Schutz und Fürbitte und an Dimitrios (wenn noch kein Schnee liegt) beim Kirchgang ihre hübschen Schuhe zu tragen, doch die Gottesmutter hat wahrscheinlich besondere Schuhe, die sie das ganze Jahr über tragen kann, denn wieso sollte sie sonst im Sommer, wenn alles blüht, Schuhe tragen?

Iwanka sitzt mucksmäuschenstill im Klettengestrüpp hinter der Jauchegrube und wartet, bis niemand im Haus ist, dann geht sie leise ins Zimmer, wo die Wand zwischen den beiden Fenstern fast vollständig mit Ikonen behängt ist. In der Mitte, zwischen Jesus und dem heiligen Nikolaus, prangt ein Bild der Gottesmutter.

Die Gottesmutter blickt sanft und etwas traurig, mit gesenkten Lidern auf Iwanka herab, und dem Kind scheint, als würde das goldene Tuch aus Brokatstoff auf ihren Schultern ein wenig zittern, und als würde sich der winzige Jesus in ihren Armen fester an die mütterliche Brust drücken – auch er schaut Iwanka mit großen traurigen Augen an.

Iwanka macht einen Schritt zurück, hin zur Tür. Sie betrachtet die Bilder aus der Ferne. Und alle Heiligen folgen ihr gleichzeitig mit den Augen.

Ihre Blicke sind aus irgendeinem Grund düster.

Die Gesichter unbeweglich.

Die Lippen fest aufeinandergepresst.

Nur die Muttergottes scheint der verzauberten Iwanka leicht zuzulächeln.

Das Kind vergisst einen Moment lang sogar ihre Hand. Die unschuldigen Augen gleiten über die Ikone.

Was?!

Wieso hat die Muttergottes auf der Ikone weder Füße noch Schuhe?

Kann sie bloßfüßig unter Leute gehen?

Iwankas Vater und auch ihre Mutter gehen nie barfuß unter Leute und auch die Kinder lassen sie barfuß nicht hinaus, damit die Leute nicht sagen können, dass sie arm sind und keine Schuhe haben. Barfuß gehen dürfen sie nur auf den eigenen Gemüsebeeten und im Hof. Die Stiefel aller Borsuks liegen in einem Regal in der Kammer, unter dem Balken mit Kleidern, bedeckt mit zerriebener Minze und Haselblättern vermischt mit Kornblumen, damit sich im Wollfutter und im Pelz keine Motten einnisten.

Und die Opanken sind im Vorhaus aufgereiht: von den kleineren bis zu Vaters großen.

Aber das eine sind doch die Menschen, und das andere ist die Muttergottes! Wo hat sie ihre Schuhe gelassen?! Wie kann sie mit Jesus auf dem Arm bloßfüßig unter Leute gehen? Iwanka macht noch einen Schritt in Richtung Tür. Fast stößt sie mit den Schultern gegen den Türrahmen.

Doch keiner der Heiligen auf den Ikonen hat Füße und Schuhe.

Das Kind erstarrt: Warum hat sie nie darüber nachgedacht?

Dann schlägt sie sich mit der gesunden Hand auf die Stirn: Wie kann denn die Muttergottes Schuhe anhaben, wenn sie ihre Schuhe für die Menschen im Wald zurückgelassen, sie in wundertätige Blumen verwandelt hat, damit jemand sie findet und ungeahnte Kräfte erlangt!

Und sie, Iwanka Borsuk, Tochter des Pawlo, hat vor ein paar Tagen diese rosa Blüten, leicht wie Federn, gepflückt, und vielleicht geht die Kraft der Blüten schon jetzt in ihr Blut über und in ein, zwei Tagen ist sie so stark, dass sie Bäume ausreißen könnte, zum Wohl der Menschen.

Die Oma hat einmal gesagt, dass bei den Menschen alles vergeht, nur Gut und Böse bleibt.

Aber wie soll man wissen, was gut und was böse ist.

Gemeinsam mit ihrem Bruder Semen hat Iwanka den Boden mit Schmalz eingefettet, damit er glänzt, und sie dachten, es sei gut, aber der Vater schlug sie wegen dem Schmalz und sagte, dass sie etwas Böses getan hätten ...

Iwanka bekreuzigt sich drei Mal, verbeugt sich vor den Ikonen bis zum Boden und geht leise hinaus in den Vorraum, und sie spürt, wie ihre Hand schmerzt.

Sie würde es Mama ja sagen, aber sie hat Angst, weil sie in ihrer Hast auch das Pilzmesser verloren hat,

und das Kleid in den Brombeeren zerrissen hat,

und weil ihre Hand krank geworden ist.

„Muttergottes ...“, bittet Iwanka lautlos und wendet den Blick zum Himmel. „Muttergottes, hilf mir, mach meine Hand wieder gesund.“

Aber am Himmel zieht nur eine einsame weiße Wolke,

und vor der Sonne steht, wie erstarrt, ein Habicht –

hängt in der Luft und stürzt nicht zur Erde.

Das Mädchen streicht mit der rechten Hand über die linke Handfläche, will den Schmerz besänftigen, doch der Schmerz flammt auf, als würde Iwanka die Hand ins Feuer halten.

Am nächsten Tag kam das Fieber.

Und die Borsuks riefen die Trjuschka zu sich.

Beleibt wie die Frau eines Popen, bis unter die Augen mit einem schwarzen Tuch verhüllt, vertrieb die Dorfheilerin Trjuschka alle Krankheiten mit Hilfe von Streichhölzern, sie löschte die Krankheit ab. Sie zündete ein Streichholz an, sagte „nein, neun" und warf es in einen Eimer mit Wasser. Nahm ein neues Streichholz – „nein, acht" –, ließ es brennen, und ins Wasser damit. „Nein neun, nein acht, nein sieben, nein sechs …", die Streichhölzer mit den abgebrannten Köpfen landeten eines nach dem anderen im Wassereimer, erzeugten schwache Kreise und trieben einmütig an der Oberfläche; danach wusch die Trjuschka Iwanka mit dem behexten Wasser, gab ihr davon zu trinken, indem sie mit der Tasse ein Kreuzzeichen machte und diese dann zu Iwankas Mund führte, anschließend befeuchtete sie – nach einem weiteren Kreuzzeichen – Iwankas Hände; am Ende musste die Mutter das trübe Wasser mit den Streichhölzern an einer Wegkreuzung ausleeren, doch dem Kind ging es nicht besser: Die Hand schwoll an und wurde blau.

Da schickte der Vater die Frauen zum Teufel und ging zu einem anderen Heiler, zu Iwan Prytuljak.

Prytuljak holte getrocknete Kräuter vom Dachboden, zerrieb sie mit zusammengekniffenen Augen zwischen den Händen, sagte dann drei Mal das Vaterunser, verbrannte die Kräuter und gab die Asche aus Kratzdistelblüten der Mutter, die Iwankas eitrige Wunde ein paar Tage hintereinander damit einrieb, doch die Hand schwoll weiter an und wurde noch blauer.

Danach öffnete der Dorfpfarrer Onufrij morgens und abends in der leeren Kirche das Evangeliar auf Iwankas Kopf und murmelte wundersame, seltsame Worte aus dem gewaltigen Buch, das mit faltigem Leder überzogen und auf beiden Seiten mit Silber verziert war. Der Hand aber half das nicht.

Da brachte der Vater Iwanka – fast mit Gewalt – zu Doktor Majer, der einmal pro Woche, am Donnerstag, mit dem Fuhrwerk aus Wyschnyzja ins Dorf kam.

Aaron Majer, seine Frau Frida, die dürr wie ein Dorsch war, und seine zwei prächtigen Töchter Esther und Dora wohnten den ganzen Sommer über und zumindest bis Mariä Schutz und Fürbitte, Mitte Oktober, in einem großzügigen Haus mit riesigen Fenstern und weißen Spitzengardinen gleich am Fuße des Dowbusch-Bergs, der das Dorf gegenüber dem Runden Berg begrenzte. Die Leute erzählten, dass Doras Lungen, von einer Erkältung oder einem anderen Leiden geschwächt, im Nadelwald leichter atmeten, und Doktor Majer aus Wyschnyzja sich deshalb das Haus in ihrem Dorf gekauft habe, das früher einem Wiener Professor zur Sommerfrische gedient hatte.

Den ganzen trüben Herbst und schneereichen Winter hindurch, bis zu den ersten Krokussen, hütete der einäugige Makowij Tschyhryn Majers Haus, mit einem Eichenstock und einem angeleinten Köter mit spitzen Zähnen. Makowij heizte vor dem wöchentlichen Besuch des Doktors zweimal das Zimmer, in dem Majer Kranke empfing, und der Köter bellte tagaus tagein, ganz egal ob jemand zu Hause war.

Im Sommer kauften die Majers Milch und Rahm stets bei den Borsuks. Und so hatte Iwanka im Gegensatz zu den anderen Kindern keine Angst vor dem Holzkoffer des Doktors, von dem dieser sich nie trennte.

Jedes Mal, wenn Majers Hand aus einem speziellen Fach des Koffers eine kleine Süßigkeit als Dank für die gebrachte Milch hervorholte, erhaschte Iwanka einen Blick auf blitzende Messer und Zangen, auf Fläschchen, schneeweiße Mullbinden und allerlei andere unbekannte Dinge. Das war Majers immer gleichbleibende Ausrüstung, mit der er die Kranken im Dorf heilte.

Als die vom Fieber glühende Iwanka mit ihrer bläulichen Hand endlich in den tiefen Stuhl mit hölzernen Armlehnen sank, blickte Aaron Majer, der einen weißen Mantel mit bis zu den Ellenbogen aufgekrempelten Ärmeln trug, zuerst aufmerksam zum Vater, schnalzte dann laut mit seinen fleischigen Lippen und schaute durch seine große, runde, schwarz eingefasste Brille immer wieder zu Iwanka:

„Du meine Gite, dass sie wieder gesund wird! Wohin hat er, tate Borsuk, vor heut geschaut, dass ihm die Haut am ganzen Kerper rissig wird?! In den Brunnen oder der Kuh unter den Schwanz habt Ihr geschaut, dass Ihr die Hand von dem Kind so habt verkommen lassen. Ich versteh, dass Ihr viel Kinder daheim habt, tate, aber ihr habt nur eine Iwanka, und die Iwanka hat nur eine solche Hand! Ihr habt doch, dem Schepfer adank, kein Leukom auf der Hornhaut! Noch a bissl und wir hätten dem Kind die Hand müssen abnehmen, tate, und das ist kein Holzhacken nicht! Ihr hättet die Wund noch mit Sand sollen bestreuen, nicht nur mit Asche! Du meine Gite, hat Euer Kopf schon einmal was von Blutvergiftung gehert?!“

Bei den letzten Worten kippte Majer Iwanka schweigend ein paar Schluck von einem brennenden Wasser in den Mund, von dem die Wände im Zimmer augenblicklich vor ihren Augen zu tanzen begannen und der Vater sich verdoppelte. Iwanka wollte erbrechen, doch Majer bog ihren Kopf schnell nach hinten, hielt sie am Kinn und sagte dann:

„Halt durch, Kind ... Doktor Majer weiß, was fir a leckere Milch ihm diese Hand immer bringt. Halt durch, mejdele. Und wenn du bist greßer und mit dieser Hand a bocher[1] wirst umarmen, denk an den Dokter Majer ... un a make dir in halds![2]"

Der Doktor brummte mit lauter Stimme, mal zornig, mal ein wenig sanfter, und erschreckte damit offensichtlich sogar den kläffenden Köter, denn der winselte jetzt nur noch im Takt der Stimme seines Herrn; der Vater hielt Iwanka mit beiden Händen an den Schultern fest, damit sie nicht zuckte, während Majer sehr vorsichtig – vielleicht brauchte er selbst einen Moment, oder gab Iwanka Zeit sich kurz zu erholen – die eitrige Handfläche mit einem dünnen scharfen Messer reinigte, das er zuvor über einer Flamme erhitzt und dann in eine Flasche mit reinem Alkohol getaucht hatte.

Iwanka liefen vor Schmerz Tränen über die Wangen, doch bei dem Gedanken, dass man ihr die ganze Hand abschneiden könnte, biss sie sich auf die Lippen und stöhnte nur – auch als der Doktor mit einer plötzlichen Bewegung den Eiter aus der geschwollenen Wunde drückte und diese mit einer braunen, übel riechenden Flüssigkeit spülte. Erst als er die ausgefransten Ränder mit einem feinen, durchsichtigen Faden zusammennähte, schrie Iwanka laut auf und riss sich aus Vaters Händen los. Aaron Majer drückte das Kind fest an seine Brust, wischte ihr mit einem

---

1 bocher (jidd.) – junger Mann, Bursche

2 un a make dir in halds (jidd.) – eine Beule dir an den Hals (Verwünschung)

bunten Tuch die Tränen ab und fragte, nachdem er seine große Brille mit der schwarzen Fassung abgenommen hatte, leise:

„Sag es dem Doktor, Kind, was hast dir getan – dass du nur wieder gesund wirst! Was hast dir da ausgedacht, der Keter hätt sich die Pfoten geleckt, wenn den Majer wegen dir der Schlag hätt getroffen! Und wenn mein Fuhrwerk hejt nach Katharinendorf oder Panska Dolyna wär abgebogen und nicht in Euer Schtetl gekommen? Was hätt dein tate dann getan? Ein Jammer sind solche Patienten, ein Jammer, der tate und die Tochter!"

Majer blickte Iwanka nun mit freundlicheren Augen an.

Der Vater kratzte sich am Hinterkopf.

Der Köter hinter den Mauern gab endlich ein schwaches Bellen von sich.

Da ergoss sich Iwanka in Bächen von Tränen und einem Strom von Worten, vermischt mit Schluchzen, Schniefen und Schluckauf.

Ist es etwa schlecht gewesen? Dass sie eine Zauberblume gesucht hat! Nicht für sich selbst! Doch der Doktor hatte keine Ahnung, konnte nicht verstehen, wie viel Gutes sie hätte tun können, wenn der *Marienschuh* mit ihrer Handfläche verwachsen wäre! Vielleicht hätte dann auch der Doktor künftig weniger Arbeit in ihrem Dorf!

Dann wäre niemand hungrig und ohne Zuneigung.

Niemand wüsste, was Kälte ist.

Was es heißt, ein Waise zu sein.

Alle wären gesund.

Und würden viel lachen.

Iwanka fürchtet nicht nur die dunkle Nacht.

Sie hat Angst, wenn die Menschen nicht lachen.

Früher haben die Menschen immer gelacht.

Viel und lustig.

Jetzt weinen sie nicht, haben aber auch keine Freude.

Warum das so ist, weiß Iwanka nicht.

Vielleicht lachen die Leute im Dorf nur in ihrer Gegenwart nicht, vielleicht haben sie Mitleid mit ihr?

Vielleicht ...

Früher hatte sie den Spitznamen „Iwanka-Lachomanka", aber wenn sie jetzt jemand sieht, wie sie morgens und abends mit einem Eimer voll Milch und einem Korb Himbeeren oder Brombeeren aus dem Teufelsgraben kommt, bekreuzigt er sich hinter ihrem Rücken. Ja, wahrscheinlich haben sie Mitleid, ob sie nun schweigen oder reden: „Es ist krank, das Kind von den Borsuks."

Und was hat sie davon?

So wie die Krankheit gekommen ist, so wird sie auch wieder gehen. Die Krankheit wird verschwinden, sobald Iwanka eine Farnblüte gefunden hat.

Und irgendwann wird sie eine finden, ganz bestimmt! Ein bisschen größer muss sie noch werden, dann wird sie im schwarzen Dickicht nach einer Farnblüte suchen.

Aber nicht, wie den *Marienschuh,* gleich am Wegrand, wo die Kühe ihre stinkenden Fladen fallen lassen.

... **Obwohl es schon dunkel ist**, schaut Iwanka aufmerksam auf den Boden, vielleicht sieht sie ja eine Kröte, die mit einer Kreuzotter kämpft.

Aber in der Nacht quaken die Kröten nur.

Und die Ottern sitzen in ihren Löchern.

Es wäre ein Glück, eine Kröte und eine Kreuzotter beim Kampf zu ertappen.

Iwanka hat immer einen Stock dabei, den sie am Gürtel ihres Rocks festbindet. Wenn es ihr gelingt, mit dem Stock eine Kröte und eine Otter, die gerade miteinander kämpfen, zu trennen, bekommt der Stock eine große, geheimnisvolle Kraft. Dann kann man mit dem Stock sogar den Hagel verwünschen. Iwanka weiß Bescheid: Seweryna, die Moskowiterin, hat es ihr beigebracht. Und Iwanka ist schlau, sie hört zu. Sagt kein Wort. Und dann macht sie es genau so, wie die Moskowiterin es erklärt hat.

Vater und Mutter wundern sich manchmal, dann ärgern sie sich, dann schlagen sie die Hände über dem Kopf zusammen: Was soll man tun? Iwanka hat eine reiche Fantasie, mit allen ihren Fantasien können es Vaters Kräfte und seine Rute nicht aufnehmen.

Einmal jedoch hat ihr der Vater eine ordentliche Tracht Prügel verpasst: wegen der alten, aber messerscharfen Sense, mit der Iwanka den Hagel von ihrem Haus hatte vertreiben wollen.

Aber was hätte sie denn tun sollen, wenn der Vater doch an Weihnachten kein Ritual gegen den Hagel abgehalten hat? Aus diesem Grund hat es genau vor Christi Himmelfahrt auf die Beete der Borsuks gehagelt: Körner waren das, groß wie Kräheneier. Erbarmungslos droschen sie auf die runden Köpfchen der langen Gurken und gestreiften Kürbisse ein; es war schlimm, diesem Gemetzel zusehen zu müssen.

Mutter und Vater waren nicht zu Hause, also dachte Iwanka nicht lange nach: Sie holte tief Luft und tauchte ins Dunkel des Schuppens ein, um die Axt zu holen. Die Axt steckte immer rechts neben der Tür. Doch diesmal hing dort die Sense. Die Sense zum Abwenden von Unheil, das ist sogar besser als eine Axt – hat die Moskowiterin ihr beigebracht.

... Die weißen Eier trommelten auf Iwanka ein, das Kind stand mit unbedecktem Kopf mitten auf dem Gemüsebeet zwischen gelben Kürbissen und einem grünen Zaun aus Maisstängeln, schwang mit aller Kraft das Sensenblatt und wies so dem verrückten Hagel den Weg. Ihre Stimme war leidenschaftlich, fast besessen:

„Ich habe heute nicht gegessen, nicht getrunken, nicht ausgespuckt, mit niemandem geredet. Ich verdamme dich, Hagel, geh dorthin, wo die Hunde nicht bellen und die Menschen nicht leben. Geh, Hagel, und schlage mit deinem Kopf ein, wo Brot nicht wächst, Gras nicht blüht und Menschen nicht gehen. Geh dorthin, Hagel, wo die Rachmanen auf dich warten, wo dunkle Mächte nach dir hungern. Hagel, gib den Weg frei für die Sonne und unsere Ernte. Such dir einen anderen Weg, abseits von unserem Haus, abseits von unseren Gemüsebeeten und Weiden. Geh über schlechten Pfaden und schlechten Furchen nieder, strafe die, die anderen Böses wollen, wir brauchen nur Wasser ... für die Ernte und für die Jungtiere ...“

Das Unheil aber wollte Iwanka an jenem Tag einen Streich spielen: Der Hagel wurde stärker, und Iwanka beschrieb noch ein paar Zickzack-Kreise über ihrem Kopf, rammte die Sense dann in die morastige Erde und stürmte ins Haus.

Sie wusste, was zu tun war: Wenn der Hagel nicht freiwillig von den Beeten verschwindet, muss man ihn ins Haus locken, den Tisch mit den allerbesten Leckereien aus der Kammer decken und sich hinsetzen, um mit ihm zu reden. Wenn Menschen Worte verstehen, wird auch der Hagel Worte verstehen.

Iwanka fegt nun hin und her wie der Teufel: vom Haus in die Kammer, von der Kammer in den Keller.

Vom Balken nimmt sie den besten Kranz Wurst, bestimmt für Mariä Himmelfahrt,

aus dem Fass eine Handvoll Brinsa-Käse vom letzten Jahr,

aus dem Ofen einen warmen Laib Brot,

und zum Schluss holt sie einen glasierten Krug mit frischer Sauermilch.

Fertig!

Und wieder ist ihre Stimme leidenschaftlich, ja fast besessen:

„Komm in mein Haus, Hagel, setz dich an meinen Tisch, nimm und koste von meiner harten Arbeit, nur mach mir keinen Schaden dort, wo ich Ernte erwarte."

Ha! Kurz vor Christi Himmelfahrt ist dieser Hagel boshaft, er hört nicht auf Iwanka. Sie bittet, den Tränen nahe, fast hört sie den Hagel lachen – will er ihr jetzt auch noch die Scheiben einschlagen?

„So einer bist du also, Hagel?!

Ich komme mit Brot zu dir und mit guten Worten, und du drischst gegen meine Scheiben, wie man mit dem Dreschflegel Erbsen drischt?!

Ich zeig's dir! Ja, ich zeig's dir, damit du nicht glaubst, dass ich immer so gut bin. Ich bin gut, wenn auch du gut zu mir bist, aber wenn du böse bist, zeig ich's dir!"

Iwanka kehrt, so schnell sie kann, zum Gemüsebeet zurück, schaut kurz, aus welcher Richtung der

Hagel kommt, dann dreht sie sich, wie ihr scheint, mit dem Rücken zum Unheil, beugt sich bis knapp über den Boden, reißt den Rock in die Höhe und die weißen Hagelbällchen trommeln kalt auf ihren nackten Hintern, doch sie entblößt ihn noch weiter und beschwört den Hagel, beschwört ihn aus Schadenfreude oder aus echter Freude:

„Schau her, du schamloser Hagel, ich hab keine Angst vor dir! Du wolltest nicht im Guten gehen, dann geh aus Scham! Aber geh endlich!“

„Was machst du da, Iwanka?“, die Stimme des Vaters dringt plötzlich aus der weißen Wand des übermütigen Hagels, nicht bedrohlich, aber doch zornig.

„Vater, ich wollte den Hagel beschämen. Damit er von unseren Beeten verschwindet.“

Oh, ein Wunder! Der Hagel unterbricht sein trommelndes Schlagen auf Kürbisse und Mais, vielleicht hat ihn der alte Borsuk erschreckt oder der unschuldige Kinderkörper in Verlegenheit gebracht.

Aber der Vater zieht schon den Gürtel aus seiner Hose und schlägt damit drei Mal – wenn auch leicht – auf das Kind ein, das noch immer mit entblößtem, weißen Hintern mitten auf dem Gemüsebeet steht.

Woran soll sie sich jetzt erinnern?

Iwanka war dem Vater damals nicht böse. Wahrscheinlich war er sogar milde gewesen. Wer fände das nicht ärgerlich, hätte doch dieser Kranz Wurst den Festtagstisch zu Mariä Himmelfahrt am Ende der Fastenzeit schmücken sollen?

Im Dorf wird zu Mariä Himmelfahrt stets Kirchweih gefeiert. Aus den Nachbardörfern kommen Leute, lassen sich bewirten, vergnügen sich an den festlich gedeckten Tischen. Und Iwanka wollte den teuflischen Hagel mit einem Kranz Wurst bewirten. Wie soll man sich da nicht ärgern?

Aber die Moskowiterin hatte es ihr so gesagt: Nur das Allerbeste auf dem Tisch kann den Hagel besänftigen, wenn ihn weder Sense noch Axt erschreckt haben. Und wenn ihn die Speisen nicht besänftigen und die Axt nicht einschüchtern konnten, vertreibt den Unverschämten nur noch die Scham.

Und die Scham hat ihn am Ende auch vertrieben! Ihr Hintern hat die Schläge längst vergessen, und die Kürbisse und der Mais auf Vaters Feld dankten Iwanka für ihre Fürsorge mit einer guten Ernte. So ist es gut, so ist es nicht schlecht!

... Iwanka wackelt mit dem Kopf, als wollte sie alle Bilder und Erinnerungen abschütteln, noch einmal mustert sie den nächtlichen Pfad, geht in die Knie, kauert sich zusammen und versucht nicht darauf zu achten, wie ihr kleines Herz aus der Brust herausflattert.

Ach, sie fürchtet sich nun weniger vor der schwarzen Krankheit, die sie wieder heimsucht, sie jeden Augenblick auf den Boden werfen und unbarmherzig mit Krämpfen schütteln kann, als davor, die kalte Echse der Angst wieder in ihrer Brust zu spüren, die sie seit jener furchtbaren Nacht nicht zertreten kann, und die sie zu Tode erschreckt hat.

Iwanka denkt nicht gern an dieses Erlebnis. Solange sie nicht daran denkt, scheint sich auch die Krankheit nicht an Iwanka zu erinnern. Aber wenn sie daran denkt ...

Doch nicht die Angst nagt jetzt an ihr, es ist etwas anderes: Sie kann nicht mehr nach Farnblüten suchen. Sie kann nicht, weil sie sich vor der Finsternis fürchtet. Doch der Farn blüht nur zu Mitternacht. Und Kupala ist schon in drei Wochen ... Sie hätte so ausgelassen sein können!

Iwanka seufzt, richtet ihr Kleid, zieht an einem Zopf, dann am anderen, hebt den beinahe vollen Eimer mit Milch hoch, auf der sich bereits frischer Rahm abgesetzt hat, auf den anderen Arm hängt sie sich den Korb mit Heidelbeeren, bedeckt mit Heilkräutern, und macht sich auf ins Tal. Heute hat sie sich auf dem Weg aus dem Teufelsgraben wieder zu lang aufgehalten. Und morgen ist Samstag. Mama hat gesagt, dass sie schnell mit der Milch nach Hause kommen soll, denn die Mutter muss die Kinder noch baden und die Kleider für den Kirchgang am Sonntag vorbereiten und morgen muss sie bei den Kapetuters Feuer machen. Doch Iwanka hat nicht daran gedacht, dass morgen Samstag ist, und beim Spielen im Wald die Zeit vergessen.

In den Kronen der schwarzen Buchen rauscht einschmeichelnd der Wind.

Es riecht herb nach Moos und Pilzen.

Unter den Brombeerblättern leuchten mal da, mal dort Glühwürmchen auf.

Die unermüdlichen Grashüpfer durchschneiden die Stille mit ihrem schrillen Gesang.

Glitschige Angst kriecht an Iwanka hoch. Flink wie eine Katze weicht Iwanka jedem Ast und jedem Zweiglein aus, um die finsteren Mächte unter den Büschen und Bäumen nicht aufzuscheuchen. Nachts hat das Böse am meisten Macht und Dreistigkeit. Besser man reizt es nicht, lässt es in Ruhe.

Um die Angst zu vertreiben, betet Iwanka oder pfeift ein Liedchen, das nur sie alleine kennt. Doch es hilft nicht.

Das Lärmen des Windes in den Baumkronen oder der einsame Flügelschlag eines aufgeschreckten Vogels über ihrem Kopf lässt ihr beklommenes Herz wieder galoppieren. Fast weint das Kind, die Stirn an die Buche an der Weggabelung gepresst. Ihre Arme umklammern den Stamm und die glatte Rinde beruhigt sie wie immer auf zweifache Weise, einerseits durch die sanfte Berührung, andererseits durch den Gedanken: Mit leeren Händen ist sie schneller von hier an der Dorfstraße, als sie mit den Augen zwinkern kann; wenn sie wie jetzt mit einem vollen Eimer Milch unterwegs ist, dauert es länger, aber trotzdem ist es nach Hause näher als in den Teufelsgraben.

Iwanka streichelt die Buche noch einmal, als wollte sie dem Baum „Leb wohl!“ sagen, und geht weiter.

„Hab niemals Angst“, sagt die Moskowiterin. „Wenn dir einmal unheimlich wird, bete und denk an Dinge, über die du mit niemandem redest. Du erzählst doch keinem, dass du am Himmel herumspazieren willst? Und auch nicht von der Farnblüte? Gut so. Wenn du an Dinge denkst, von denen niemand weiß, kannst du die Angst leichter überwinden. Die Angst wird nicht mit dem Menschen geboren, Iwanka. Die Angst holt den Menschen ein. Aber wenn der Mensch dies nicht zulässt, weicht die Angst vor ihm zurück.“

„Aber du weißt doch, dass ich gerne am Himmel spazieren gehen will, Seweryna ...“

„Ich weiß es von dir, Kind. Und außerdem weiß ich, dass du es sonst niemandem erzählst.“

„Hab ich aber ... Sisjo Klugman und dem Kapetuter Jakow. Die wissen es auch.“

„Sisjo und Jakow sind genauso wie du, nur ein bisschen anders. Aber trotzdem genauso. Sonst erzähl niemandem vom Himmel. Die anderen haben kein Gehör.“

Was soll das heißen, „kein Gehör“, wundert sich Iwanka im Stillen, fragt aber nicht nach. Sie weiß, dass die Moskowiterin lieber denkt als redet. Das bringt sie auch Iwanka bei.

Diese Seweryna spricht irgendwie immer so wunderlich, als wollte sie Iwanka in den Schlaf lullen ... Iwanka stützt den Kopf in die Hände und schaut zu, wie die große Frau in Schwarz schweigend Futter für ihre Dienerinnen, die Ottern, in Körbe unter dem Dach legt. Die Moskowiterin hat vor nichts auf der Welt Angst. Weder vor diesem Schlangengetier, das in ihrem Haus wohnt, noch vor der Nacht, noch vor dem Donner. Nicht einmal vor den Menschen hat die Moskowiterin Angst.

Iwanka dagegen fürchtet sich vor manchen Leuten. Wieso, weiß sie selbst nicht. Sie fürchtet sich einfach.

Wie kann der Rest der Menschen bloß ohne Gehör – na ja, taub – leben? Die Menschen reden, flüstern, schreien einander an. Sie haben also gar nicht alles verstanden, wenn sie einander zornig anbellen?

Manchmal schreit Iwanka einen Menschen in unmittelbarer Nähe absichtlich an:

„Marika, trägt Ihre Kuh schon? Haben Sie Ihre Krasulja schon zum Stier gebracht? Zu welchem denn?"

Marika, die Nachbarin, zuckt überrascht zusammen, macht ein paar Schritte von Iwanka weg und fragt – aus irgendeinem Grund blinzelnd – leise:

„Iwanka, hat dich der Vater schon einmal mit der Rute geschlagen?"

„Der Vater schlägt mich nicht. Ich habe einen braven Vater."

„Dein Vater ist brav", wiederholt Marika verdattert. „Aber du bist ihm kein sehr braves Kind."

Daraufhin kommt Iwankas Mutter aus dem Haus gelaufen und packt die Tochter schmerzhaft am Ellenbogen.

Im Vorhaus zischt ihr die Mutter ins Ohr:

„Ich habe dir doch gesagt, dass du nicht schreien sollst! Schrei nicht, sonst glauben die Leute, du bist taub."

„Wie kann ich taub sein, wenn ich wissen will, ob sie hören? Die Moskowiterin sagt, dass es bei uns viele Leute ohne Gehör gibt."

„Großer Gott ...", die Mutter holt so tief Luft, als würde sie gleich untertauchen, dann drückt sie Iwanka unvermittelt an sich.

Mutter hat aus irgendeinem Grund wieder pralle Brüste und einen prallen, runden Bauch.

Was den Vater angeht, hat Iwanka Marika ein bisschen angeschwindelt. Na und? Hätte sie vielleicht erzählen sollen, wie der Vater sie wegen der Sense verprügelt hat, als sie den Hagel auf dem Gemüsebeet hatte beschämen wollen? Und letzten Sommer hat der Vater ihr wegen dem Schmalz auf dem Boden fünf Mal die Rute über die Waden gezogen.

Konnte sie wissen, dass es nicht gut ist, den Boden im Haus nach dem Wischen mit Schmalz einzufetten? Ihr Bruder Semen und sie wollten doch nur das Beste: Mutter und Vater kommen vom Heumachen im Teufelsgraben zurück und zu Hause ist alles blitzblank ... der Boden im Vorhaus ist gewischt und glänzt in der Sonne vom Schmalz ...

Zuerst bekam Semen Schläge: dafür, dass er eine Dummheit angeleiert hatte, und dann wanderte die Rute zu Iwanka, weil sie die Dummheit mitgemacht hatte.

Semen verzog ein wenig das Gesicht und ging dann zum Vieh in den Stall, Iwanka aber verkroch sich in der Kammer zwischen Keptaren und Winterpelzen und weinte aus Selbstmitleid den ganzen Abend lang.

Sie hätte damals sterben wollen. Sich einfach hinlegen und sterben! Und wäre sie dann tot gewesen, hätte sie vom Himmel aus beobachtet, wie die Mutter über ihren Körper gebeugt klagt, wie der Vater die Hände ringt, wie alle Nachbarn zusammenkommen, um die Borsuks wegen Iwankas Tod zu trösten.

Iwanka würde sich zuerst von oben an ihnen sattsehen, aber nicht lange, dann würde sie aus dem Sarg auferstehen, die Hände in die Seiten stemmen und leise, ganz leise, sodass man das Summen der Fliegen im Haus noch hört, sagen:

„Seht ihr, wie schlecht es war, mich zu schlagen? Seht ihr? Seht ihr, was wegen diesem dummen Schmalz passiert ist? Trauert ruhig um mich! Was, wenn ich nicht auferstanden wäre? Wenn ich euch nicht reingelegt hätte und wirklich gestorben wäre? Was hättet ihr dann gemacht? Ihr hättet Trembitaspieler anheuern und fürs Begräbnis zusammenlegen müssen. Tut es euch um das Schmalz leid, oder trauert ihr auch um mich?! Schlagt mich nicht mehr, und ich werde nicht sterben.“

An jenem Abend starb Iwanka nicht, obwohl es sehr stickig war, zusammengekauert zwischen den dampfenden Pelzen, inmitten der schweren Gerüche, die aus den Fässern und Truhen drangen, unter dem Balken und unter dem Dach hervorkrochen. Sie schlief einfach ein, ermattet von der Hitze und dem üppigen Abendessen.

Vielleicht wäre sie vor lauter Tränen und Kränkung ja auch gestorben, hätte sie nicht zu Abend gegessen. Aber Iwanka hatte sich mit den anderen zu Tisch gesetzt und nicht daran gedacht, dass sie der Vater an diesem Abend „aufstellen“ würde.

So sagte die Mutter immer zum Vater, wenn die Kinder für einen Ungehorsam bestraft werden sollten.

In ihrem Haus war das Ritual des abendlichen „Kinder-Aufstellens“ unabänderlich: Während die Mutter nach dem Abendessen die Schüsseln vom Tisch räumte, wandte sie sich zum Vater und sagte streng:

„Pawlo! Bist du diesen Kindern ein Vater oder nicht? Stell sie in eine Reihe! Sie waren schon wieder schlimm heute!“

Und dann mussten sich die Kinder aufstellen und je nach Schwere des Vergehens wurden sie bestraft: Sie mussten zehn Vaterunser aufsagen oder mit nackten Beinen auf Maiskörnern oder Erbsen knien, am häufigsten aber bekamen sie zehn Schläge auf den Hintern und mussten selbst mitzählen. Für den mit Schmalz eingefetteten Boden hatte Iwanka damals fünf Schläge vom Vater bekommen.

... Doch als die Mutter die schläfrige Iwanka unter den warmen Osterpelzen hervorzog und auf den Arm nahm, dachte Iwanka: „Wie gut, dass ich heute nicht gestorben bin" – und schmiegte sich fest an Mutters Brust.

Sie weiß noch nicht, was es heißt zu sterben. Als sie ganz klein war, dachte sie, dass alle Menschen ewig leben. Für immer.

„Sind sie Menschen-Riesen?", fragte Iwanka die Mutter und meinte damit Großvater Matej, der immer mit ein und demselben schwarz-weißen Quersack durchs Dorf ging, und den Trembitaspieler Ostap, dessen reichlich mit Dachsschmalz gefettetes Haar stets glänzte.

„Schon möglich, dass sie Riesen sind ...", antwortete die Mutter unsicher und umfasste fest Iwankas heiße Hand.

„Und können Großvater Matej und Onkel Ostap wie Riesen von einer Bergkuppe zur nächsten steigen?"

„Vielleicht können sie es ... wenn niemand sie sieht."

„Und wieso steigen sie nur von Gipfel zu Gipfel, wenn niemand sie sieht? Haben sie Angst vor den Menschen?"

„Nein, damit sie der böse Blick nicht trifft."

„Wie? Riesen können vom bösen Blick getroffen werden?"

„Riesen. Und alle anderen auch. Wenn einer böse oder neidische Augen hat ...“

„Mama, wer hat böse Augen?“

„Böse Menschen, mein Kind.“

„Und wie merke ich, ob jemand böse ist?“

„Oj, Iwanka ... Wenn du groß bist, wirst du erkennen, wer böse und neidisch ist, noch bevor er ‚Guten Tag‘ zu dir sagt.“

Dann starb Großvater Matej. Einfach so ... Eines Tages sah man ihn mit seinem schwarz-weißen Quersack nicht auf der Dorfstraße. Man sah ihn einen Tag nicht. Einen zweiten Tag. Und dann hieß es, er sei gestorben. Iwanka sah Matej nicht sterben, aber sie hörte, wie die Mutter um den Großvater weinte.

„Mama, wo ist Großvater Matej jetzt, dass man ihn nirgendwo sieht?“

„Im Himmel ...“

„Und wie ist er da hinaufgekommen? Zu Fuß oder mit einer Leiter?“

„Iwanka, der liebe Gott hat Großvater Matej zu sich geholt, als alle Leute geschlafen haben. Deshalb weiß niemand, wie er dort hingekommen ist.“

„Zusammen mit seinem Quersack?“

„Kind, ich weiß nicht, ob Gott Gefallen an den Gütern der Menschen hat ...“

... Von da an fürchtete sich Iwanka vor Matej, der schon gestorben war, den sie aber nicht tot gesehen hatte. Ihr schien, als lauerte der Großvater in der Dämmerung hinter jedem Baum, um sie in seinen schwarz-weißen Quersack zu stecken und dann in den Himmel zurückzueilen.

Iwanka wollte zum lieben Gott. Aber nicht in Großvaters Quersack.

Sie schaute lang in den Abendhimmel.

Die Sterne flackerten.

Der Mond glitt besonnen zwischen den kalten Sternen dahin. Manche lösten sich still aus der Milchstraße und verschwanden zwischen Himmel und Erde.

Doch Großvaters Spur sah man zwischen den Sternen nicht. Vielleicht hatte Matej es nicht bis zum Himmel geschafft und versteckte sich irgendwo in den Büschen. Man hatte sie reingelegt, der Großvater war gar nicht weg. Gleich würde er zwischen den Hagebutten hervorspringen und sie am Arm packen.

Iwankas Angst wurde so hässlich, dass Danyschtschuks Frau Iwankas Mutter einmal über den Zaun hinweg zuflüsterte:

„Tut nichts, Borsutschka, hört nur auf mich und alles wird gut: Bringt das Kind zum Leichnam, wenn jemand im Dorf heimgegangen ist. Sie soll den Toten ein bisschen anfassen, und die Angst wird sich in Luft auflösen."

Der Tote ließ nicht lange auf sich warten. Vor dem Warmen Oleksa Ende März wachte der Jüngste der Borsuks, Mychajlyk, am Morgen nicht auf. Mychajlyk war eben ein Jahr alt geworden. Er war Iwankas Bruder gewesen.

Ohne Scheu streichelte Iwanka mit zitternden Fingern Mychajlyks Seidenhaar, den fliederfarbenen Streifen seiner Lippen, die blassen und wie vom Frost kalten Hände und Finger, die auf der Brust verschränkt waren und auf die grob das Wachs einer Kerze tropfte, und sie weinte so bitterlich, dass sie nicht einmal hörte, wie die Mutter hinter sie trat und in einer Art kalt, als hätte man ihr eben mit einem Schöpfer Wasser übergeschüttet, sagte:

„Gott gibt. Gott nimmt. Und Gott weiß, was er tut, er ist gut. Wein nicht, sonst ertrinkt Mychajlyk dort, in der anderen Welt, in Tränen."

Iwanka weinte noch heftiger: Wie?

Mama hat um Großvater Matej geweint, aber um Mychajlyk weint sie nicht?

Hat den Großvater etwa nicht Gott gegeben? Und nicht Gott genommen?

Wer dann?

Und wer auf der Welt ist gut, wenn Gott nicht gut ist?!

Iwanka war der Mutter wegen ihrer Worte über Mychajlyk lange böse. Sie trauerte um den winzigen Bruder.

Der Junge hatte Iwanka schon erkannt.

Sie angelacht.

Gerufen. Und wenn sie ihm ein Klümpchen Maiskulescha gab, winkte Mychajlyk ihr mit seiner kleinen Faust.

Nach dem Tod des Bruders fürchtete sich Iwanka tatsächlich nicht mehr vor dem toten Großvater Matej, und auch nicht vor den Geräuschen der Dämmerung.

Manchmal ging sie mit auf den Dorffriedhof und half der Mutter beim Jäten der Familiengräber, dann ließ sie sich mit einem Mal am Rand von Mychajlyks kleinem Hügel nieder, an dessen Kopfende ein ebenso kleines Kreuz stand, und tastete die Ränder des Hügels mit den Händen ab. Sie suchte das Loch, durch das ihr kleiner Bruder aus der Erde in den Himmel geflogen war.

Mychajlyks Sarg ging Iwanka nicht aus dem Kopf: Er war so klein, dass es schien, er hätte auf ihren beiden Handflächen Platz.

Aber der Sarg war unten am Fußende nicht geschlossen. Vater sagte, so könne der Junge leicht in den Himmel hinübergehen.

So würden alle kleinen Kinder in den Himmel geschickt.

„Und Großvater Matej haben sie auch so ein offenes Häuschen gemacht, damit er leichter zum lieben Gott hinaufgehen kann?"

„Nein. Der Großvater hat ein anderes Häuschen, eines mit Fenster. Damit seine Seele davonfliegen und wieder zurückkommen kann. Und Mychajlyk zieht in den Himmel und kommt nicht mehr auf die Erde zurück. Denn er hat noch keine Sünden gehabt. Wer Sünden hatte, bleibt auf der Erde."

„Wer hat Sünden, Vater?"

„Alle haben Sünden."

„Auch du, Vater?"

„Ich auch, Kind."

„Und ich, habe ich auch Sünden?"

Der Vater seufzte.

„Noch nicht, aber du wirst einmal welche haben."

„Wann?"

Der Vater schwieg und strich ihr mit seiner rauen Hand über den Kopf.

... **Iwanka geht** an einer Gruppe kleiner schiefer Fichten vorbei, lässt die alte dreiwipfelige Buche hinter sich, die gezackte Hasel, bringt die unteren Zweige einer verkrüppelten Esche zum Schwingen und schlendert langsam weiter ins Tal.

Gleich kommt der Zauntritt.

Der Hohlweg.

Noch ein Zauntritt.

Das war's.

Noch ein kurzes Stück und sie ist fast zu Hause.

Und hat die Milch nicht verschüttet.

Und Heidelbeeren gesammelt.

Und niemand hat sie erschreckt, und sie hat nach Herzenslust nachgedacht, sich erinnert, und die Angst ist hinter ihr zurückgeblieben.

Die Moskowiterin hat Recht, wenn sie sagt: Denk an etwas, worüber du mit niemandem sprichst, und die Angst sucht sich einen anderen Weg, nimmt sich jemanden, den sie erschrecken kann, aber bei dir gibt es noch nichts, womit man dich das Fürchten lehren könnte! Und wenn es später etwas geben wird, dann hilft dir niemand mehr.

Dass sie nun gar keine Angst mehr hätte, nein. Sie hat Angst. Und was für eine! Aber wenn sie weiter an etwas nicht allzu Unheimliches denkt, ist sie schneller zu Hause. Woran könnte sie nur denken, um ihre Angst zu vergessen?

Ah, jetzt weiß sie es: Wie sie sich an Rosyhry, dem Tag der dunklen Mächte, zu Hause verschanzt hat, damit der Deibel sie nicht holen kann. Sie bat den Vater sogar, nicht in den Teufelsgraben um die Milch gehen zu müssen. Was, wenn der Schwarze ein Versteck im Graben hat, was, wenn er sie unter der Fichte abpasst?

Die Moskowiterin hat gesagt, dass an Rosyhry niemand arbeitet. An diesem Tag soll man vom Frühstück bis zum Abendstern schlafen, um nicht zu sehen, wie die finsteren Mächte zum Tanz gehen. Und wenn du es dennoch siehst, kann dir der Schwarze den Kopf abdrehen.

Iwanka passt auf sich auf. Und passt auf ihr Haus auf. Wann sollen Vater und Mutter bei all der Arbeit auch noch an diese Dinge denken? Vielleicht wissen sie nichts davon? Sie aber weiß es. Sie hat Gehör und ein offenes Herz, sagt Seweryna.

Wer, sagt mir, kümmert sich darum, dass sich keine Hexe an die Milch der Borsuk'schen Kuh heranmacht?

Iwanka natürlich! Wer sonst! Eine andere Arbeit hat sie nicht.

Und das hat sie auch getan: An Iwan Kupala knüpfte sie ein rotes Band um den Kuhschweif, damit der Kuh nicht Blut statt Milch aus dem Euter fließt, im Hof verstreute sie rostige Hufeisen, die in Vaters Schuppen herumlagen. Hat die Hexe Gefallen an einer Kuh gefunden, wird die Kuh malad. Sobald die Kuh aber im Hof ihres Besitzers auf ein rostiges Hufeisen tritt, verschwindet der Hexenfluch und die Milch wird wieder weiß.

Iwanka ging zur Zigeunerschmiede und bettelte dem Schmied Tobar so viele kaputte Hufeisen ab, dass sie nicht nur Vaters Hof, sondern das halbe Dorf damit auslegen hätte können. Beinahe unter jedes behaarte Wegerichblatt steckte sie ein Stück Eisen.

Vater schaute, schaute lange auf diesen schwarzen Eisenhagel und schloss wortlos die Haustür hinter sich.

Mutter kam aus dem Haus gelaufen und gab Iwanka, ebenfalls wortlos, eins hinter die Ohren, herrschte sie dann an, sie solle das Eisen in einen Korb packen und in die Schmiede zurückbringen.

Iwanka dachte damals lange darüber nach, warum der Vater kein einziges Hufeisen aufgehoben hatte. Brauchte er etwa kein Eisen zu Hause? Sie hatte es ja nicht gestohlen, sondern dem lustigen Zigeuner nur abgebettelt. Mama erklärte ihr, ein Mann dürfe gefundenes Eisen nicht aufheben, sonst würden sich seine Sünden vermehren: „Und in unserer Familie sind die Sünden dicht gesät, und darunter leiden alle, und du zuallererst."

Hmm ...

Wo in ihrer Familie sind die Sünden dicht gesät?

Und wie sehen diese Sünden eigentlich aus?

Wie Menschen?

Oder irgendwie anders?

... Iwanka litt nicht unter den Sünden, sie wurde krank.

Wäre dieses nächtliche Erlebnis letztes Jahr auf dem Weg in den Teufelsgraben nicht gewesen, würde sie die scheußliche Angst nicht kennen, die ihr wie eine Schlange in die Brust kriecht, sobald es draußen dunkel wird. Und sie würde nicht jedes Mal die Hölle durchleben. Und müsste die blauen Flecken, die sie nach jeder Attacke ihrer schwarzen Krankheit bekam, nicht mit weißem Mehl einreiben.

Der liebe Gott half ihr nicht, obwohl Iwanka ihn manchmal so sehr darum bat, so bat – sie weinte sogar ...

Einmal hatte sie Mitleid mit der Mutter, die mit ihrem großen, gewölbten Bauch irgendwie sehr aufrecht ging und dabei ihr Kreuz mit der Hand stützte. Da bot Iwanka an, das Rübenkraut für Großvaters Ferkel selbst in den Teufelsgraben zu tragen.

Die jungen, rot gemusterten Blätter der Roten Bete waren nicht zusammengestampft worden und legten sich nur widerspenstig in die Kraxe. Das Rübenkraut roch intensiv hinter Iwankas Rücken und das saftige Aroma kitzelte sie in der Nase; Großmutters „Oj, Kater, geh nicht“ summend, schlenderte das Mädchen fröhlich den dämmrigen Pfad in den Teufelsgraben entlang.

Sie hatte sich etwas zu spät auf den Weg gemacht, der Mutter jedoch versichert, dass sie seit langem vor nichts Angst habe, weil sie täglich durch den Wald um Milch gehe. Aber an diesem Tag war der Abend so drückend und aufgeladen, dass das Mädchen bereits bei der dreiwipfeligen Buche Halt machte und überlegte, ob sie nicht umkehren sollte.

Nein. Sie würde nicht umkehren. Sie war ja kein Feigling! Sie bekreuzigte sich. Und rückte den Korb auf ihrem Rücken zurecht.

Hinter sich hörte sie ein kurzes Knarren.

Iwanka blieb stehen.

Das Knarren verschwand.

Sie machte ein paar Schritte.

Das Knarren war wieder da, jetzt erinnerte es an schleichende Schritte, die sich an Iwankas Gang anpassten.

Sie machte ein paar Schritte und *es* setzte sich gemeinsam mit ihr in Bewegung.

Iwanka blieb stehen und *es* blieb stehen.

Das Mädchen begriff, dass jemand sie heimlich verfolgte. Sie weinte nicht, bekreuzigte sich nur drei Mal in Richtung Sonnenuntergang.

Doch die Schritte im Dunkeln waren da, sobald sie sich in Bewegung setzte.

Und so ging sie bis zu Großvaters Weiler, erschrak, blieb stehen, erschreckte ihren Verfolger und brachte ihn zum Stehen, und es schien ihr, als wäre sie die ganze Nacht unterwegs. Die scheußliche Angst fesselte ihr die Beine, es lief ihr kalt über den Rücken, die Haare standen ihr zu Berge und sie wiederholte ein und dieselbe Zeile aus einem Gebet, „... behüte, schütze alle Kinder und auch mich ...“, sie schleppte nicht den mit Rote-Bete-Kraut randvollen Korb, sondern alle umliegenden Hügel und Felsen, und sie bat den lieben Gott um die Kraft, Großvaters Haus zu erreichen.

Und der, der im Dunkeln hinter ihr ging, hielt jedes Mal gleichzeitig mit ihr an, als hätte er Angst oder wollte sie absichtlich nicht einholen.

Einen Moment lang fand sich Iwanka damit ab, dass der Unbekannte den Weg gemeinsam mit ihr bestritt, sie womöglich sogar beschützte. Vor den Wölfen vielleicht. Aber dann genügte der Gedanke daran, dass der Verfolger ihr von hinten die Hand auf die Schulter legen könnte, und vor ihren Augen tat sich ein Strudel auf, schwärzer als die Nacht. Da verwuchsen ihre steinernen Beine mit dem Boden, der bittere Geschmack von Erbrochenem drängte in ihren Hals und ihre Lungen brannten, als wäre sie mit aller Kraft den Hügel hinaufgelaufen ...

Sie erinnerte sich an ein vor kurzem belauschtes Gespräch zwischen Vater und Mutter über die Schwarzhändler von der anderen Seite des Flusses, die nur nachts ihren Geschäften nachgingen und noch dazu nächtliche Reisende überfielen. Und ihr schien, als lauerten diese Pascher jetzt hinter den Bäumen, um über sie herzufallen, sie auszurauben und danach zurück in ihr Galizien zu fliehen.

Doch der Wald war weit vom Fluss entfernt. Und am Rücken trug sie welkes Pflanzenzeug in einem alten Korb. Iwanka dachte: „Nein, das ist kein

Schwarzhändler, der mir heute folgt. Das kann nur ein Raubmörder sein."

Sie riss ihre wie mit Pech an der heißen Erde festgeklebten Füße los, um die letzten Schritte zu Großvaters Zauntritt zu machen, der sich in der Dunkelheit endlich zeigte.

Nun lagen sie beide – Iwanka und ihr Verfolger – an der Mauer von Großvaters Haus, so lange, bis die schwache Kinderhand mit letzter Kraft an der Scheibe kratzte.

Dann fiel das Kind dem Großvater in die Arme und verhaspelte sich beim atemlosen Erzählen von diesen Galiziern, die Schwarzhandel treiben, und von Mördern, die Jagd auf Menschen machen.

Der Großvater streichelte Iwankas zitternden Kopf, beruhigte sie mit einfachen Worten, und als das Kind eingeschlafen war, dann und wann zuckend vom hemmungslosen Weinen, blickte er lange und traurig vor sich hin und ließ die Finger über den Tisch gleiten. Und Großvater Iwan seufzte so tief, als wüsste er etwas sehr Bedeutsames und Geheimnisvolles.

... Am Morgen geschah ein Unheil: Aus heiterem Himmel stürzte das Kind steif neben den Wassertrog, Schaum trat ihm vor den Mund. Iwanka wurde von Krämpfen geschüttelt, nässte dabei ein, rutschte fast unter den Trog und fiel im nächsten Moment in tiefen Schlaf, sie zuckte nicht einmal, als der Großvater sie ins Haus trug.

Der Großvater schob den Anfall auf den nächtlichen Schreck und verkündete vor Mittag beinahe fröhlich, er habe Iwankas Verfolger nun endlich entlarvt.

„Komm, Kind, ich zeig dir, wer dir solche Angst eingejagt hat."

Iwanka, die sich bei ihrem Sturz eine Braue aufgeschlagen hatte, schlich schwach hinter dem Großvater her.

Schuld an ihrer Angst war die mit den Jahren ausgetrocknete Kraxe gewesen, die unter der Last des Blätterwerks so geknarrt hatte, dass Iwanka glaubte, menschliche Schritte zu hören.

Fröhlich zeigte der Großvater, wie es gewesen war:
Schau – er schwang den Korb auf seinen Rücken,
schau – er machte zwei Schritte in Richtung Trog,
schau – der Korb knarrte unter der Last,
und schau – er blieb stehen ...

„Wer wäre da draufgekommen, Iwanka? Noch dazu im Dunkeln ... wenn's ganz still ist ... da wär's jedem unwohl geworden."

Iwanka schaute den Großvater finster von unten an, den Kopf zur Seite geneigt, und glaubte ihm nicht: In ihren Ohren knarrten noch die fremden Schritte, und in der Grube unterhalb ihrer Rippen nistete sich wieder die Angst ein.

Doch sie schwieg.

Als es dämmerte, kam ein Mann von der anderen Seite des Flusses zum Großvater. Einer von denen, die im Dorf hinter vorgehaltener Hand Schwarzhändler oder Pascher genannt wurden.

Sein Name war Petro. Er war groß, trug Gummistiefel bis zu den Knien. Hatte einen lockigen Schopf. Tellergroße Hände. Und auf dem Rücken einen zum Bersten vollen Rucksack aus Segeltuch.

Iwanka lugte nicht mit den Augen, sondern mit erstarrtem Herzen aus dem Ofenwinkel hervor: Wie er ruhig und ganz selbstverständlich in Großvaters Haus hantiert, entschlossen den Küchenschrank öffnet und ohne hinzusehen die grüne Tasse mit Soda vom obersten Brett nimmt, dann mit der Messerspitze die richtige Menge abmisst und das Soda mit Essigwasser in einer weißen Tasse ablöscht.

Plötzlich kroch ihr die nächtliche Kälte wieder in die Brust. Es half nichts, der knarrende Korb trug nun Petros Gesicht.

Petro holte seine Waren aus dem Rucksack, legte sie auf den Tisch und blickte den Großvater kurz, aber aufmerksam an:

„Guter Iwan, Ihr wisst nicht zufällig, was für ein Kind sich da gestern mit letzter Kraft durch den Wald geschleppt hat, zu Euch nach Haus vielleicht sogar?"

Iwanka kauerte sich im Ofenwinkel zusammen.

„Wieso fragt Ihr wegen gestern, Petro? Ihr wart gestern nicht hier, scheint's mir?", Großvaters Stimme spannte sich wie Schustergarn in der Ahle.

„Ich frag, weil ich frag. Hätt viel sein können gestern ...", auch Petros Stimme war nun angespannt.

Der Großvater zeigte zur Ofennische:

„Das Kind da, Petro, ist meine Enkelin Iwanka. Die Arme hat sich gestern erschreckt, fast zu Tod erschreckt, sag ich Euch. Völlig umsonst."

„So eine Handvoll Kind würd ich in Zeiten wie diesen nicht so spät in den Wald schicken ...", Petro schüttelte den Kopf und leerte dann die Tasse mit der Soda-Mischung.

„Glaubt nicht, die Zeiten wären heut anders als gestern, Petro ...", der Großvater musterte die Sachen aus dem Rucksack: Kerzen – kleine und große, welche für Hochzeiten und welche für Taufen, Streichholzschachteln, Päckchen mit Salz und Tücher mit großen Rosen darauf. „Hübsch, das Tuch! Aber nein, nehmen tu ich's nicht: Die da ist noch feucht hinter den Ohren", wieder nickte er in Richtung Ofenwinkel, „so ein Tuch wird sie so bald nicht brauchen."

„Na, sagt so was nicht, Hausherr! Die Zeiten sind verrückt und werden noch verrückter. Schaut nur, was sich tut in der Welt. Und wohin das alles noch führen wird!"

„Ja, was wird kommen, Petro? Der Moskalyk ist gut im Okkupieren, sag ich Euch. Auf der galizischen wie auf der Bukowiner Seite. Nicht umsonst ist der Moskalyk im Schaltjahr zu uns gekommen! Schaut nur, heute ist noch nicht Krieg, aber morgen kommt er auch zu uns. Es heißt was, dass Polen wie eine angesägte Föhre vor den Deutschen gefallen ist ... und wer hätt sich gedacht, dass die Polen Galizien an den Moskalyk abtreten und die Rumänen nicht mal mit der Wimper zucken wegen der Bukowina? Ich sag Euch, die Menschen und Länder werden aussortiert wie Nüsse. Nicht im Himmel, sondern auf der Erde. Und dann bricht sich einer von den Teufeln da das

Genick, und uns werden sie wieder wie Nüsse verlesen. Und die Leut leben weiter auf der Erde wie eh und je, nur immer schwerer wird alles ... Und niemand erzählt ihnen ..."

„Der Moskalyk verzieht sich vielleicht wieder ...", fiel Petro dem Großvater ins Wort. „Und dann geht's wieder von vorn los ..."

„Schaut, Petro, wenn einer wo hinkommt, dann nicht, damit er sich bald wieder verzieht. Ich weiß noch, wie das selige Österreich abgetreten ist und die Völker sich getrennt haben, da haben die Galizier noch, obwohl sie schon zu Polen gehörten, Felder auf unsrer, auf der Bukowiner Seite gehabt. Ihr wisst es ja selbst. Und dann hat der Rumäne das nicht mehr gut befunden, weil wenn das ein Volk ist, aber in zwei Staaten, Verwandte hüben und drüben, die kennen sich gegenseitig, dann können die was ausbrüten und diesen Politikern das Geschäft vermasseln. Also hat der Rumäne gesagt, die Polen dürfen keine Felder mehr bestellen ... und sie haben ihre Felder aufgeben müssen. Und Ihr, Petro, was seid Ihr für ein Pole gewesen? Sagt mir, was seid Ihr für ein Pole gewesen unter den Polen? Ein Knecht wart Ihr, ja genau, das wart Ihr, Petro. Und jetzt? Jetzt zittert Ihr wie ein Verbrecher, dass man Euch nur nicht mit Euren Waren schnappt – auf der einen wie auf der anderen Seite, obwohl da und dort, scheint's mir, die eigenen Leute sind. Nur, brauchen wir solche Leute hier? Petro, Ihr seht ja selbst ... Oj, hier wird's noch was geben, ich sag's Euch ... hier wird's was geben mit diesen Kommunisten ..."

Bei diesen Worten stellte der Großvater zwei dünnstielige Gläschen, so hoch wie sein kleiner Finger, auf den Tisch:

„Aber wieso die Zunge strapazieren? Setzt Euch, Petro, lasst uns reden. Wir wissen worüber ...“, er räumte Petros Waren in seinen Beutel und ließ ihn unter dem Bett verschwinden, auf den Tisch kam ein rundes Holzbrett mit aufgeschnittenem Speck, einer Handvoll Brinsa und einem Schöpfer Kulescha. „Machen wir erst mal Brotzeit, dann sehen wir weiter.“

Petro setzte sich dem Großvater gegenüber, beugte sich dann schnell über den Tisch und weiter hörte Iwanka nichts als das dumpfe, aber angeregte Gemurmel zweier Männer, das von Zeit zu Zeit von einem dröhnenden „Unmöglich!“ des Großvaters oder einem „Jesses Maria!“ von Petro unterbrochen wurde. So schlief sie ein, ein Tuch mit zerstampftem Johanniskraut gegen die aufgeschlagene Braue gepresst, damit sie schneller heilte.

... **Von da an stotterte Iwanka** und manchmal suchte sie die Fallsucht heim, die im Dorf „schwarze Krankheit“ genannt wurde.

Außerdem durfte Iwanka im Dunkeln nicht mehr in den Teufelsgraben gehen, nur noch tagsüber. Für das Kind melkte der Großvater die Kühe sogar anders als gewöhnlich: Das morgendliche Melken verschob er um eine Stunde nach vorn, sodass es bis zum Sonnenaufgang noch eine ganze Weile war, und die Abendmilch wurde gemolken, wenn die Sonne den letzten Hügel vor dem Horizont noch nicht einmal berührte. So spazierte Iwanka morgens in den Teufelsgraben, schlug den kalten Tau von den Pflanzen und kehrte dann ins Dorf zurück; die Abendmilch holte sie noch bei Tag, um zurück im Dorf zu sein, wenn die Sonne verschwunden, der Mond aber noch nicht aufgegangen war.

Doch heute war sie so mit den Heidelbeeren und dem Mond beschäftigt gewesen, dass sie nicht darauf geachtet hatte, wie die Sonne nach unten rollte wie ein Wagenrad, und mit einem Mal die Nacht über den Wald hereingebrochen war. Aber sie hatte um alles in der Welt die Heidelbeeren am Holzschlag unterhalb des Teufelsgrabens brocken wollen, um den Habichten nicht eine einzige Beere zu lassen. Sie wusste, dass Heidelbeeren gut gegen Durchfall waren. Und ihr Bruder Semen hatte oft Durchfall.

So trägt Iwanka nun die Beeren als Medizin für den Bruder nach Hause und zittert vor Angst im dunklen Wald.

Bekreuzigt sich, betet.

Hält an.

Bekreuzigt sich wieder.

Geht weiter.

Hält an.

Schaut zum Mond.

Betet ein bisschen.

Geht weiter den Pfad entlang.

Hat Angst.

Angst vor der Dunkelheit.

Angst vor den Schwarzhändlern hinter den Bäumen.

Denkt.

Wie es ihr die Moskowiterin geraten hat.

... Letzten Herbst belauschte Iwanka ein Gespräch zwischen Paraska Dmytrjutschka und der Mutter, während die beiden Kartoffeln klaubten. Es war ein leises Gespräch, aber Iwanka hat gute Ohren. Sie stellte sich an die Scheunenwand, reckte den Hals – und schon hörte sie alles.

„Seht doch, Borsutschka, euer Kind ist arg kränklich. Alle anderen in der Familie sind stark, gesund, aber das Mädel ist wie verflucht. Vielleicht hat dem Kind wer was Böses hingestreut oder hingelegt ... Ein interessantes Kind ist sie, wandert viel herum, beobachtet, will alles wissen. Ist vielleicht wo über ein fremdes schwarzes Zeichen gestiegen. Möglich, dass euch einer Distelasche vors Tor gestreut hat. Ihr seid feine Hausherren. Eure Söhne sind stattlich. Eure Mädchen hübsch. Vielleicht ist wer eifersüchtig. Oder böse auf euch. Oder das Unheil trifft euch wegen der Politisiererei vom Vater.

Was treibt auch eure Augustyna einen Keil zwischen die Leute, Gott behüt! Das ist doch eine Familie. Jeder steht für den andern ein, in einer Familie stehen alle für alle ein – im Guten und im nicht ganz so Guten. Vielleicht hat euch wer vorm Tor Kerzen überkreuz angezündet oder ein unreines Tier hingeworfen. Und Iwanka ist als Erste aus dem Garten gegangen, auf ihrem Weg in den Teufelsgraben. Und hat sich die Krankheit eingefangen. Irgendwas müsst ihr machen, Marika, das Mädchen wird älter. Hergeben müsst ihr sie, in ein, zwei Jahren, ihr werdet sehen, die Brautwerber werden euch die Türen einrennen. Mich hat der Vater mit vierzehneinhalb weggegeben, war auch nichts dabei! Aber ihr könnt die Iwanka auch früher an einen guten Mann mit feinem Land geben, sonst bringt ihr sie später nicht mehr unter die Haube, wenn sie so kränklich ist. Und euch selbst bleiben Land, Vieh, das Haus im Teufelsgraben bleibt euch, wenn der Vater dahingeht. Alles bleibt euch, wenn's nur die Kommunisten nicht wegnehmen. So ein Reichtum! Irgendwas müsst ihr euch überlegen, Frau, gut überlegen ..."

„Aha, so ist das also!", Iwanka schlug sich mit der Hand auf die Stirn, während sie Paraskas Geschnatter lauschte.

Als hätte Iwanka nicht schon oft Kerzen, die überkreuz in die Erde gerammt waren, umgestoßen.

Als hätte sie nicht schon oft auf dem Weg zum Stall einen Krähenflügel und einen Mäuseschwanz, in ein Krautblatt gewickelt, gefunden.

Hat sie.

Und sich angeschaut.

Und in die Hand genommen.

Iwanka dachte, dass nur Annyzja aus Pisky ihnen so etwas habe antun können, denn Iwankas Bruder Stefko hatte sie nicht heiraten wollen.

Stefko störte sich daran, dass Annyzja so groß war, er brauchte keine Bohnenstange, er wollte eine Frau, kein langes Elend.

Der Vater schimpfte mit dem Sohn, beiden spritzte die Spucke aus dem Mund, fast wären sie aufeinander losgegangen.

Der Mutter gelang es, die zwei zu beruhigen:

Niemand würde Annyzja auf dem Markt verkaufen wollen, aber die Hausfrau bräuchte langsam eine Helferin. Großvater Iwan war es, der bei diesen Streitereien zwischen den dreien alles wieder an seinen Platz rückte:

„Sagt, was ihr wollt, aber ich sage euch, dass so ein Dowbusch wie unser Stefko ein Glöckchen haben kann, nicht bloß eine Frau; und ihr kommt ihm mit einer Leiter! Annyzja ist lang wie sieben Wochen Fastenzeit. Soll sich der Bursche vielleicht auf die Zehenspitzen stellen, um an ihre Haare heranzukommen, wenn es einmal sein müsste?“

Danach verebbte der Streit, bis eine gute Seele die Mutter mit einer Bemerkung über den Zaun hinweg ins Mark traf:

„Na, meine Liebe, ist es wahr, was die Leute sagen, dass euer Stefko Brautwerber zur Annyzja aus Pisky schickt? Nicht schlecht, das Mädel, nur vielleicht ein bisschen zu lang geraten, die Arme. Für einen anderen wär sie vielleicht was, aber nicht für euren Stefko. Aber das liegt schon in Gottes Hand ...“

Iwanka meinte, alle Menschen auf der Welt gern zu haben, aber die verhasste Annyzja, wegen der es im Haus keinen Frieden gab, hätte sie mit bloßen Händen erwürgen können.

Sie betrachtete Stefko und wollte, dass niemand Annyzja je liebte, so satt hatte sie Annyzja! Annyzja stand in der Kirche, bekreuzigte sich nicht vor dem Abbild Gottes und ließ stattdessen die Borsuks nicht aus den Augen. Nach der Messe kam sie immer zu Mutter Marika und fragte, ob die Kuh schon gekalbt habe oder die Sau geworfen, als wäre es ihr nicht gleichgültig, was sich bei fremden Leuten im Stall tut. Schlecht war sie! Aufdringlich! Niemand sollte sie je lieben, jeden würde diese Annyzja ausbeuten.

Wie man es macht, dass jemand von niemandem geliebt wird, hat die Moskowiterin Iwanka einmal im Geheimen erklärt. Und sie hat es sich gleich gemerkt: *Man muss einen Wolf töten.*

Aber wie sollte Iwanka das anstellen, wo sie jetzt weniger im Wald unterwegs war? Wie sollte sie einen Wolf töten, wenn sie erst im Wald einem begegnen musste?

Und würde sie einem begegnen, hätte sie dann nicht Mitleid mit dem Wolf? Könnte sie ihm tatsächlich etwas antun?

Na ja, und hätte sie wirklich kein Mitleid und würde ihn töten, könnte sie dann die Speiseröhre, durch die alle Wolfsnahrung gegangen war, aus ihm herausziehen?

Und danach: Hätte sie den Mut, Annyzja durch die getrocknete Speiseröhre hindurch anzublasen, damit niemand sie je liebgewinnen würde – so sehr ging sie allen Borsuks mit ihrer Einschmeichelei auf die Nerven!

Nein, wahrscheinlich könnte Iwanka keinen Wolf töten. Sie konnte ja nicht einmal einen Frosch zertreten. Und wie sollte sie den Wolf eigentlich umbringen, mit dem Stecken vielleicht, den sie zum Bremsenvertreiben verwendet?

Damals auf dem Feld hatte Paraska die Mutter so vollgeschwatzt, dass Iwanka von dem dummen Tratsch Kopfweh bekam.

Aber die schwarze Krankheit ließ nicht von ihr ab. Hatte sie fest in ihrer Gewalt, Gott behüte: Warf sie Iwanka nicht zu Boden, so nahm sie ihr die Worte.

Iwanka sprach nun so, dass sie kaum jemand verstand: Nach dem Schreck mit der Kraxe oder dem Händler von der galizischen Seite hatte sie zu stottern begonnen.

Außerhalb der Familie hatte einzig Sisjo still Mitleid mit ihr: Er stellte sich an die Wand, schaute sie mit großen Augen an. Und man wusste nicht, lacht er oder ist er traurig, denn er hatte so wunderliche Augen. Alle von den Borsuks waren mit den Klugmankindern befreundet – die nahe Nachbarschaft, außerdem hatte Sisjo mit Iwankas Schwester Kalyna die Schulbank geteilt und stets seine weißen Fladen gegen ihr gelbes Kulescha getauscht, damals meinte er, er habe zu Hause genug Fladen gegessen und wolle jetzt Kulescha. Iwanka mochte er wegen ihres Lachens und nannte sie im Spaß „Lachomanka", und Iwanka ärgerte sich nicht darüber. Sie ärgerte sich, dass nun auch er sich von ihr abgewendet hatte.

Die Klugmans ließen diesen Sommer nicht einmal mehr Sisjo aus dem Haus. Iwanka hatte vor kurzem gehört, wie der Vater in der Nacht zur Mutter sagte, dass die Juden, die noch im Dorf geblieben sind, nach dem Eintreffen der *Krasnye Komissary* vielleicht zu Tode geprügelt würden, genauso wie sie von den betrunkenen Tscherkessen im ersten Krieg zu Tode geprügelt worden seien. „Und was ist letztes Jahr mit den Juden in Galizien gewesen? Wasyl Schpanjuk ist am Gold der polnischen Juden fast erstickt, wie die vor den Deutschen und den Russen geflohen sind ... Maria Muttergottes, bitte für uns." Vielleicht bekreuzigte sich der Vater in der nächtlichen Dunkelheit, abwechselnd murmelte er ein Gebet und drückte die Mutter an sich. Die Mutter drehte sich schwer neben dem Vater um, seufzte und antwortete wie immer und auf fast alles: „Das geht uns nichts an."

Die Männer, die seit Mitte letzten Sommers in Militäruniformen durchs Dorf marschierten, wurden *Krasnye Komissary – rote oder schöne*[3] *Kommissare* – genannt, aber Iwanka konnte nicht erkennen, ob sie tatsächlich schön waren. Nur einer von ihnen, der war bildhübsch! Wenn sie an seine Augen dachte, vergaß sie sogar aufs Atmen.

Aber die anderen ... Iwanka entdeckte nichts wirklich Schönes an ihnen. Sie waren ganz verschieden: groß und klein, mollig und dorschdünn, gesprächig

---

[3] Das Wort „krasnyj" hat die Bedeutung „rot" und „schön".

und schweigsam; an so einen Schönen wie diesen aber ... an so einen konnte sich Iwanka nicht erinnern.

Aber wenn der Vater sagt, dass sie schön sind, dann wird es schon stimmen. Sie muss einmal genauer hinsehen.

Und da gibt es noch etwas, worauf sich Iwanka keinen Reim machen kann, doch fragen will sie nicht: Was heißt, die Juden zu Tode prügeln?

Manchmal treiben sie es beim Spielen so rund, raufen so arg mit den Judenkindern, dass der Wald rauscht von ihren Dummheiten! Aber keiner hat Angst. Und von totschlagen ist keine Rede. Das sind Kinderblödeleien. Wieso sollte man davor Angst haben? Ja, dem anderen im Spiel das Bein oder den Arm zerkratzen, aber sie reißen sich gegenseitig doch nicht die Ohren ab! Schimpfen sich gegenseitig blöder Goj oder stinkender Jude, und die Sache ist erledigt.

Immer samstags betet Sisjo im Haus von Schtira gemeinsam mit den anderen Juden aus dem Dorf zu seinem Gott – und am Samstag darf Sisjo nichts tun, am Samstag gehen Iwanka oder die Mutter sogar zu den Klugmans und den Kapetuters den Ofen einheizen.

Der Vater von Eli Scherf geht freitags immer in seine Mikwe nach Wyschenka, Iwanka dagegen wird am Samstagabend im großen Bottich gebadet. Iwanka hat sogar gefragt, ob Eli seine schwarze Kippa beim Beten abnimmt und ob er auch in der Mikwe baden darf, aber Eli hat sie nur mit gerunzelter Stirn angesehen und verneinend seinen schwarzgelockten Kopf geschüttelt:

„Wieso nimmst du sie nicht ab? Zu Gott muss man unbedeckt und auf den Knien gehen!" – „Wir knien uns nicht hin und nehmen die Kippa nicht ab, Iwanka.

Weil unser Schöpfer ist ein andrer, nicht Jesus.“ – „Na ja, ist er halt ein andrer. Mama sagt, dass es schlecht ist, wenn man gar keinen Gott hat.“

Ein Wunder – und aus! Was ist an diesem jüdischen Gott anders? Und was ist an Eli anders, bis auf seine Locken? Arme, Beine – alles wie bei ihr. Die Augen – wie bei allen Leuten. Er spricht fast genauso, Iwanka versteht ihn. Und wenn er mit den anderen Juden auf Jiddisch herumschwadroniert, dann schwadroniert auch Iwanka ein bisschen neben ihnen her, und versteht sogar, worüber sie reden.

Gut, der alte Scherf hat eine Gerberei und sie haben keine, deshalb gerbt Iwankas Vater Pawlo dort jeden Tag Kuh- und Kalbshäute, außer an Samstagen, Sonntagen und Feiertagen.

Als Iwanka jünger war, winkte sie den kleinen Eli mit der Hand hinter die Gerberei, pfiff nach Sisjo, der immer beim Eingang zur Schenke seines Vaters stand – und schon war alles gut!

Wenn Iwanka den kleinen Scherf Wörter nachsprechen ließ, lachte er und entblößte seine schiefen Schneidezähne:

„Eli, sag mir nach: Wonnemond, Brachmond, Heumond.“

Der blauäugige Scherf lachte noch mehr und wickelte seine Locken um einen Finger:

„Komm, sag’s mir nach, Iwanka: Heumohn!“

„Nein, Heumond, Eli, Heumond. Frag deinen Vater: Heumond, weil im Juli Heu gemacht wird.“

„Und was kommt nach Heumohn, Iwanka?“

„Danach kommt Erntemond, und dann Herbstmond oder Scheiding.“

„Sisjo, das weißt du auch!“, prustete Eli Scherf. „Im Seiding kriechen alle Ottern in die Erde. Und danach, Iwanka-Lachomanka, kommt Weinmohn oder Gilbhaar? Ja? Gilbhaar, richtig?“

„Ja, Eli, Gilbhart, weil wenn im Dorf die Kartoffeln geklaubt werden, wird alles schon gelb. Wenn der Gilbhart zu Ende geht, müssen alle Felder leer sein.

Eli konnte auch „Gilbhart“ nicht aussprechen, bei ihm klang es wie „Gilbhaar“.

Darüber mussten Iwanka und Sisjo lachen, hielten sich die Bäuche. Und der beleidigte Eli Scherf zeigte ihnen die Zunge:

„Was ist daran so komis?“

Und wieder ertönte Kindergelächter hinter Scherfs Gerberei, die Klugman kam sogar aus der Schenke gelaufen, wischte sich die Hände an ihrem bodenlangen dunklen Rock ab und tat so, als würde sie die Kinder mit erhobenem Finger schelten, um danach ebenso schnell wieder in der Tür der Schenke zu verschwinden.

... Letzten Sommer jedoch wurde die Schenke der Klugmans geschlossen. Jetzt ist dort das Büro der *roten Kommissare*. Und in Scherfs Gerberei näht Iwankas Vater nun gemeinsam mit dem alten Scherf und all dessen Kindern feste Schuhe für die *roten Kommissare*, nur Eli klopft zum Spaß mit dem Hammer auf dem groben Leder herum. Und er lacht nicht mehr so laut, damit ja niemand aus Klugmans Büro-Schenke herausläuft und ihm wegen übermäßigen Lachens droht.

Iwanka würde allzu gern den Ältesten von den Kapetuters, Jakow, fragen, ob er sich daran erinnert, wie sie klein waren und Danyschtschuks Leiter an den Himmel lehnen wollten, um zu Gott zu gelangen.

Aber auch Jakow sieht man jetzt nicht mehr auf der Straße, er mahlt in der Mühle seines Vaters im Dorfteil Kaljuha Mehl. Sisjo sagt, dass Jakow bald heiraten wird. Doch Kaljuha liegt am anderen Ende des Dorfes. Dorthin darf Iwanka nicht mehr.

Sie würde Jakow noch etwas anderes fragen ... Na ja, vielleicht würde sie ihn fragen, ob er weiß, dass man die Juden wahrscheinlich bald prügeln wird. Und sie würde fragen, wofür man sie prügeln könnte. Jakow würde niemandem davon erzählen, Sisjo und Eli dagegen würden sich verplaudern: Sie konnten ihre Zunge nicht im Zaum halten, ihr Mund war ständig offen. Jedenfalls war er es bis zu diesem Sommer immer gewesen. Doch jetzt war etwas passiert ...

Trotzdem ist Jakow anders: Er denkt nach, bevor er spricht. Aber Iwanka ist klein, sie reicht Jakow gerade einmal bis zum Nabel; wird Jakow sich gemeinsam mit ihr an die Leiter zum Himmel erinnern wollen?

Niemand will mit Iwanka über irgendetwas reden. Sisjo sitzt immer öfter in seinem Holzschuppen und hobelt und zimmert dort vor sich hin.

Morgen wird sie zu Sisjo in den Holzschuppen gehen und ihn geradeheraus fragen, warum er nicht mehr mit ihr spielt.

Hat er vor ihrer Krankheit Angst?

Aber wovor Angst haben? Man muss ihr nur einen Stock zwischen die Zähne stecken, damit ihr die Zunge nicht in den Rachen rutscht. Und vielleicht den Kopf halten, damit sie ihn sich nicht blutig schlägt. Das ist alles.

Wie dumm, dass sie diese Krankheit hat. Die Dorfkinder wollen nicht mehr wie früher mit ihr spielen. Und bitten wird sie auch nicht darum. Sie ist jetzt schon groß. An Iwan Kupala wird sie zwölf. Ihre Schwester Kalyna zwickt sie in die Rundung, wo einmal ihr Busen sein wird, und lacht dumm: „Määädel!“.

... **Der nächtliche Schreck hat Iwanka** die Krankheit eingebrockt. Schreck hin oder her, aber Iwanka kam auf die Idee, dass die Krankheit wegen einer Sünde immer wieder zu ihr zurückkommt ... Sie hat Sünden, auch wenn der Vater etwas anderes behauptet. Nicht der Schreck ist schuld, es ist eine Strafe Gottes. Der liebe Gott bestraft Iwanka. Genau!

Ist es nicht eine Sünde, dass sie nicht jeden mit „Gelobt sei Jesus Christus" grüßt?! Die verstorbene Großmutter hat ihr beigebracht, dass man jeden, den man auf der Straße trifft, grüßen muss.

Als sie aber mit Jakow Kapetuter durchs Dorf gelaufen ist und in jeden Hof geschaut hat, ob es dort eine lange Leiter gibt, mit der man in den Himmel gelangen könnte, hat sie nicht alle gegrüßt. Damals ist ihnen nicht danach gewesen. Und manche Leute haben sie absichtlich nicht gegrüßt.

Ist das eine Sünde?

Ja, ist es!

... Vielleicht ist der liebe Gott zornig, weil Iwanka, als sie noch klein war, nicht warten konnte, bis er Regen auf die ausgetrockneten Felder des Dorfs schickte? Ist er zornig, weil Iwanka ohne den lieben Gott Regen machen wollte?

Aber was hätte sie tun sollen? Wegen der Trockenheit wäre die Ernte ausgeblieben! Also warf Iwanka die Kapsel einer geweihten Mohnblume, die am Deckenbalken der Kammer gehangen hatte, in den Brunnen. So hatte es ihr die Moskowiterin beigebracht.

Die geweihte Mohnkapsel half nicht, kein einziger Tropfen fiel damals vom Himmel.

Iwanka wartete und wartete und spazierte schließlich zum Friedhof: Sie musste ein Kreuz finden, das sie umstoßen konnte. Danach würde es bestimmt Regen geben.

Doch auf dem Friedhof waren alle Kreuze – ob neu oder schon ganz schwarz – fest mit dem Boden verwachsen. Es gab nur ein wackeliges Kreuz, jenseits der Friedhofsmauer, dort, wo die Toten ohne Pfarrer begraben wurden. Das Grab wurde von niemandem je besucht und das Kreuz stand schon so schief, dass es jeden Moment umfallen würde. Wieso sollte Iwanka warten, bis es von selbst umfiel, wenn es dabei helfen könnte, Regen zu bringen?

Iwanka überlegte lange, schaute sich mehrere Male nach allen Seiten um und packte das Kreuz dann mit beiden Händen am oberen Ende.

Rumms! Und schon stand das Kreuz nicht mehr: Es schlug mit der Vorderseite auf dem Boden auf, und Iwanka rannte los, in einem Tempo, dass sie kaum merkte, wie schnell sie das elterliche Vorhaus erreichte.

Doch auch das umgeworfene Kreuz auf dem Friedhof brachte keinen Regen.

... Die Mutter riss Iwanka damals nicht am Ärmel, zischte ihr nicht ins Ohr, sondern drückte sie nur fest an sich und begann zu weinen:

„Was soll ich nur mit dir tun, Kind? ..."

„Aber Mutter, du hast mir doch selbst gesagt, dass die alten Leute es so gemacht haben, wenn es lange keinen Regen gab. Erinnerst du dich, damals bei meinem Fieber, da habe ich gefragt, ob die Moskowiterin mir richtig beigebracht hat, wie man Regen bringt. Und du hast gesagt ...", auch Iwanka schniefte.

„Hab ich ... ich habe gesagt, dass es vor langer Zeit so gewesen ist ... dass es die Menschen zu Zeiten des Kaisers, dessen Namen wir schon nicht mehr wissen, so gemacht haben. Aber du bist noch klein, noch viel zu jung. Du darfst so etwas nicht tun. Ach, mein Gott, mein Gott ...", sie hob den Blick zum Himmel. „Du wirst bald selbst so eine sein wie die Moskowiterin. Ich bin selbst schuld, was hab ich dich nur um Kräuter zu Seweryna geschickt. Das ist doch nicht gut, Kind. Ein Mädel soll lange Haare haben und einen kurzen Verstand. Doch bei dir ist alles anders ... alles."

„Das Kind ist nicht von dieser Welt, Gott sei uns gnädig ...", flüsterte die Mutter in der Nacht dem Vater zu.

Iwanka, die sich auf dem Ofen zusammengerollt hatte, hielt vor Anspannung den Atem an und spitzte die Ohren: Die Eltern redeten über sie.

„Soll ich selbst zur Moskowiterin gehen, vielleicht kann sie mit einer Beschwörung helfen? Weil, wenn sie größer wird, wo werden wir einen Mann für sie finden? Wer will ein Mädel, das tagelang Kräuter sammelt und in den Himmel guckt, aber noch nie Flachs in der Hand gehalten hat? Und dann noch diese schwarze Krankheit ...", die Mutter seufzte nun lauter. „Ich hab dir ja gesagt, man kann einem Mädchen keinen Männernamen geben ..."

„Was redest du da, Frau?", fiel Vater Pawlo der Mutter ins Wort. „Das Kind wurde an Iwan Kupala geboren, wurde mit diesem Namen geboren, hätten wir sie da Kateryna oder Paraska nennen sollen? Es muss was andres sein: Jemand hat ihr in einer ungünstigen Stunde einen bösen Blick zugeworfen. Das Mädchen ist hübsch, die Mitgift wird gut sein, da hat ihr jemand einen bösen Blick zugeworfen. Wer hätt nicht gern unseren Graben, selbst wenn's ein Teufelsgraben ist. Viele träumen von unserer Weide auf der

Borsukiwka. Und das Vieh? Dann trocknest du auch noch jeden Sommer dreimal die Kissen und Teppiche, als ob sich irgendein Ungeziefer darin eingenistet hätte. Kann schon sein, dass jemand lange Zähne bekommen hat bei all den Schätzen, die wir haben", brummte der Vater, während er sich neben der Mutter von einer Seite auf die andere wälzte.

„Ob sie nun vom bösen Blick getroffen wurde oder nicht, verkaufen müssen wir die Iwanka. Vielleicht hilft's ...", flüsterte Mutter wieder, woraufhin Iwanka loshustete, denn sofort stellte sie sich vor, wie man sie in Sarembas oder sonst einer Schenke im Dorf wie Salz oder Öl verkaufen würde.

„Vielleicht sollten wir sie nackt abwiegen? Dann wird sie nicht weiter kränkeln, und auch die Wahrsagerinnen werden sie nicht holen."

„Bist du übergeschnappt, Mann? Weißt du nicht, dass eine Frau, die nackt gewogen wurde, vor dem Tod ebensolche Qualen durchmachen muss wie eine Hexe? Haben wir nicht schon genug Leid? Wer weiß, wie viel dem Kind auch so vorherbestimmt ist, und dann noch vor dem Tod! Du bist von allen guten Geistern verlassen, Pawlo, denk doch nach. Das Kind ist einfach nicht im Haus zu halten, da kannst du machen, was du willst. Wieso ist sie so rastlos? Was sucht sie immer im Wald?"

„Nein, nein, Frau ... du bist selbst schuld. Weißt du noch, wie am Tag von Iwankas Geburt die Dmytrjutschka vorbeigekommen ist und sich einen Krauthobel ausleihen wollte? Wozu um Himmels willen hat sie an Iwan Kupala einen Krauthobel gebraucht, wo der Kohl doch gerade erst Köpfe gebildet hat. Aber irgendeine Teufelsmutter hat sie damals zu uns geführt, und du hast nichts dagegen gehabt, ihr diesen dummen Hobel zu leihen, hättest sagen können, dass er kaputt ist. Oder hast du damals nicht gewusst, dass das Kind dann nicht im Haus zu halten sein wird?"

„Was du da redest, Pawlo! Als ob mir damals danach gewesen wär ... Wie es losgegangen ist, da hab ich darauf vergessen, dass man am Tag der Niederkunft nichts aus dem Haus hinaustragen darf. Jetzt ist es zu spät ..."

Und in der Früh brachte die Mutter Iwanka zur Moskowiterin in den Weiler Lustun.

… **Der Heilerin** Seweryna Seweryn, Tochter der Kateryna, die in einer Blockhütte auf einer Graslichtung neben dem dichten Wald und einem rauschenden Bächlein im Weiler Lustun lebte, hatten die benachbarten Ortschaften Panska Dolyna und Tscheremoschne schon vor der Geburt ihren Namen gegeben. Einen Namen, der niemals in ein Taufregister oder ein Buch der Dorfverwaltung eingetragen worden wäre, unter keinem der hiesigen Machthaber. Sie war die Tochter des Dorfmädchens Kateryna, das von einem russakischen Soldaten vergewaltigt worden war, im Ersten Weltkrieg, diesem furchtbaren Inferno. Bereits im Mutterleib trug das Kind den Namen *Moskowiterin*.

Niemand wusste und würde je erfahren, wer ihr Vater tatsächlich war – ein Russake, ein Russine oder ein Tscherkesse –, denn die einen wie die anderen hatten als Rekruten, als Moskowiter, in der grausamen Armee des Russischen Imperiums gedient, die während des Ersten Weltkrieges drei Mal ins abgeschiedene Leben der Bukowiner Bevölkerung inmitten ihrer grünen Berge eingedrungen war, zu jener Zeit österreichische Staatsangehörige.

Zu Beginn von Sewerynas Lebensgeschichte hatte ein wohlwollender, gutherziger Mensch versucht, den Namen der unschuldigen Bastardin abzuschwächen, und sie im Gespräch mit anderen *Rusatschka* genannt. Aber der Beiname *Moskowiterin*, unehelich geborenes Kind eines russischen Soldaten, haftete Seweryna an, als hätte man ihr diesen in die Haut eingebrannt.

Die Bastardin lebte vor sich hin und verinnerlichte alle weisen und weniger weisen Gesetze des Lebens in den Bergen, alle Gesetze der hiesigen Tier- und Pflanzenwelt und des hiesigen Aberglaubens, der Hexerei und ganz einfach der schlauen Erfindungsgabe. Und trotz Sewerynas abschreckender Natur konnte es keiner in diesen Bergen mit ihr aufnehmen, weder im direkten noch im übertragenen Sinn: Sie war eine Heilerin, die Menschen mit Medizin aus Kräutern und mit nur ihr bekannten Beschwörungen gesund machte.

Interessant war die Geschichte dieser Frau allemal, die mit der Sense ihrer dichten schwarzen Brauen Menschen mähte und sogar in diesem so abergläubischen Landstrich Aufsehen erregte. Es kam vor, dass sie einen scharfen Blick von unten herauf warf, als wollte sie mit ihrer Sense zuschlagen, doch ebenso plötzlich fing sie die Klinge des Blicks mit ihren Wimpern ein, als würde sie die Sense in die Erde rammen.

Im Leben der einsamen Seweryna ereignete sich viel Wundersames. Aber unter all den wundersamen Dingen, Abenteuern und Überraschungen liebte sie es am meisten, wenn Iwanka von den Borsuks aus Tscheremoschne um Kräuter oder Auszüge zu ihr kam.

Das Mädchen drehte sich auf dem Hof wie eine Ahle, lugte in alle blubbernden Kessel oder redete mit den reglosen Katzen, zog sie an den nach vorn gerichteten Ohren und setzte sich schließlich auf die Türschwelle, überblickte aufmerksam die Umgebung – erst dann entspann sich ein interessantes, äußerst interessantes Gespräch, das höchstens vom vielstimmigen Miauen der Katzen unterbrochen wurde.

„Was machst du heute?“, Iwanka sah furchtlos mit ihren braunen Augen in das Schwarz von Sewerynas Blick.

„Ich suche das Schicksal“, antwortete die Moskowiterin.

Und sie machte sich daran, unter der Bank zu suchen.

„Was du nicht sagst!“ Das Mädchen klatschte in die Hände wie eine alte Frau, aber sie wandte ihren Blick nicht von Seweryna ab. „Kann sich das Schicksal unter der Bank verstecken?“

„Oho, Iwanka! Man kann das Schicksal in den dichtesten Wald jagen oder im Sumpf versenken, unter der Bank verstecken ist nichts dagegen. Man kann mit dem Schicksal alles tun, was man auch mit einem Menschen tun kann: erschrecken, den bösen Blick zuwerfen, verfluchen, mit Verwünschungen abwenden.“

„Moskowiterin, du weißt nicht zufällig, wo mein Schicksal ist?“, fragte das Kind, nachdem es kurz überlegt hatte. Iwanka dachte immer zuerst nach, bevor sie Seweryna eine Frage stellte.

Niemand außer Iwanka Borsuk, diesem seltsamen Däumling, nannte sie so sanft und liebevoll Moskowiterin, als wäre es eine Liebkosung und keine Beleidigung.

Das Kind zog die Worte in die Länge, als würde es an einem Seil schwingen, ohne Angst abzustürzen. In solchen Momenten war ihr Stottern kaum merkbar.

Seweryna stiegen dann Tränen in den Hals, doch sie drängte die Tränen mit Gewalt zurück.

„Kindchen ... Das Schicksal sucht nie den Menschen. Der Mensch muss sein Schicksal selbst finden und es sich zu eigen machen. Findest du es, gehört es dir.“

„Und wenn ich es nicht finde?“

„Dann lebst du so. Ohne Schicksal.“

Wieder schwieg Iwanka lange. Dann blickte sie Seweryna von unten an:

„So wie du?“

Diesmal antwortete Seweryna nicht, sie stellte nur eine Schüssel mit Erbsen vor das Mädchen.

„Hilf mir, die Adamstränen verlesen.“

„Wie? Erbsen sind Adamstränen?!"

„Als Gott Adam und Eva aus dem Paradies vertrieb, Iwanka, mussten sie ihr Leben selbst in die Hand nehmen und sich ernähren. Adam hat den Boden bestellt, damit seine Frau und er zu essen haben. Aber genauso wie wir hatte Adam das Arbeiten nie gelernt, deshalb hat er geweint, als er zum ersten Mal hinter dem Pflug ging. Und wo seine Tränen hinfielen, dort sind Erbsen aufgegangen und gewachsen. Deshalb heißen sie Adamstränen."

„Wie schön ...", seufzte Iwanka.

„Oj, Kind ... schwer, nicht schön. Wenn du aber willst, dass es schön wird, binde diesen Knoten an dein Kreuz, das du um den Hals trägst. Er soll dich beschützen. Ich habe ihn aus Kupala-Kräutern gemacht. Er hilft dir, dein Schicksal zu finden."

„Auf dem Heimweg? Sag schon, Moskowiterin ...", Iwankas Stimmung hob sich auf gar nicht kindliche Art. „Wird es ein junger Herr sein?"

„Irgendwann sag ich es dir, ganz bestimmt ... Besser, es wäre ein Pfau als ein junger Herr. Aber jetzt lauf heim und sag der Mutter, dass sie nicht mit dir schimpfen soll. Sag, die Moskowiterin hat dir beigebracht, wie man lebt. ‚Sie weiß selbst nicht, wie man lebt, und will es einem fremden Kind beibringen', wird die Mutter darauf sagen. Du aber widersprich der Mutter nie. Sie weiß immer alles besser."

„War es bei deiner Mutter auch so?"

„Oh ja, Iwanka, ja ... Besser es wäre nicht so gewesen."

... „Bist du eine Hexe, Moskowiterin?", fragte Iwanka einmal, gleich nachdem sie ihr den Krug mit der Milch und den Korb mit den Pilzen gereicht hatte.

„Woher hast du das?“ Sie strich dem Mädchen über die zwei dünnen Zöpfe, die wie ein Kranz um ihren Kopf gelegt waren, und schaute von Zeit zu Zeit zur Decke, ob nicht plötzlich eine Schlange ihren schwarzen Körper aus dem Korb wand.

Sie muss dem Kind sagen, dass die Ottern der Moskowiterin, die in Körben unter der Decke wohnen, die Menschen nicht angreifen und ihnen nichts zuleide tun. Sonst erschrickt sie noch, wenn sie plötzlich ein Zischen hört.

„Von der Mutter. Sie hat gesagt, dass deine Mutter dich an einem Montag geboren und an einem Montag abgestillt hat. Noch dazu fastest du jeden Montag. Deshalb bist du eine Hexe.“

„Iwanka, ich sag es dir ein für allemal: Wer am Montag fastet, der lebt nicht nur gut auf der Erde, sondern hat auch keine Angst vor dem Tod.“

„Was heißt das?“

„Wenn ein Mensch stirbt, verlässt die Seele den Körper und geht zum lieben Gott in den Himmel. Zuerst trifft die Seele des Toten den Wächter vor der Himmelspforte. Der Himmelswächter ist der heilige Montag. Und dort, vor der Himmelspforte, befragt der heilige Montag die Seele zu ihren Sünden auf der Erde. Er kennt zwar auch so alle menschlichen Vergehen, aber er fragt trotzdem, um sicherzugehen, dass die Seele ihn nicht täuschen, belügen will. Erst dann führt der Himmelswächter die Seele des Verstorbenen über den Feuerfluss des Todes. Und zeigt ihr Himmel und Hölle. Dort bestimmt der Erlöser selbst, welches Tor der tugendhaften oder sündigen Seele geöffnet wird ...“

„Die Mutter hat aber gesagt, dass der heilige Petrus die Seelen der Verstorbenen vor dem Himmelstor empfängt.“

„Vielleicht heißt er Petrus, vielleicht einfach Himmelswächter, vielleicht heiliger Montag. Wer kennt ihn schon? Niemand war dort, und niemand weiß, wie er in Wahrheit heißt."

„Sag, Moskowiterin ...", Iwanka wollte offensichtlich etwas fragen, traute sich aber nicht. „Sag ... ist es wahr, dass in deinem Haus eine Schlange wohnt und du sie einmal in der Woche melkst und dann mit der Schlangenmilch Menschen heilst?"

Seweryna hatte keine Zeit zu antworten, denn in dem Korb zischte es plötzlich, und gleich darauf schlängelte sich ein dünner Schwanz über den Deckenbalken auf den Dachboden.

„Es ist waaaahr ...", stieß das Kind aus, verdeckte mit beiden Händen den blutleeren Mund und blickte Seweryna mit großen Augen an. „Aber ich werd's niemandem sagen!", fügte sie schnell hinzu. „Niemandem, überhaupt niemandem ... außer vielleicht der Mutter."

... **Am Morgen also,** lange bevor die Sonne den Morgentau getrocknet hatte, betraten Marika Borsutschka und ihre Tochter Iwanka die Schwelle von Sewerynas Haus, und gleichzeitig – fast wie auf Befehl – verschränkten Mutter und Tochter in alter Manier die Arme vor der Brust.

Die Moskowiterin lachte, was sie überaus selten tat: „Ihr habt euch so zusammengefaltet, als ob ihr mich vierhändig verprügeln wolltet!"

Iwanka sprach als Erste, mit piepsender, weinerlicher Stimme:

„Moskowiterin, rette mich, Mutter und Vater wollen mich an die Juden in der Schenke verkaufen."

„Sie ist ganz kränklich geworden ...", mehr konnte die ältere Borsutschka nicht sagen, dann brach sie in Tränen aus. „Die schwarze Krankheit quält sie. Und der Schreck hat sie in der Nacht im Wald heimgesucht."

Die Moskowiterin schaute die beiden lange schweigend an. Sie bat sie zu Tisch und bewirtete sie wortlos mit Kyselyzja , selbst ging sie nach draußen.

Die Kyselyzja verschwand wie von allein in Iwankas Hals, der Mutter dagegen blieb sie beinahe im Hals stecken. Beide aßen schweigend, schauten nur hin und wieder zur Tür, durch welche die Moskowiterin hinausgegangen war.

„Marika, lasst mir das Kind für drei Tage hier", sagte Seweryna wieder zurück im Zimmer zur Mutter und nahm Iwanka an der Hand, als hätte sie bereits die Zustimmung erhalten.

„Warum eigentlich nicht ...", meinte die Mutter unentschlossen. „Wenn es nur hilft."

„Es wird helfen, Marika, sicher. Geht heim und habt keine Angst. Dem Kind wird es hier schlecht nicht ergehen. Das wisst Ihr doch, Marika. Nicht wahr, Iwanka?"

Das Mädchen schaute abwechselnd zur Mutter und zur Moskowiterin. Dann krallte es sich mit beiden Händen an Sewerynas schwarzer Kleidung fest:

„Natürlich."

... Zuallererst zog die Moskowiterin Iwanka ein langes weißes Hemd an, das bis zum Boden reichte, löste ihre Haare und kämmte sie, machte drei Mal ein Kreuzzeichen über ihr und führte sie dann zu einem im hohen Gras versteckten Trog mit heilkräftigem Wasser. Sie machte ein weiteres Kreuzzeichen über ihr und tauchte sie drei Mal – auch mit dem Kopf – unter.

Das Wasser in diesem Trog war nicht zum Trinken bestimmt, nur zum Heilen. Die Moskowiterin achtete sehr darauf, dass nicht etwa ein Fuß oder eine Hand ohne ihr Wissen das reine – bis zum Grund durchsichtige – Silber des belebenden Wassers trübte. Eine Woche lang war der Trog „versiegelt" gewesen, sogar für die Hausherrin, Iwanka tauchte also in eine unberührte, eisig klare Kälte ein, die sich – Iwanka schrie nicht, winselte nur – wie Nadeln oder Wespenstacheln in ihre Haut bohrte.

Danach trocknete die Moskowiterin das zitternde Kind mit einem steifen Hanftuch ab, rieb ihren Körper mit einer Salbe aus Arnikablüten, Baldrianwurzeln und Buchenöl ein und setzte sie mit nacktem Hintern in den Sattel eines lebenden – mit Millionen brauner Seelen bevölkerten! – Ameisenhaufens, und Iwanka war, als würde sie in einem Bottich siedenden Wassers verbrüht.

Als diese verhasste, vielbeinige und vielmäulige, bissige Bruderschaft nun auf dem nackten Kinderkörper hinauf und hinunter und überallhin krabbelte, hätte man nicht sagen können, dass Iwanka schrie: Sie winselte wie ein junges Hündchen, das mit der Pfote in eine Falle geraten war. Das klägliche Winseln wäre sogar einem Toten unter die Haut gegangen, doch nicht Seweryna.

„Halt durch, Iwanka", bat sie das Kind, aus dessen Augen Tränen kullerten wie junge Erbsen. „Halt durch, mein Täubchen ...", bat sie, während sie mit einer Hand die lebendigen Ameisen auf Iwankas Rücken und Brust zerrieb und mit der anderen dem Kind Wasser einflößte. „Die Ameisen haben besondere Säfte, die werden dir helfen, mein Kind", murmelte sie beschwörend und fächelte Iwanka mit einem Tuch Luft ins Gesicht, vielleicht um ihr das Atmen zu erleichtern.

Nach alledem badete sie Iwanka wieder in dem kristallklaren Wasser im Trog, als wollte sie ihre Haut vereisen, die von den Ameisenbissen wie Feuer brannte.

Auch der nächste Tag begann mit einem Bad im heilkräftigen Wasser.

Danach schlug die Moskowiterin mit einem festen Bündel aus Brennnesseln auf Iwankas Kreuz und Beine. Die Brennnesseln brannten nicht weniger als der Ameisensattel. Doch Iwanka ließ die heißen Schläge der Brennnesselpeitsche, die auf ihrem Körper grüne und rote Streifen hinterließ, mit zusammengebissenen Zähnen über sich ergehen.

Die Moskowiterin flüsterte eine Beschwörung und die zusammengekauerte Iwanka betete mit geschlossenen Augen still vor sich hin, um nicht in Tränen auszubrechen.

... Ob es nun tatsächlich das heilkräftige Wasser in Kombination mit den heftigen Ameisenbissen oder das unerträgliche Brennen der Brennnesseln und die

Beschwörungen der Moskowiterin gewesen waren, die die Untiefen der Angst in Iwanka erstickt und ihr den schwarzen Fluch der Fallsucht sowie das Stottern ausgetrieben hatten ... Den restlichen Sommer und den ganzen Herbst jedenfalls sprang Iwanka wie ein junges Zicklein in den Bergen und Wäldern herum und suchte und sammelte Heilpflanzen und Heilkräuter für Sewerynas kleines Hausspital.

So wäre es wohl bis heute, hätte es nicht eine zweite Begegnung zwischen Iwanka und dem Schmuggler-Petro gegeben. Diesmal alleine.

... Es war noch nicht Winter, aber der Herbst schlug bereits lebhaft mit seinem gelben Schweif, ohne allzu lang in den Wipfeln der blattlosen Bäume zu verweilen, spärlicher Schnee bedeckte den zwischen der letzten Wärme und der ersten Kälte zusammengeschrumpften Erdboden. Der Schnee war von kurzer Dauer und nicht schön anzusehen, wie alles Junge und Frühe, denn er schmolz vor den Augen dahin, doch Iwanka machte sich keine Gedanken darüber, während sie auf dem Hohlweg in den Teufelsgraben stapfte.

Es dämmerte nun früh: Die letzten Sonnenstrahlen klammerten sich noch an die vor dem Himmelsrand schwebenden Hügel, doch hier im Buchenwald regierte bereits das Abendlicht.

Iwanka rückte ständig den in ein gewebtes Tuch gewickelten Tontopf mit Rouladen aus Rote-Rüben-Blättern zurecht, dann schob sie sich das Tuch aus der Stirn, das ihr immer wieder über die Augen rutschte. Die Mutter hatte Angst, Iwanka könnte sich erkälten, und steckte sie bei jedem Gang zum Großvater in ein ärmelloses Pelzjäckchen und in Tücher, als wollte sie so nicht nur eine Krankheit, sondern auch ein Unheil abwenden. Iwanka legte die Hälfte des Weges eingepackt wie ein Kohlkopf zurück, befreite sich dann von ihrem Kummet und schlenderte unbeschwert bis zu Großvaters Zauntritt. Vor dem Zauntritt umwickelte sie sich wieder überkreuz mit Tüchern, sorgfältig, damit der Großvater nichts bemerkte, und zog sich einen kurzen Keptar über.

Diesmal rann Iwanka vom schnellen Gehen der Schweiß in die Augen und sie hielt an, um sich von der beengenden, überflüssigen Kleidung zu befreien. Das Tuch kam nicht im Korb zu liegen, fiel ihr vor die Füße, als hinter einer Buche lautlos ein menschlicher Schatten hervortrat.

„Hab keine Angst, Kind ...", sagte der Schatten mit der dumpfen Stimme des Schwarzhändlers Petro aus Galizien leise, jedoch mit Nachdruck. Diese Stimme hätte Iwanka sogar erkannt, wäre sie taub gewesen. „Bist du Iwanka?"

Gegen den ersten Schreck ankämpfend drehte das Mädchen den Kopf in die Richtung, aus der die Stimme kam, gebückt hielt sie die Hand für alle Fälle über dem Tuch, als könnte ihr der dünne Stoff als Waffe dienen.

„Ja."

„Weißt du noch, wer ich bin?", fragte der Mann von der anderen Seite des Flusses und kam näher.

„Ja", Iwanka richtete sich auf, in der Hand knetete sie das vom Angstschweiß nasse Tuch. „Gehen Sie zum Großvater?"

Petro schwieg, kramte in seiner Tasche und trat ganz nah an Iwanka heran.

„Ich will dir etwas sagen, und du, Mädchen, hör gut zu. Verstanden?"

„Ja."

Iwanka machte einen Schritt von Petro weg.

„Sag deinem Opa, er soll alles, was er von mir hat, gut verstecken. Und wenn wer fragt, hat er seit dem Sommer nichts von mir gehört. Sag dem Großvater, dass mein Weg auf eure Seite für einige Zeit versperrt bleibt. Hörst du?"

„Der Großvater hat seit dem Sommer nichts von Ihnen gehört und er hat alles von Ihnen schon gut vor Fremden versteckt. Ihr Weg herüber wird versperrt sein."

„Und jetzt gib mir aus deinem Korb, was zu essen drin ist, wenn du kannst."

Iwanka packte schweigend den Tontopf mit den erkalteten Krautrouladen aus und stellte ihn vor Petro auf den Boden.

Petro kramte nun in einer anderen Tasche.

„Kind, nimm das, aber versteck es gut. Wenn du groß bist und einen Mann heiratest, trag diese Ohrringe. Doch heute versteck sie mit dem Großvater, aber so, dass du nachher noch weißt, wo sie sind. Und verrat nie irgendjemandem, dass du den Schwarzhändler Petro gesehen hast, aber denk immer daran, dass er wollte, dass du bei deiner Hochzeit hübsch bist. Hörst du?" Petro schlug die zwei glänzenden Ohrringe in ein Stückchen Stoff ein, band einen groben Spagat darum und legte das Päckchen in die zitternde Kinderhand. Nachdem er kurz überlegt hatte, nahm er es wieder an sich, verknotete den Spagat hinter Iwankas Hals und drückte das Päckchen kurz gegen ihre Brust, wie zur Bestätigung.

Iwankas Handfläche brannte wie damals, als sie die Blüten des *Marienschuhs* unter die aufgeschlitzte Haut gepresst hatte. Doch sie überwand ihre Angst, stellte sich auf die Zehenspitzen und reckte sich zu Petros Gesicht. Seine Wange war offenbar lange nicht rasiert worden und der Mantel aus Segeltuch roch nach Moos. Iwanka berührte mit den Lippen das kalte Männergesicht, dankte wortlos oder hatte Mitleid mit diesem Mann, der einem nächtlichen Spuk glich.

... Sie jagte dahin, als würde sie von zehn Windhunden verfolgt. Sich in den Wörtern verheddernd, schaffte sie es gerade noch, dem Großvater von ihrem Gespräch mit Petro zu berichten, woraufhin Großvater Iwan etwas später ohne den zum Bersten vollen Segeltuchrucksack ins Haus zurückkehrte. Da hämmerte bereits jemand gegen das Fenster. Iwanka drückte das Päckchen mit den Ohrringen an ihre Brust und verschwand schnell im Ofenwinkel.

An Schlaf war bis zum Morgen nicht zu denken, in Großvaters Haus blieb nichts an seinem Platz: Zwei Männer – von denen, die *rote Kommissare* genannt wurden – schauten in jeden Winkel, in jedes Fass, durchsuchten sogar die Kleider, die auf der Stange hingen, danach setzten sich die beiden an den Tisch und einer sagte leise zu Großvater:

„Pan Borsuk, jetzt geben Sie uns was zu essen. Wenn wir all die Arbeit schon umsonst gemacht haben, wollen wir zumindest nicht hungrig zurück ins Dorf gehen."

„Wieso nicht?", antwortete Großvater Iwan, ohne die Ruhe zu verlieren, und holte Schüsseln aus der Kredenz. „Jeder macht seine Arbeit. Auf der ganzen Welt macht jeder seine Arbeit. Und wir machen die unsere."

„Tun Sie nicht so schlau, Pan Borsuk. Petro, der Schmuggler, ist noch nicht auf der anderen Seite. Und Sie sind seine Sachen noch nicht losgeworden. Sie wissen das, und wir wissen das, können es aber noch nicht beweisen. Aber wir finden sein Gold und die anderen Sachen. Die Leute werden uns helfen."

„Gott wird helfen", seufzte der Großvater, während er den Schweinsbraten schnitt. „Gott hilft allen, wie er will."

Daran, wie schief Großvater Iwan das geschmorte Fleisch sägte und nicht schnitt, erkannte Iwanka, dass er sehr beunruhigt war.

„Bestimmt wird er helfen", antwortete der Jüngere der *roten Kommissare* und strich sich den Schopf glatt. „Nur rechtzeitig muss er es schaffen ...", endete der Mann in Militäruniform und fuhr sich durch sein Haar, das lockig war wie das von Eli Scherf. „Wir aber schaffen es ganz sicher, Pan Borsuk. Wir haben keine Eile. Wir bleiben für immer hier."

... Seit jener Nacht wurde Iwanka wieder von der Fallsucht heimgesucht. Fast täglich.

Wenn Iwanka nach ihren Anfällen in tiefen Schlaf fiel, erschien ihr im Traum sogleich Petro, der ihr Ohrringe für ihre Hochzeit in die Hand drückte. Sie erinnerte sich daran, wie sie damals, nachdem die *roten Kommissare* gegangen waren, das Päckchen unter ihrem Hemd hervorzog und vor Großvater Iwan hinlegte.

Der Großvater warf einen kurzen Blick auf die zwei glitzernden Ohrringe, die so lang waren wie ein halber Finger, schlug sie dann wieder ein, steckte sie in seine Hosentasche und drückte das Kind wortlos an sich.

Großvater stellte keine Fragen, und Iwanka erzählte nichts, außer dem, was sie von Petro ausrichten sollte. Aber sie war sich nun ganz sicher, dass den Großvater und sie ein Geheimnis verband, vielleicht ein größeres als alle Geheimnisse auf der Welt. Und zum ersten Mal hatte sie nicht die Absicht, es mit jemandem zu teilen. Nicht einmal mit der Moskowiterin.

Gegen die Fallsucht war kein Kraut gewachsen. Und im Frühling sagte der Vater zur Mutter, ohne es vor Iwanka zu verhehlen:

„Wir müssen sie verkaufen. Etwas anderes hilft nicht."

Als Iwanka das hörte, flüchtete sie noch vor dem Abend in den Teufelsgraben zum Großvater. Aber der Großvater nahm sie an der linken Hand, drehte sie zu sich und schaute ihr lange in die Augen:

„Siehst du, Mädchen, es war schlecht, dass du dir selbst die Hand verletzt hast. Gott mag nicht, wenn der Mensch ihm in *Seine* Schöpfung pfuscht. Jetzt musst du Gott um Vergebung bitten, weil du deine gesunde Hand krank gemacht hast, und dann ganz krank geworden bist. Gott ärgert sich, wenn die Menschen an *Seinem* Werk herumpfuschen wollen."

Iwanka begann zu weinen und drückte sich an den Großvater:

„Dann werde ich drei Tage und drei Nächte das Vaterunser sagen. Wenn Sie wollen, Großvater, auf den Knien, und dann werde ich es noch einmal aufsagen, so oft Sie wollen, nur verkauft mich nicht, Großvater! Die Juden in der Schenke kaufen mich und geben mich dann an den Zigeuner Tobar weiter. Und Tobar zieht mit seinen Hufeisen in die Welt und nimmt mich mit.

Großvater, ich wollte nicht an Gottes Werk herumpfuschen, ich wollte nur die Kraft des *Marienschuhs* in meiner Hand haben, und dafür hat Gott mich bestraft? Mag er es nicht, wenn jemand Kraft hat und den anderen hilft?! Das ist doch ein *Marienschuh*! Maria ist die Mutter Gottes! Und Gott ist ihr

Sohn! Wegen ihr wollte er mich bestrafen? Liebt Gott seine Mutter nicht?“

„Es ist ein Jammer mit dir, Kind ... Gott liebt alle, und er wird nicht müde zu vergeben. Aber Gott mag es nicht, wenn man ihm widerspricht, oder sich ihm in den Weg stellt ...“

Iwanka wurde nicht in der Judenschenke verkauft – nur eine war von den *roten Kommissaren* noch nicht geschlossen worden –, sondern am Fenster ihres Elternhauses, wie es die Dorfhexen bestimmt hatten.

Die Vorbereitungen dauerten den ganzen Tag an, als würde eine Braut für die Hochzeit zurechtgemacht.

Zuerst wischte Mutter gründlich den Boden, dann verbrannte sie an Ostern geweihte Kornblumen in einem Blechschälchen, und der süße, berauschende Duft drang bis unter das Dach. Anschließend setzte die Mutter in einem hohen Bottich gleich im Haus einen Auszug aus getrockneten Sommerkräutern an, in Wasser von drei Brunnen, aus denen vor Sonnenaufgang nicht geschöpft worden war,

sie wusch das Kind im Licht einer Öllampe,
kämmte Iwanka das Haar und flocht ihr Zöpfe,
zog ihr ein langes weißes Leinenhemd an,
küsste sie auf den Scheitel,
machte ein Kreuzzeichen über ihr und legte sie im großen Zimmer schlafen.

In diesem Zimmer schliefen nur zwei oder drei Mal im Jahr Gäste, die aus entfernten Weilern ins Dorf kamen – an Weihnachten, zu Kirchweih oder an Ostern zur Osternacht.

Iwanka war nun in den vier, mit Teppichen ausgekleideten Wänden eingesperrt, inmitten von Ikonen, die mit bestickten Tüchern behängt waren, und wälzte sich auf dem harten Kissen aus Hühnerdaunen hin und her; sie beobachtete, wie im Mondlicht der Wipfel der alten Birne im Wind schaukelte, und ein spitzer Stachel bohrte sich in ihre Brust.

Vielleicht war es Angst vor dem morgigen Verkauf, vielleicht Schmerz über die ungerechte Strafe Gottes, der zornig auf Iwanka war?

Vielleicht war Gott wirklich wegen seiner Mutter, der Muttergottes, wütend auf Iwanka?! Weil Iwanka böse Gedanken gegen sie gehegt hatte?

Was, wenn sie Gott wirklich so sehr verärgert hatte, dass er ihr nicht vergeben konnte und sie weiterhin hasserfüllt auf den Boden werfen, ihren Körper in Krämpfen schütteln, mit blauen Flecken bedecken, ihr die Erinnerung rauben und Schaum aus dem Mund treten lassen würde.

Warum machte sich Gott so über Iwanka lustig?

Er ist so hoch im Himmel,

er fürchtet die Dunkelheit nicht,

fürchtet sich nicht vor nächtlichen Schmugglern im Wald,

seine Felder und Heuwiesen werden nicht vom Hagel verwüstet,

der Bauch seiner Mutter wölbt sich nicht jeden Sommer von neuem und aus ihrem Bauch schlüpfen nicht seine Brüder und Schwestern und sterben am dritten Tag.

Weswegen war Gott zornig auf Iwanka?

Er hätte ihr ruhig sagen können, womit er so unzufrieden war. Iwanka war ein folgsames Mädchen. Sie hätte auf Gott gehört, wenn er ihr einen Wink mit dem Finger gegeben hätte. Doch Gott hat sie nicht gewarnt, sondern gleich mit der schwarzen Krankheit bestraft.

Iwanka ärgerte sich ihrerseits über Petro von der anderen Seite des Flusses. Ihm schrieb sie ihre Krankheit zu. Seit Großvater erklärt hatte, dass Iwankas Krankheit von Gottes Zorn komme, machte Iwanka sich klein, um durch nichts ihre Enttäuschung über den ungerechten Gott zu zeigen.

Wegen dieser schwarzen Krankheit, die Iwanka nun wieder heimsuchte, musste sie verkauft werden. Doch keiner der Verkäufer wusste, wie stark ihr kleines Herz in der Brust schlug, wie es ihr kalt über den Rücken lief, wie übel ihr bei dem Gedanken daran war, dass sie morgen verkauft werden sollte.

... Die Mutter weckte Iwanka vor Sonnenaufgang, wusch ihr mit Tau, den sie in den Händen gesammelt hatte, das Gesicht, öffnete weit das Fenster und sagte leise in das frühe Morgengrauen hinaus:

„Iwanka, hab keine Angst, wir werden dich jetzt verkaufen ..."

Die Mutter hatte noch nicht zu Ende gesprochen, da strömten die Tränen schon in Sturzbächen aus den Augen des Kindes.

„Keine Angst, es muss so sein ... Du weißt selbst, dass du krank bist. Und Tante Augustyna kauft dich uns mit all deinen Leiden ab."

„Aber wo werde ich wohnen, wenn ihr mich verkauft habt?", Iwanka begann wieder zu weinen.

„Ach du lieber Gott!", nun schluchzte auch die Mutter. „Wir verkaufen dich doch nicht wirklich, es ist nur zum Schein, wir tun nur so, als würden wir dich verkaufen. Das muss man machen, sagen die alten Leute, damit ein Kind nicht krank ist. Vielleicht lässt die schwarze Krankheit dann von dir ab. Also hab keine Angst ... Du stellst dich hier auf das Fensterbrett, Tante Augustyna gibt dem Vater Geld, ich übergebe dich der Tante, die Tante nimmt dich vom Fenster auf den Arm – das war's. Du bleibst zu Hause und alles wird sein wie vorher. Nur, dass du gesund sein wirst!"

„Und wieso muss mich ausgerechnet die Tante Augustyna kaufen? Ich habe Angst vor ihr. Sie hat einen großen Kropf am Hals."

„Weil ein Mädchen von einer Frau gekauft werden muss, die selbst ein Mädchen hat."

„Das Mädchen von der Tante ist aber schon alt!"

„Iwanka, Tante Augustyna ist die Schwester vom Vater. Sie gehört zur Familie. Es müssen nicht alle wissen, welchen Kummer wir mit dir haben."

„Das wissen sowieso längst alle, weil ich überall zu Boden stürze, sie schlagen dann die Hände zusammen oder bekreuzigen sich und gehen weiter. Was soll man da noch verheimlichen? Mutter, stimmt es auch, dass mich die Tante nicht an Sarembas Schenke verkaufen wird?"

„Ganz sicher, Iwanka! Außerdem wird es Sarembas Schenke nicht mehr lange geben, ein, zwei Tage vielleicht noch."

Doch wie konnte eine Kinderseele wie die von Iwanka so einem Versprechen Glauben schenken?

Einmal war Iwanka in Sarembas Schenke geschickt worden, um Salz zu holen. Berko Saremba verkaufte ihr ein Säckchen Salz, sie trug es aus der Schenke hinaus nach Hause. Das Salz blieb nicht bei Saremba.

Heißt das, dass Iwanka auch nicht zu Hause bleibt, wenn sie an die Tante verkauft wird? Wird sie aus dem Haus des Vaters getragen wie das Salz aus Berkos Schenke?!

„Iwanka ..."

Die Mutter stand in der Mitte des Zimmers und zeigte auf das offene Fenster.

Draußen kaute die aufgeblasene Tante Augustyna ihre geliebten Haselnüsse, die sie wohl in jeder Tasche hatte, und ihr herabhängender Kropf bewegte sich gemeinsam mit ihrem Unterkiefer.

Iwanka flüchtete aufs Bett und klammerte sich wie erstarrt am Kopfende des Bettes fest. Früher hatte sie keine Angst vor der Nacht gehabt, keine Angst vor dem Teufel an Iwan Kupala, hatte mit dem Schmuggler Petro gesprochen; doch auf das Fensterbrett zu klettern, davor hatte sie Angst: Sie wollte nicht verkauft werden!

Die wütende Mutter öffnete die Tür zum Vorraum:

„Pawlo, bist du ihr ein Vater oder nicht?!“

„Beruhig dich, Frau!“, Vaters Stimme hallte irgendwo zwischen den Fässern, Trögen und Körben. „Beruhig dich, sag ich dir! Du verkaufst hier kein Kalb auf dem Markt. Das ist ein Kind! Schau, sie hat Gänsehaut vor lauter Angst.“

Der Vater ging zum Bett, wischte sich die Hände an den Hosenbeinen ab, legte dann Iwankas Zöpfe zurecht und bat sie zärtlich:

„Setz dich aufs Fensterbrett, Kind. Genau so ... Ich helf dir hinauf. Bleib jetzt sitzen und hab keine Angst. Und du, Augustyna, sprich schon, um Himmels willen, sprich zu ihr!“

Onkel Dmytro, Augustynas Mann, zwirbelte schweigend seinen Schnurrbart und zog an seiner Pfeife.

Aus dem Schornstein stieg Fichtenrauch.

Das Dorf döste noch.

„Ich kaufe dir dein Kind ab, Bruder. Um ihrer Gesundheit willen, damit sie kräftig ist, wie Wasser im Fluss, damit keine Krankheit sie heimsucht, und wenn doch, dann soll die Krankheit für immer verschwinden, als ob sie nie dagewesen wäre.“

Daraufhin streckten sich die, wie Iwanka schien, großen, dicken Hände der Tante zum Fensterbrett hinauf und das Kind kniff fest die Augen zusammen. Und auch als Tante Augustyna sie vom offenen Fenster herunterhob, verschwand das Zittern in ihrem Inneren nicht.

Obwohl Iwanka an die Tante verkauft worden war, für viel Geld, wie der Vater sagte – für einen Viertelrubel –, ließ die Krankheit nicht von ihr ab. Sie hatte noch immer Angst vor den abendlichen Schatten, und die Fallsucht suchte sie immer noch heim, vielleicht ein wenig seltener.

Nachdem Iwanka verkauft worden war, ging sie nicht mehr gern in die Schenke, weder um Salz noch um Streichhölzer. Ihr schien, als würde Saremba – kaum betrat sie die Schwelle der Schenke – die Fenster weit öffnen und nach Leuten von der Straße rufen, die ein kränkliches Kind kaufen wollten.

Irgendwann nach dem Verkauf belauschte Iwanka ein Gespräch zwischen der Saremba und der Mutter, als die beiden hinter der Schenke Mais für die Kapetuter-Mühle aussortierten.

Riwka Saremba, die größte Schwätzerin des Dorfes, brach wegen nichts und wieder nichts, wegen jeder Dummheit, in Gelächter aus: Sie öffnete ihren kleinen Mund weit, als wollte sie „a-a-a“ sagen, und ein ungestümer Schwall grundlosen Lachens erschütterte die nahe Umgebung so köstlich, dass selbst ein Toter in ihr Lachen eingestimmt hätte; so hieß es im Dorf. Das krampfartige, schallende Lachen von Riwka Saremba wirkte wahre Wunder, denn es kam kein einziges Mal vor, dass Riwka lachte und nicht die anderen mit ihrem Lachen ansteckte.

Aber nun schälte die Saremba gemeinsam mit Iwankas Mutter gemächlich Mais, die gelben Körner fing sie in ihrem weiten, mit einer Borte versehenen

Rock auf, und ihr hübscher Mund mit den vollen Lippen zeigte diesmal keine Spur eines Lächelns:

„Marika, es lohnt sich nicht, die Hände so sehr zu ringen wegen dem Kind! Sobald Iwanka ihr Monatshemd bekommt, sobald sie eine Bat-Mizwa wird, lässt die schwarze Krankheit von ihr ab. Ihr werdet sehen, Marika. Das sagt Euch jeder Rabbi."

„Oj, Riwka, Riwka ... Bis Iwanka zu bluten beginnt ... Sie ist noch klein wie ein Mohnsamen, woher soll da der Monatsfluss kommen?"

„Oj, wej is mir! Was Ihr da redet! Es kann schon morgen so weit sein! Als bei unserer Malka die Zeit der Bat-Mizwa kam, da wurde alles anders. Sie war auch ein kleines und kränkliches Kind. Der Husten hat sie ohne Ende gequält. Wir haben der Malka Hundehäute auf die Brust gelegt, damit die Krankheit von ihr ablässt. Und so war es dann auch. Seht nur, der Ältere von den Kapetuters, Salman, hat vor kurzem mit meinem Berko über die Malka gesprochen. Zur Frau will er sie nehmen, das sag ich Euch im Vertrauen, Marika. Einen guten Jungen hat der Kapetuter, nicht wahr, Marika?"

„Einen sehr guten sogar, Riwka. Aus ihm wird ein feiner Hausherr. Was heißt hier, wird. Er ist schon einer!"

„Noch eine Weile und auch Iwanka wird es besser gehen, Ihr werdet sehen, Marika."

Nachdem sie das Gespräch zwischen der Mutter und Riwka Saremba belauscht hatte, kletterte Iwanka auf den Dachboden und betrachtete sich lange.

Sie trug ein Hemd.

Ein weißes.

Mit gelb-ziegelroter Stickerei.

Was mochte das für ein Hemd sein, das sie – wenn die Zeit gekommen ist – tragen wird, wie Riwka Saremba gesagt hat? Wahrscheinlich holt die Mutter irgendwann doch noch das eine heraus, das mit Hohlsaum, gelb auf weiß, das Iwanka nur an Ostern und Weihnachten für die Kirche anziehen darf. Aber das Hemd mit dem Hohlsaum ist noch zu lang für Iwanka, deshalb schlägt die Mutter es unter der Brust zweimal um, rafft es dort auch noch zusammen, fixiert es mit einem Gürtel und bindet erst dann die Schürze darüber.

Als Iwankas Schwester Magdalyna noch kleiner war, stritten die beiden Mädchen abends hinter dem Stall, so leise, dass es die Eltern nicht hören konnten, wer an der Reihe sei, das Hemd mit dem Hohlsaum am nächsten Tag in der Kirche zu tragen. Als im Haus die Rede auf Magdalynas baldige Hochzeit kam, besorgte die Mutter der älteren Tochter einen so hauchdünnen weißen Stoff (der Saremba selbst brachte ihn zu den Borsuks!), dass Magdalynas durchsichtiger Körper durch ihn hindurchschimmerte.

An langen Herbstabenden verdarb sich Magdalyna beim Schein einer Öllampe oder einer Kerze die Augen, während sie ihre Hochzeitsbluse mit Kreuzstich bestickte.

Doch woran zurückdenken?

Magdalyna hatte keine Hochzeit.

Iwanka wurde nicht gesund.

Vielleicht warf es sie etwas seltener zu Boden.

… **Ach, wenn doch nur bald** der Zauntritt vor dem Dorf käme! Es war nämlich schon ganz dunkel, Gott bewahre! Wäre der Mond nicht so hell gewesen, Iwanka hätte wahrscheinlich geweint. Nur gut, dass sie scharfe Augen hatte und den Weg kannte wie ihre eigene Hosentasche.

Beim Zauntritt würde sie sich ein wenig hinsetzen und ausruhen, von der bereits ausgekühlten Milch mit jungem Rahm schlürfen, und dann war es nicht mehr weit bis nach Hause. Auf der Straße zu gehen ist lustiger als durch den nächtlichen Wald, selbst wenn es spät ist. Wen auch immer du auf der Dorfstraße triffst, du erkennst alle, sogar bei Nacht. Zumindest an der Stimme. Und alle erkennen Iwanka von weitem, denn sie wissen, dass sie zweimal täglich in den Teufelsgraben geht, um Milch zu holen.

Der Heimweg ist lustiger, wenn du mit jemandem plauderst, erst recht, wenn einer von den Alten fragt, ob Iwanka auch viel Milch nach Hause trägt!

Ob die Kühe vom Großvater im Graben trächtig sind.

Ob das Gras am Brachacker gut ist.

Dann stellt Iwanka sich mitten auf die still gewordene Straße, verschränkt die Arme vor der Brust, wie es Tante Augustyna gerne macht, und gibt ausführlich Antwort, ohne Eile, selbst wenn es spät ist.

Es ist so und so: Die Tschornucha trägt schon, die Krasnucha und Ljana haben vor kurzem gekalbt, Milch gibt es viel, der Großvater macht Brinsa und Quark und buttert für die Kooperative, die Schafe werden gemolken, und auch die Ziegen geben viel Milch.

Das Gras? Bis zum Hals reicht ihr das diesjährige Gras, und wenn der Herbst kommt, wird es gutes Grummet geben, wenn dann nur jemand zum Heumachen da sein wird, wenn nur die Männer und Burschen nicht eingezogen werden, wenn nur der Krieg nicht beginnt, der Großvater sagt, dass der Krieg aus Polen immer näher kommt, und der Krieg bringt den Männern nichts Gutes, der Großvater weiß das, weil er war im ersten Krieg und vom zweiten will er nichts sehen, aber was tun, wenn einem der Krieg von selbst unter die Augen kriecht, weil es ist nicht so gekommen, wie es sich die Leute hier gedacht haben.

So würde Iwanka Großvaters Gespräche erzählen, ja nacherzählen, würde sie jemand auf der nächtlichen Straße fragen. Vielleicht aber würde sie nicht alles erzählen, nur einen Teil. Der Großvater sagt ihr, dass man nicht jedem Beliebigen alles erzählen soll, was man weiß. Manchmal muss man etwas für sich behalten. Und wenn der Großvater etwas sagt, dann hört Iwanka auf ihn.

Aber noch sitzt sie auf dem Zauntritt, knabbert an einem Honigplätzchen vom Großvater und spült es mit Milch hinunter. Und sie ruht sich auch gleich ein wenig aus von dem langen Weg.

Sie verrät niemandem, dass sie jederzeit um Milch zum Großvater in den Teufelsgraben gehen würde: in der Früh, am Abend, untertags und mitten im Winter. Sie liebt es, durch den Wald zu schlendern und laut mit sich selbst zu sprechen, mit einem Stock den Morgen- oder Abendtau von den Sträuchern zu schlagen, die Rinde der Bäume und das Moos zu riechen. Sie liebt alles im Wald. Wenn nur diese scheußliche Angst nicht wäre ...

Aus irgendeinem Grund kneift Iwanka die Augen in der Dunkelheit zusammen, als würde sie von der Sonne geblendet, und betrachtet aufmerksam die bereits nahen Umrisse des Dorfes.

Eine verdächtige Stille hängt über den umliegenden dunklen Bergen und der verlassenen Straße. Die dichten Wälder umschließen das nächtliche Tal wie ein Hufeisen – und die tagsüber grüne und jetzt schwarze Bergkrone über den Häusern, Brunnen, der Kirche und den nicht sichtbaren Menschen wirkt so unheimlich und bedrohlich, dass sich das Mädchen duckt, das Tuch der Mutter fester zieht und noch angestrengter in die Dunkelheit starrt.

Stille. Ab und zu bellt ein aufgebrachter Hund, oder ruft eine Eule in den Wipfeln.

Oder knarrt ein alter, ausgetrockneter Baumriese.

Kein Jungenpfeifen.

Kein Mädchengeschnatter.

Kein verspätetes Sirren von Sense oder Säge.

Kein später Streit.

Absolute Stille.

Allzu spitz ragen die Kirchenkuppeln in dieser undurchdringlichen Dunkelheit in den Himmel.

Dabei ist Freitag. Sommer. Die Leute sollten eigentlich noch in den Höfen klappern.

Wieder regt sich eine vage Unruhe in Iwankas Brust. Warum ist es so still? So tot ... Es ist noch nicht einmal richtig Nacht. Es hat sich bloß diese undurchdringliche Sommerdunkelheit über die Erde gelegt, aber es ist doch Sommer. Da geht im Dorf niemand mit der Dunkelheit schlafen.

Nur der große Mond zieht langsam über den Himmel und verströmt ein so kräftiges gelbes Licht, als würde eine gigantische Kerze am Himmel brennen.

Von irgendwoher, aus dem entferntesten Winkel des Dorfes – wohl von der Andrytsch-Mühle –, dringt Lärm, kaum hörbar, als käme er von unter der Erde. Ob

Lärm oder nicht, es ist, als trommelten sehr weit entfernt zehn Männer mit zehn Stöcken auf die Erde ein.

Vielleicht durchbrechen sie die Erdkruste, um direkt in das Herz der Erde vorzudringen ... Die Geräusche erinnern Iwanka an etwas, doch in der nahezu toten Stille des Dorfes, in der sich der Lärm aufzulösen scheint, ist sie vollkommen verloren: Wer hat den Mut, die himmlische Ruhe zu später Stunde mit solch dumpfen Schlägen zu stören, die in Iwanka die fast vergessene Angst wieder aufkeimen lassen?

Iwanka stürmt los, rennt wie verrückt vom Zauntritt zur Straße, die Milch schwappt heftig, schlägt gegen die Wand des Eimers wie gewöhnliches Brunnenwasser.

Schon stößt der Pfad an den für heute letzten Zauntritt, schon knirscht die Straße unter ihren Füßen, schon wirbelt Staub auf, der sogar in der Dunkelheit zu sehen ist.

Nirgends ein Lichtschein, eine Kerze oder Öllampe. Als wäre das Dorf ausgestorben. Sie presst das Ohr auf die Erde: Ein fernes, sehr langsames Rattern hindert das spatzengroße Kinderherz daran, sich zu beruhigen.

Nach ein paar Schritten schlägt Iwanka sich gegen die Stirn und wird ruhiger: Vielleicht kommen die Juden mit ihren leeren Fuhrwerken aus Wyschenka oder Wyschnyzja zurück, haben sich nach den Marktgeschäften oder in der Mikwe länger aufgehalten.

Oder vielleicht führt Tobar Eisen in seine Schmiede, und es poltert auf dem Wagen, jagt Iwanka so einen Schreck ein? Dieser Tobar macht ihr immer Angst – mit seinem schwarzen, strubbligen Kopf und seiner schwarzen Bougranschürze, die ihm als Kleidungsstück, Handtuch und Decke dient, er macht ihr auch mit seinem fröhlichen Lachen Angst. Blickt mit seinem lustigen schielenden Auge unter den strubbligen Locken hervor und nickt mit dem Kopf, als fragte er, „brauchst du wieder viele Nägel, Iwanka?“, und wenn er dann loslacht, als würde er den Nussbaum mit aller Kraft schütteln, läuft ihr mit einem Mal ein Schauer über den Rücken. Aber nein, das ist nicht Tobars Eisen, das mit seinem Geklapper Nägel in Iwankas Kopf schlägt. Es ist ein fremder, kein vertrauter Lärm.

Sie reißt den Kopf von der Erde los, das unterirdische Geratter ist nun kaum hörbar. Das Herz wird ihr leichter, aber nicht für lange.

Iwanka geht an der ehemaligen Eisenhandlung von Itzig Burg vorbei, an der Schule und kommt zur Kirche. Die leere Straße und das Beben in ihrer Brust stören sie beim Denken, noch mehr stören sie der Korb und der Eimer mit Milch, die sie nicht am Wegrand zurückzulassen wagt.

Wäre da nicht dieser ferne, unerwartete Lärm gewesen – seltsam und furchteinflößend zugleich –, der sich unaufhaltsam vom anderen Ende des Dorfes heranwälzte, Iwanka hätte so dagestanden, den Kopf in den Nacken gelegt und sich an dem irgendwie veränderten Bergpanorama erfreut.

Vielleicht ist es im Himmel manchmal so unheimlich – der Gedanke kreist in ihrem verwirrten Kinderkopf –, oder vielleicht in der Hölle. Keiner hat ihr bisher erzählt, wie es im Himmel und in der Hölle ist. Sie sieht, wie es auf der Erde ist, und sie wüsste gerne, wie es im Himmel ist. Alle machen ihr nur Angst damit, dass jeder einmal dorthin kommt.

Was, wenn jemand schon dort gewesen ist? Wieso prahlt niemand damit?

Als Iwanka an einem Sonntag nach der Messe den Herrn Pfarrer Onufrij nach dem Himmel fragte, ging er zu ihrer Mutter und redete lange mit ihr, dabei zeigte er auf die Ikonen in der Kirche und schüttelte tadelnd den Kopf, als würde er die kindliche Neugier verurteilen oder nicht verstehen.

Die Mutter gab ihrer Tochter nach dem Gespräch mit dem Herrn Pfarrer auch keine Antwort, als Iwanka sie mit fragenden Augen anblickte.

Was ist so schlecht an ihrer Neugier? Vielleicht wissen die Menschen nichts über Himmel und Hölle, schämen sich aber es zuzugeben? Vielleicht war noch niemand dort. Und wenn, hat er nicht den Mut, davon zu erzählen, aus Angst vor dem bösen Blick ...

Iwanka hatte auch nicht den Mut gehabt, den Eltern zu sagen, dass sie den blühenden *Marienschuh* gefunden hat, hätte sie es nämlich gesagt ...

Wer weiß, was gewesen wäre, wenn sie es gesagt hätte. Doch sie schwieg damals, ertrug den Schmerz des Pilzmessers, als ihr beinah das Blut in die Augen spritzte, ertrug den Schmerz von Majers Messer, als ihr der grüne Eiter aus der Handfläche entgegensprang. Nun weiß sie ein für alle Mal, dass die magische Blüte keine Kraft verleiht und dass auch Blut aus der eigenen Hand keine zusätzliche Kraft bringt. Was gibt einem Kraft? Das weiß wohl niemand, oder die Leute haben Angst, es zu sagen ...

Wenn sie den Blick vom mondhellen Himmel zu den seltsam gekrümmten Bergen gleiten lässt, die scharfen Konturen der Dächer betrachtet und die Wipfel der vereinzelten Bäume – Riesen an der Straße –, wenn sie nur das nervöse Bellen der Hunde hört, nicht jedoch das unterirdische Klopfen, das vom anderen Ende des Dorfes näher kommt, dann könnte

Iwanka glauben, dass es tatsächlich nur im Himmel so schön und unheimlich ist wie in dieser Nacht. Dass es dort ebenso intensiv nach Levkojen und Lindenblüten riecht, dass dort die Grillen zirpen und die Eulen rufen, und dass der Himmel dort oben mondhell und sternenklar ist, denn hier ist er ja, der Himmel, genau über ihrem Kopf. Vielleicht hat sich der Himmel heute für Iwanka geöffnet und sie hat es nicht bemerkt, hat es einfach nicht erkannt? Vielleicht hat sie deswegen Angst?

Das Paradies ist im Himmel, hat die Großmutter gesagt, und die Hölle ist auf Erden.

Den Himmel konnte Iwanka nicht erreichen, nicht einmal mithilfe der längsten Leiter wird sie in den Himmel gelangen. Es wäre gut, könnten im Himmel nicht nur Tote, sondern auch Lebendige wohnen. Und gelänge es ihr schlussendlich doch, in den Himmel zu kommen, würde sie wie ein Fohlen auf den Wolken herumhüpfen. Und hinunterschauen, auf die nächtlichen Berge und auf die Menschen. Würde dort oben vom Himmel in die Hölle spazieren und zurück.

Doch blickt sie nur zum Dach der Kirche hinauf, wird ihr sofort wieder unheimlich zumute: Die drei runden Kirchenkuppeln sehen vor dem mondhellen Himmel aus wie umgedrehte Eisenkessel.

Oma Warwara hat ihr beigebracht, dass der Mensch für seinen Ungehorsam Gott gegenüber und für seine bösen Taten anderen gegenüber vom Teufel bestraft wird. Wie das sein kann, versteht Iwanka nicht: Du hörst nicht auf Gott, und der Schwarze bestraft dich? Doch da ist niemand, den sie fragen könnte.

Und was, wenn die Hölle heute vom Himmel auf die Erde käme? Denn die Großmutter hat ja gesagt – die Hölle ist hier auf der Erde bei den Menschen.

Doch die Großmutter hat Iwanka nicht gezeigt, wo die Hölle ist. Vielleicht haben die Teufel ihre Kessel, in denen die Sünder gekocht werden, umgedreht und auf die Kirche gestülpt, um die Menschen einzulullen, damit sie nicht bemerken, wie nah sie an der Hölle leben, und jetzt wartet der Teufel auf eine Gelegenheit, die Sünder ins heiße Pech zu werfen? Die Großmutter hat gesagt, dass sich der Teufel in alles Erdenkliche verwandeln kann! Aber nicht jeder erkennt ihn.

Aber nein ... Der Satan meidet Kirchen! In der Kirche unter dem Kreuz leben nur Engel. Der Teufel fürchtet Kreuze und macht einen großen Bogen um sie. Und die drei Kuppeln vor dem wolkenlosen Sternenhimmel sind die umgedrehten Kessel, in denen Iwanka und der Großvater jeden Sommer Apfelgelee einkochen. Ja genau, umgedrehte Kessel!

Zwei Kessel des duftenden Gelees gehen an die Korgans, und einen Kessel von diesem schwarzen, festen Eingekochten – man kann es mit dem Messer schneiden! – füllt die Mutter in Holzfässchen, die Iwanka und Semen dann in den Keller rollen.

Das in glänzende Dosen mit aufgemalten grünäugigen Äpfeln gefüllte Gelee schickt Korgan nach Wyschnyzja, und von Wyschnyzja geht es weiter. Der Vater sagt, nach Sutschawy.

Die Borsuks essen das Gelee an Fasttagen, an Weihnachten und Ostern, wenn die Mutter süße Apfelgelee-Rouladen bäckt und diese mit geriebenen Nüssen und Zimt verfeinert. Doch niemand verbietet den Kindern, sich das Gelee zu Brot und Milch zu holen oder zum Kulescha, wenn ihnen danach ist. Gott sei Dank ist die Apfelernte in ihren Gärten jedes Jahr gut.

Aber aus irgendeinem Grund hat Iwanka gerade jetzt das Gefühl, dass die Zeiten vorbei sind, in denen sie in Korgans Kooperative Äpfel eingekocht hat. Nicht, weil der Großvater im Teufelsgraben nun seinen eigenen kleinen Kessel besitzt. Sondern weil seit letztem Herbst niemand im Dorf Äpfel an Korgan liefert, stattdessen tragen alle ihre Äpfel zu der von den *roten Kommissaren* eröffneten Erfassungsstelle.

Als Erfassungsstelle dient der ehemalige Pferdestall von Berko Saremba.

Unter den *roten Kommissaren* wurde das Dach des Pferdestalls plötzlich undicht, da und dort war der Himmel zu sehen, und die Dorfjungen angelten sich durch die Löcher fröhlich Äpfel, die von ihren Eltern zur Verarbeitung gebracht worden waren.

„Wäre Berko nicht in die Welt hinausgegangen", sagte der Vater eines Abends zum Großvater, und Iwanka spitzte in ihrem Ofenwinkel die Ohren, „dann wäre das ehemalige Haus der Sarembas jetzt nicht so verwahrlost, der Saremba hätte so etwas nicht zugelassen."

Der Großvater antwortete dem Vater so leise, dass Iwanka nur einzelne Wörter aufschnappen konnte, und auch von diesen verstand sie nicht alle: „Gut, dass er seine Beine in die Hand genommen hat ... viel Geld – schlimmer, wenn man nichts hat ... schlecht, dass er Riwka mit den Kindern hier gelassen hat ... die Roten hin oder her ... die werden uns in jedem Fall noch die Hölle heißmachen."

Iwanka stellte sich vor, wie der große Schankwirt Saremba mit seinem roten Lockenkopf, der immer eine kurze, glänzende, ziegelrote Weste und einen hohen, schwarzen Hut trug, seine langen Beine in die Hand nahm – und prustete beinahe los, wahrscheinlich hätte sie sich an ihrer Spucke verschluckt, doch sie hielt sich mit beiden Händen den Mund zu. Manchmal versuchte sie das unvergessliche Lachen von Sarembas Frau Riwka nachzumachen, doch es gelang ihr nicht, denn so zu lachen war anstrengend, fast wie Schluckauf; so wie Riwka gelacht hatte, konnte keiner in ihrem Dorf lachen. Nicht einmal Rachil, die jüngste Saremba-Tochter ...

Iwanka hätte nicht sagen können, wieso sie jedes Mal, wenn sie am plötzlich trübsinnig gewordenen Josip Korgan vorbeikam, der sich auf den Zaun seiner früheren Kooperative stützte, selbst den Kopf senkte, als schämte sie sich oder als wäre ihr etwas unangenehm.

Korgan – mit seinen langen grauen Peies unter der Kippa, in einer schwarzen Hose und einer schwarzen Schürze über dem weißen Hemd – war fast den ganzen vergangenen Herbst auf den Zaun seiner Kooperative gestützt dagestanden, dort, wo früher die Äpfel auf den Boden geschüttet worden waren.

Davor hatte Korgan jahrelang ein und dieselbe Arbeit verrichtet, die er nicht einmal seinen zwei Söhnen anvertraute: Er hantierte mit den schweren Eisenschalen auf der sperrigen Eisenwaage, die unter einem separaten Dach stand, das sorgfältig mit schwarzen Holzschindeln gedeckt war. Seine knotigen Finger schoben eilig die Eisenkügelchen hin und her, dabei kniff er die Augen zusammen, als hätte er eine Krankheit oder wollte die menschliche Arbeit, die nun in Form eines Berges Fallobst vor ihm lag, genau abwiegen:

„Jaaa, Iwan-Petro ... A grojssn dank[4] fir di epl ...“ Mit einem Auge schaute er dem zu, der die Säcke voller Äpfel auf die Waage hievte – „Iwan-Petro“

[4] a grojssn dank (jidd.) – vielen Dank

nannte er alle, außer die Nachbarn –, mit dem zweiten Auge beobachtete er die Skala der Waage. Seine Kommentare jedoch waren immer – Wort für Wort – dieselben: „Saj gesunt, und epl wird's geben ... Hast hajt a Zentner und a Kilo, machen wir a Zentner geradeaus, saj gesunt, a Kilo fartrocknet auch so, bis die Frauen den Dreck fan di epln waschen. Saj gesunt! Und wegen a Kilo epl wirst nit reich, das sagt dir a Jid, Iwan-Petro, und der Jid hat wos gesehen in der Welt ... Schitt die Jona ins rechte Eck und dos Kleinzeug da ins linke. Un a grojssn dank! Beim Apfelgelee, sog ich dir, ist's wie beim Wein: Jede Sorte hat ihren Geschmack. Das sogt dir kein anderer als der Geleekaiser ..."

Doch auch diesen Sommer herrschte bei Korgan in der Sammelstelle für Äpfel Leere. Einige Schindeln des Dachs, unter dem jahrelang die große Eisenwaage gestanden hatte, waren schon im Frühling vom Wind heruntergerissen worden, den Schaden hatte aus irgendeinem Grund niemand ausgebessert. Korgans rote geschwollene Augen tränten ständig, in den Augenwinkeln sammelte sich gelber Eiter – Josip wischte seine Hände zuerst an der ungewaschenen Schürze ab, fuhr sich dann über die Augen und wischte seine Hände wieder an der Schürze ab.

So vergingen die Tage auf dem menschenleeren Areal der ehemaligen jüdischen Kooperative, die den Leuten ihr Obst abgekauft und zu Gelee und Trockenfrüchten für den Uswar, eine Art Kompott, verarbeitet hatte. Der noch im letzten Sommer stets betriebsame Hof verwandelte sich langsam in ein verwaistes Fleckchen Erde, und der Hausherr lehnte, mit beiden Armen aufgestützt, ganze Tage lang teilnahmslos am Zaun.

„Saj gesunt ... saj gesunt, der Rest ist einerlei", brummte Josip in sich hinein und nickte den Leuten zum Gruß zu, die mit Karren und Säcken voller Fallobst an seinem Tor vorbeikamen, und sein kleiner runder Kopf mit den weißen Peies und den verklebten Augen folgte ihnen.

Iwanka dagegen lief, so oft sie konnte, zur Schule und setzte sich im Garten auf die hölzerne Brunneneinfassung, um von dort aus zu beobachten, wie die *roten Kommissare* die Äpfel in Sarembas Erfassungsstelle entgegennahmen. Vielleicht quälte sie der Neid, weil der Großvater und sie nicht mehr bei Korgan Apfelgelee einkochten, sondern nur mehr im Teufelsgraben für sich selbst, einen Kessel voll. Vielleicht wartete sie auch darauf, dass von den Sarembas wie früher Riwkas ungestümes Lachen zu hören war und die faulige Stille durchbrach.

Doch sogar Iwanka wusste, dass die Schwätzerin und Lachtaube mit ihren zwei Söhnen und ihren zwei Töchtern nach der Flucht ihres Mannes nach Iaşy zu dessen Verwandten nach Wyschenka gezogen war und nur selten zu Besuch kam, gerade mal zur Kapetuterin, wahrscheinlich in der Hoffnung, dass Salman nicht vergaß, ihre Malka zur Frau zu nehmen; im prächtigen Haus der Sarembas mit acht Fenstern und zwei Vorhäusern war schon im Sommer zuvor die neue Verwaltung der *roten Kommissare* eingerichtet worden; in Sarembas Stall standen nun die Pferde der *roten Kommissare* und der Pferdestall der Schenke war zur Erfassungsstelle geworden.

Letzten Herbst war Iwanka lange auf einem der runden Stämme des Brunnenkastens gesessen, die den Brunnen in Form eines Sechsecks unter einem Blechdach einfassten, und hatte zum ehemaligen Gehöft der Sarembas hinübergeblickt. Sie ging näher an den Pferdestall heran und sah, wie die Leute sich vor dem hellgrün gestrichenen Tor drängten, auf das mit Teer ein riesiges X geschmiert war, sie warteten, bis Lew Rendyhewytsch, dessen Rumpf rund wie ein Fass war, ihre Säcke mit den Äpfeln abwog, etwas in ein kleines Büchlein einschrieb, das Büchlein in den Schaft seines Stiefels und den Bleistift hinter sein Ohr steckte – erst dann zeigte er wortlos mit der linken Hand, wo die Äpfel hingeleert werden sollten.

Das hätte sich Rendyhewytsch sparen können; Iwanka wusste, dass alle Äpfel auf einen Haufen an der rechten Wand des Stalls geleert wurden, von wo sie sich über den ganzen Boden verteilten, bis der Stall bis oben hin voll war.

Letzten Herbst hatten die *roten Kommissare* dem Vater und noch zwei anderen Männern, die Pferde besaßen, aufgetragen, die Äpfel aus Sarembas Erfassungsstelle mit Fuhrwerken zur Verarbeitung nach Wyschnyzja zu bringen, doch nach wenigen Tagen erklärten die *roten Kommissare*, dass der Verarbeitungsbetrieb in Wyschnyzja nicht damit nachkäme, die Äpfel zu Saft zu pressen, und man auf ein freies Lager warten müsse.

Von da an war Berkos Pferdestall, der bis unters Dach mit Äpfeln gefüllt war, mit einem schweren Schloss versperrt, und Lew Rendyhewytsch zog Tag und Nacht mit einem großen Stock in der Hand und hoch erhobenem Haupt seine Runden um den Stall.

Die Dorfbrut neckte ihn und rief höhnisch hinter jeder Stallecke hervor: *„Lewko, Lewko, komm ums Eck, fall in Dreck!“*

Rendyhewytsch drohte den Jungen mal mit dem Stock, mal mit der Faust, mehr wagte er nicht.

Bei Rendyhewytsch tauchte von Zeit zu Zeit ein *roter Kommissar* mit Waffe am Gurt auf, sie umrundeten gemeinsam den Pferdestall, dann blickte sich der Kommissar prüfend nach allen Seiten um, legte seine rechte Hand an die Waffe und verschwand wortlos in der Tür von Berkos Gehöft.

Iwanka stand auf der anderen Straßenseite und beobachtete das alles sehr aufmerksam, als wollte sie sich jedes Detail einprägen – wozu, das konnte sie selbst nicht sagen.

Aus dem Pferdestall drang scharfer, alter Pferdegeruch vermischt mit dem süßen, neuen Geruch von faulendem Fallobst.

Rendyhewytsch zog nun ohne Stock seine Runden, schweigend und mit gesenktem Kopf.

Der *rote Kommissar* mit den ausgeprägten Backenknochen war durch einen gedrungenen ersetzt worden, der seinen Gürtel fest um den flachen Bauch geschnallt hatte.

Die Brut hatte keine Lust mehr, Lewko zu ärgern, und so saß eine Schar Jungen friedlich an der Wand des Pferdestalls, in dem die Äpfel aus den eigenen Gärten lagen – und Rendyhewytsch drohte ihnen nicht mehr mit dem Stock.

So ging es Tag für Tag bis Dimitrios.

In der Nacht vor Dimitrios gab es starken Frost und die Äpfel in der Erfassungsstelle verwandelten sich in einen Haufen gefrorener Fäulnis, der – so der Befehl der Kommissare – ausgehoben und auf der Wiese vergraben werden sollte.

Um die Äpfel tat es ihr leid.

Und der einsame Korgan am Zaun tat ihr leid.

Denn der Vater erzählte dem Großvater im Teufelsgraben, dass der alte Josip kaum mehr atme – kein

Geschäft, alles irgendwie ungewiss, einzig Rendyhewytsch, der den *roten Kommissaren* diene, freue sich wie ein Schneekönig. Auch ein paar andere Leute freuten sich, dass in ihrem Dorf jetzt die Ukraine war, aber irgendwie auch nicht, und der Rest der Leute im Dorf war erschöpft.

Aber wo diese Ukraine bisher gewesen war, und was es mit dieser Ukraine überhaupt auf sich hatte, die mit den *roten Kommissaren* gekommen war – Iwanka fragte den Vater nicht, und der Vater erzählte es nicht.

Nur dem Großvater erzählte sie alles Wort für Wort, denn ihr Gedächtnis war gut, trotz der schwarzen Krankheit, die Iwanka die Erinnerungen raubte, wenn sie sie zu Boden warf.

Während dieser Gespräche erinnerte sie sich an Petro aus Galizien. Auch Petro hatte mit dem Großvater über die Ukraine gesprochen, ganz leise; Iwanka hatte es gehört, aber nicht nachgefragt, weil wozu nach etwas fragen, worüber man nicht laut reden konnte?

Großmutter Warwara hatte ihr beigebracht, dass Männer sich untereinander nur über fremde Frauen im Flüsterton unterhielten, Iwanka wollte also nichts wissen über diese Ukraine vom Großvater. Der Großvater habe auch mit einer fremden Frau gesündigt, erzählte Großmutter der Mutter leise, wieso also jetzt alte Geschichten aufwärmen.

Doch Iwanka schien, dass Großvaters fremde Frau irgendwie anders geheißen hatte, nicht Ukraine. Sie musste den Großvater fragen. Er würde lange nachdenken, es am Ende aber doch erzählen. Der Großvater liebte Iwanka, hatte seine Geheimnisse mit ihr. Das Geheimnis von Petro, dem Galizier, und den glitzernden Ohrringen, die seine Enkelin bei ihrer Hochzeit tragen sollte.

Iwanka wendet die Augen vom mondhellen Himmel ab und läuft weiter die menschenleere Straße entlang.

In Sarembas Gehöft sind alle Fenster erleuchtet. Obwohl nirgendwo eine Menschenseele zu sehen und es schon spät ist.

Sie lenkt den Blick auf die Schule.

Den Schulgarten.

Den Schulbrunnen.

Der Brunnen, obwohl nicht der Brunnen selbst, sondern das sechseckige Brunnenhaus, ähnelt in der nächtlichen Dunkelheit einem gigantischen Zelt mit offenen Seiten. Der Brunnen war nach der Kirche der zweite Ort im Dorf, wo sich die Leute an Sonntagen und Feiertagen am liebsten versammelten.

Als Großmutter Warwara Iwanka beibrachte, alleine in den Teufelsgraben um Milch zu gehen und sich weder vor der Nacht noch vor der Morgendämmerung zu fürchten, und Hundegebell von Wolfsgeheul zu unterscheiden, machten sie – müde vom Gehen – oft beim Schulbrunnen gegenüber der Kirche Rast.

Dann begann die Großmutter, während sie an ihrer Pfeife zog, ein bedächtiges Gespräch:

„Großvater Andrytsch – man erinnert sich heute noch gern an ihn – hat eine gute Sache mit einer anderen guten Sache besiegelt. Und Gutes, Iwanka, kann es nie genug geben. Wie die Schule im Dorf eröffnet wurde, hat der Opa Männer zusammengetrommelt, der Vater vom seligen Großvater Matej hat hier eine Wasserader gefunden, und die Männer haben einen Brunnen ausgehoben. Eine große Freude hat der Andrytsch gehabt, dass die Dorfkinder wo lesen und schreiben lernen können, damit sie die Wissenschaft kennen und die Juden sie im Leben nicht übers Ohr hauen“, erzählte die Großmutter ernst, während sie am Brunnenrand wie auf einer Bank saß.

„Und wie war das genau?"

„Na ja ... Erst einmal hat Andrytsch bei der Dorfversammlung gesagt, dass es einen Brunnen für alle geben wird. Dann haben sie gemeinsam ein Loch bis zum Wasser gegraben. Einen großen Brunnen haben sie gegraben, du siehst es ja selbst, einen runden, da unten können fünf Männer nebeneinander stehen. Dann haben sie ihn innen mit Steinen ausgelegt. Nicht mit Steinen vom Wegrand, sondern mit Flusssteinen, weißen, solchen, die nicht einmal Feuer fürchten. Und aus eisernem Holz – aus Eibenholz nämlich – haben sie das Brunnenhaus gezimmert. Dem eisernen Holz können weder Wasser noch Zeit etwas anhaben. Sogar, wenn der Brunnen austrocknet, bleibt das Holz hart", Großmutter stützte sich auf die Brunnenkante und blickte zum Grund hinunter. „Siehst du, Kind, der Andrytsch war weise, hat einen Schatz hinterlassen: diesen Brunnen. Schau nur, wie groß er ist! Du fragst, warum? Weil er zuerst nachgedacht hat, der Mann. Hat Schotter herangekarrt, die Leute haben die Erde um den Brunnen festgetreten, ein Brunnenhaus gebaut, und auch wir beide sitzen jetzt hier, wie Hühner auf der Stange, siehst du. Dann hat er das Brunnenhaus noch mit Blech gedeckt, damit die Menschen Schutz vor Regen und vor der Sonne haben und damit sich alle beim Wasser erfrischen können. Der Brunnen sieht mit diesem Überbau aus wie ein Kaiser mit Krone. Da kommt ein Mann die Straße entlang, trinkt Wasser, eine Oma dreht die Kurbel, holt den Eimer bis zum Rand und dankt demjenigen, der den Menschen ein solches Geschenk gemacht hat."

„Und wo ist dieser Andrytsch jetzt?“, fragte Iwanka und schaute ebenso zum Grund des Brunnens hinunter. Weit unten blinzelte das Wasser mit seinem großen, gar nicht trüben schwarzen Auge, und über ihrem Kopf erstrahlte der Himmel in tiefem Blau.

„Oho! Den Andrytsch gibt's nicht mehr, Kindchen. Lang schon ist er nicht mehr auf dieser Welt. Wie viel Boden er besessen hat, guter Gott! Was für eine Erde! Und bumm! Was ist draus geworden? Nach seinem Tod ging sein Boden an die Ziehkinder, denn eigene Kinder hat er keine gehabt, die Ziehkinder verkauften den Boden und kauften Wald, doch mit dem Wald hatten sie kein Glück. Sie verkauften den Wald und zogen nach Wyschnyzja in ein Ziegelhaus. Und weiter? Was ist vom Andrytsch geblieben außer einem Kreuz auf dem Friedhof? Diese eine Erinnerung – der Brunnen. Aber das ist schon sehr lange her, Kindchen. Genau fünfzig Jahre vor dem ersten Krieg haben sie den Brunnen gegraben. Wie der Kaiser die Schule im Dorf eröffnet hat.“

„Und wann war der erste Krieg?“

„Vor langer Zeit. Ich hab gerade das jüngste Kind, deinen Onkel Mychajlo, auf die Welt gekreißt, da hat der erste Krieg begonnen.“

„Und wann hat der zweite Krieg begonnen?“

„Bewahr uns Gott, dass ein zweiter Krieg je beginnt. Gott behüte! Es soll kommen, wie es kommt, nur dass kein Krieg ist, weil die Menschen sterben im Krieg, alle sterben im Krieg. Im Krieg gibt's keine Gerechten, im Krieg sind alle schuldig. Und Wahrheit gibt's im Krieg auch keine, Kind, gibt es nicht ...“

„Und wen hauen die Juden übers Ohr?“

„Alle hauen sie übers Ohr, Kindchen, alle. Aber nicht alle Juden sind so.“

„Werd ich auch einmal jemanden übers Ohr hauen?"

Großmutter Warwara sah Iwanka lange und aufmerksam an, wischte ihr die Brombeerspuren aus dem Gesicht, setzte sie neben sich auf den Brunnenrand, streichelte ihr über den Kopf und erzählte:

„Gaunerei, Kind, gibt's unter den verschiedensten Menschen. Überall. Unter den eigenen und fremden … Aber nicht alle sind so …"

„Und wer ist fremd?", unterbrach Iwanka.

„Wer fremd ist?", fragte Großmutter Warwara nach, oder sagte es zur Bestätigung.

„Wenn man das nur wüsste … Aber manche Fremden erkennt man von weitem. Wer nicht so spricht wie wir, unseren Glauben nicht achtet, wer anderen absichtlich Leid zufügt … Es gibt viele Fremde auf der Welt, die sich den Menschen in den Weg stellen. Und manchmal wird auch einer der Eigenen fremd. Schaut dich an, tut so, als ob er gut wäre, trägt aber so eine Finsternis in sich, dass dir die Nacht taghell vorkommt gegen diese versteckte menschliche Schwärze. Aber du brauchst dir darüber noch nicht den Kopf zu zerbrechen, dafür wirst du in deinem Leben noch genug Zeit haben. Weil so, wie du in diesen Brunnen schaust, Kind, so lebst du. Du schaust und schaust und der Grund erscheint dir schwarz, doch dann erreichst du den Grund und dort ist das Wasser rein. Verflixt gute Augen und einen guten Verstand muss man haben, um zu erkennen, wer fremd und wer freund ist … Lass uns Wasser trinken und dann gehen wir weiter, es ist schon spät …"

Iwanka seufzt: Lange ist es her, dass sie mit der Großmutter am Brunnenrand gesessen ist, und der Mund stand ihnen damals nie still. Zwei Jahre ist die Großmutter bereits nicht mehr. Ihr Grab auf dem Friedhof ist sogar schon ein bisschen eingesunken.

Jetzt friert Iwanka, so warm hat der Heumond dieses Jahr begonnen und so kalt ist es mitten im Monat nun geworden. Heumond ist der Wurmmonat, sagt Großvater Iwan, im Heumond darf man kein Holz für den Hausbau fällen, weil die Würmer im gefällten Holz Gänge bauen; wenn man ein Haus aus wurmstichigem Holz baut, haben die Spechte viel zu tun.

Iwanka zieht das Tuch um ihre Hüften fester, reibt sich die Hände, die unter der Last des Milcheimers taub geworden sind – und wieder schaut sie zu den drei schwarzen Kirchenkuppeln und zur vierten, der kleinen Kuppel des Glockenturms. Sie hat das Gefühl, gleich wird die ganze Welt Kopf stehen, wie diese Kuppeln hier, die in der Dunkelheit – ja, sie ist sich ganz sicher – schwingen wie Glocken. Wieso ist da ein Wirbel in ihrem Kopf und warum ist ihr so bang in der Brust? Wegen dem Lärm vielleicht, der von der Andrytsch-Mühle näher kommt? Was heißt, näher kommt, noch ein kleines Stückchen und schon ist er hier! Ein rätselhaftes Ungeheuer, das jeden Moment hinter Marfas Hügel auftauchen wird.

Beißende Angst, die sich hinter einem Baum oder einem Haus versteckt hat, während Iwanka das nächtliche Dorf betrachtete, lässt sie in einem Höllentempo von der Straße jagen, als begegnete sie ihr zum ersten Mal.

Wie ein Luchs überquert das Kind die Straße, verschüttet Milch und verliert Heidelbeerkraut, da bleibt ihr Blick an der Tür des Glockenturms hängen.

Genau über ihrem Kopf meldet sich ein einsamer Uhu zu Wort.

Mit lautem Geflatter verlässt der Vogel seinen Platz unter den Dachschindeln.

Die nächtlichen Grillen, scheint es, verlieren den Verstand.

Iwanka lehnt ihren Kopf an die Tür des Glockenturms, dreht sich aber nach kurzem Überlegen um, hin zu Marfas Hügel. Donnernd nähern sich zwei gelbe Augen. Dahinter erscheint ein weiteres Paar dieser gnadenlos großen, fahrenden gelben Augen – und das Kind drückt mit aller Kraft die Klinke des Glockenturms.

Seltsam, doch die Tür lässt sich von der schweißnassen Hand leicht öffnen. Iwanka zerrt den Milcheimer und den Korb mit den Beeren über die Schwelle und schließt die Tür, so leise sie kann. Zur Sicherheit drückt sie noch mit der Schulter dagegen und sinkt dann zu Boden.

Ihre Augen können sich nicht an die Dunkelheit gewöhnen.

In den Blättern rauscht der Wind, oder sind das aufgescheuchte Mäuse, die über den Boden huschen?

Iwanka blickt in die Dunkelheit. Irgendwo hier, auf der rechten Seite, müsste eine Treppe sein. Nur einmal war sie mit ihrem Bruder Semen im oberen Teil des Glockenturms gewesen, damals wurde Tanasij Tomnjuk beerdigt. Während die Mutter bei der Seelenmesse in der Kirche stand, schlüpfte Iwanka leise nach draußen und zog den Bruder mit sich.

„Semen, komm mit, lass uns schauen, ob man vom Glockenturm leichter in den Himmel hinaufkommt!"

Worauf der Bruder antwortete:

„Iwanka, hier sind wir Gott näher, bis zum Himmel ist es selbst vom Glockenturm noch zu weit." Trotzdem folgte er seiner Schwester.

Unter der Kuppel auf dem Boden saß direkt unter der geschwätzigen Glocke der Dorfglöckner, der einarmige Mychajlo, und starrte ohne zu blinzeln vor sich hin. Mit seiner gesunden Hand hielt er das Glockenseil und die zweite Hand, nein, eben nicht die Hand, sondern der über den Armstumpf geschlagene Ärmel wippte im Takt seines Kopfes, der langsam und unaufhörlich wie das Pendel einer Uhr von einer Seite zur anderen schwang.

„Was zur Pest habt ihr hier zu suchen? Kinder dürfen hier nicht sein", sagte der Glöckner mit junger Stimme, die nicht zu seinem betagten Aussehen passte.

Iwanka schaute auf Mychajlos gesunde Hand, blickte ihm aber nicht in die Augen:

„Onkel Mychajlo, ich würd gern wissen, wie die Menschen in den Himmel hinaufkommen ... Mit einer Leiter? Wie lässt Gott sie zu sich?"

Ein lautes, tiefes Seufzen kam aus Mychajlos Brust.

Der Glöckner ließ das Seil los und stand auf:

„... Was soll ich dir sagen, Kind ... So kommen sie hinauf ... Eine Kanone wird abgefeuert und holt den Menschen in den Himmel. Nimmt Seele und Körper mit und fragt nicht, ob der Mensch zu Gott in den Himmel will oder nicht. Oder Gott holt sie anders: Wenn die Zeit gekommen ist und dem Menschen der Atem ausgeht, dann stirbt er und das war's. Der eine leidet, wenn er zu Gott gehen muss, der andere zuckt nicht mal mit der Wimper – geht hinauf in die Wolken, Gott nimmt seine Seele, und aus. Mir hat er nur die Hand genommen, siehst du. Und – Gott sei's gedankt – eine schwere Arbeit gegeben, allein leben und den anderen läuten, das war's auch schon im Leben, das Tor zum Himmel steht offen ... Aber du, Engelchen, brauchst das noch nicht zu wissen. Zu wem gehörst du eigentlich, du interessantes Kind?“

„Zum Vater. Zur Mutter. Und zum Großvater.“

„Eine Borsuk ist sie. Eine Tochter vom Pawlo Borsuk“, begann Semen. „Hat Ihnen nicht der kaiserliche Krieg die Hand weggenommen? Großvater Iwan hat es gesagt.“

„Der Krieg, Junge, ja, der Krieg. Ob kaiserlich oder nicht kaiserlich, ein Krieg zwischen Menschen jedenfalls. Ich habe noch nie gehört, dass auch nur ein Kaiser im Krieg zu Schaden gekommen wäre, oder dass Gott auch nur einen Kaiser zur Hälfte zu sich geholt und die andere Hälfte leidend zurückgelassen hätte. Aber einen einfachen Mann ... Oh, gern doch, aber bitte schön! Da nimmt er sich auch mal ein Drittel oder ein Viertel und zuckt nicht mal mit der Wimper vor Mitleid! Ob Arm oder Bein – einerlei, Mann, freu dich, dass du nicht für Gott und den Kaiser gestorben bist.

Schau, Junge, die Mutter hat dich unter Qualen geboren, du wächst heran, weißt nicht, was morgen sein wird mit dir. Und irgendein Kaiser oder König wird schon noch kommen, der mehr Land oder mehr Menschen will – zu deinem Unglück. Und, bumm! Alle, die was zu sagen haben, wollen immer mehr Menschen und mehr Land haben, diese Verrückten können nicht genug bekommen von der Arbeit und vom Blut der Menschen. Warum? Weil niemand Mitleid mit den Kindern hat.

Die Weiber werden schwanger; es gibt Kinder, damit jemand im Krieg sterben kann und damit ich jemanden habe, für den ich läuten kann. Sei froh, Junge, dass du noch feucht hinter den Ohren bist. Und betet zu Gott, Kinder, dass ihr glücklich werdet, ob mit Armen und Beinen oder ohne. Ein glücklicher Mann ist einer, der atmet, auch wenn er leidet auf der Erde. Aber er atmet. Siehst du, ich atme und lache noch dazu! Doch die, mit denen ich zusammen war, als die Kanonen geschossen haben, winken mir mit den Flügeln vom Himmel. Wieso? Weil es nur zwei Wahrheiten gibt auf der Erde: Du wirst geboren und du musst sterben.

Also denk nicht nach, wie du mit einer Leiter in den Himmel kommst, Engelchen", wandte er sich nun an Iwanka. „Es kommt der Tag, an dem die Leiter von selbst für dich heruntergelassen wird."

Und mit seiner gesunden Hand zog er mit aller Kraft am Seil.

Die schwarze Glocke über dem Glöcknerkopf setzte sich ruckartig in Bewegung und begann wehmütig zu sprechen. Und Iwanka hielt sich mit beiden Händen die Ohren zu, anstatt sich die Tränen abzuwischen, die bächeweise aus ihren Augen strömten.

Niemand hätte sagen können, worum Iwanka damals weinte: Um Tanasij Tomnjuk, den sie zu Lebzeiten nie gesehen hatte, oder um die abgetrennte Hand des Glöckners Mychajlo, der sein Herz vor den Kindern ausgeschüttet hatte wie bei der Beichte.

... Iwanka tastet sich mit der rechten Hand an der Wand entlang und sucht gleichzeitig mit den Füßen nach den Stufen hinauf in den Glockenturm.

Es ist dunkel, man könnte sich vor Angst in die Hose machen.

Eine Grille, die es mit dem Summen einer lästigen Fliege aufnehmen will, stört.

Das Herz zittert Iwanka in der Brust.

Und auch ihre Beine zittern fürchterlich.

Es führt kein Geländer in den oberen Teil des Glockenturms, nur eine steile gebogene Treppe. Daran erinnert sie sich. Aber irgendwie ist diese Treppe lang. Als führte sie in den Himmel. Und schrecklich steil.

Iwanka bleibt auf der letzten Stufe stehen, um nach Luft zu schnappen. Sie ist so außer Atem, als wäre sie um ihr Leben gerannt.

Es ist sehr dunkel.

Und unheimlich.

Wäre da nur ein Fünkchen Licht.

Sie hält sich mit beiden Händen an der Wand fest und wartet, bis sich ihre Augen an das tiefe Schwarz gewöhnt haben. Da, schon kann sie etwas erkennen.

Wie erstarrt hängt die Glocke mit herausgestreckter Zunge an einer langen Kette in der Dunkelheit. Sieht aus wie ein Erhängter. Iwanka bekreuzigt sich drei Mal und steigt mit zusammengekniffenen Augen ins Innere der Glöcknerstube, beide Hände fest an der Wand. Sie setzt sich dorthin, wo damals der einarmige, geschwätzige Glöckner Mychajlo gesessen und auf den Boden gestarrt hat.

Durch ein Fensterchen, halb mit Ikonen verstellt, dringt ein bisschen Mondlicht herein.

Iwanka legt den Kopf in den Nacken: Die runde Glocke droht jeden Moment aus der Kuppel auf sie zu stürzen.

Ohne aufzustehen rutscht sie an die Wand. Gleich werden alle Kräfte ihren zitternden Körper verlassen. Doch ihre Augen, die sich immer mehr an die Dunkelheit gewöhnen, erspähen einen umgedrehten Stuhl an der gegenüberliegenden Wand und einen großen Eisenhaken genau unter der Glocke, an dem das Seil angebunden ist. Nur nicht ankommen, denkt Iwanka, nur keinen Lärm machen.

Da fällt ihr ein, dass sie den Milcheimer und den Korb mit Heidelbeeren unten stehen gelassen hat. Sie zuckt zusammen. Wie nach einem Schlag. Nein, sie muss Eimer und Korb heraufholen. Niemand wird zu dieser Tageszeit in den Glockenturm hinaufsteigen, aber die Tür unten könnte jemand öffnen, wer weiß ... Vielleicht hat nicht nur Iwanka Angst in so einer Nacht.

Langsam, damit der trockene Boden nicht knarrt, steht das Kind auf, doch plötzlich durchschneidet ein Strahl gelben, fremdartigen Lichts die Scheibe des Glockenturmfensters über ihr, ähnlich dem Licht, das mit Gedonner von Marfas Hügel näher gekommen ist, und im selben Augenblick wird die nächtliche Stille von einem ohrenbetäubenden Dröhnen erschüttert. Als würde die Mühle Steine mahlen.

Iwanka tastet sich – nun schon sicherer – die Stufen hinunter und vorsichtig, um nicht zu stolpern, trägt sie Eimer und Korb hinauf. Sie traut sich nicht, in die Nähe des Fensters zu gehen, durch das immer wieder die scharfen Klingen des Lichts dringen. Die anderen Fensterchen sind mit Ikonen verstellt, deshalb ist es dunkel und unheimlich im Turm. Trotzdem muss sie endlich herausfinden, was auf der nächtlichen Straße vor sich geht, die plötzlich so merkwürdig mit Geräuschen und gedämpften Stimmen zum Leben erwacht ist.

Selbst wenn sie auf den Stuhl steigt, der auf wundersame Weise in diesen Glockenturm geraten ist, kommt Iwanka nicht in die Nähe des Fensters. Doch da sticht sie etwas Spitzes in die Brust, aha, dort weiter unten dringt durch die Schindeln ein Bündel Licht herein. Hier ist ein Brett ausgerissen, dort eine Schindel vermodert und daneben kann man vorsichtig noch eine zweite entfernen und durch den Spalt auf die laute Straße hinuntergucken.

Sie weiß schon, dass von Marfas Hügel her Lastwagen – *Grusowiks* – in Richtung Kirche rollen. Zwei oder drei riesige Wagen auf vier Rädern, mit offenen Pritschen; auf solchen waren letzten Sommer, genau am letzten Freitag im Heumond, die *roten Kommissare* zum ersten Mal ins Dorf eingefahren.

Die Kinder liefen damals hinter den *Grusowiks* her, von der Dorfeinfahrt fast bis zur Mitte des Dorfes, wo die lärmenden Wagen voller Soldaten vor der Schule hielten, dabei heftig Staub aufwirbelten und die Hunde und Hühner im Dorf erschreckten.

Damals hörte Iwanka zum ersten Mal Worte, die zuvor weder die Mutter noch der Vater gesagt hatten, nicht einmal ihr geliebter Großvater Iwan hatte sie im Gespräch mit Petro, dem Galizier, verwendet: *Grusowik, roter Kommissar, Brudervolk-Ukrainer, Kommunisten, Kolchos.* Von diesem Tag an wiederholte das Dorf diese Worte beinahe einstimmig und in einem Atemzug mit dem Vaterunser.

Die für das Ohr ungewohnten und die Zunge schwierigen Worte sprach zuallererst – langsam und deutlich – ein großer Soldat, der als Erster vom Trittbrett eines offenen Wagens gesprungen war, vollgepfercht mit ebensolchen Soldaten.

Auf einen Wink des Ranghöheren hin sprangen sie alle flott vom *Grusowik*, zupften ihre Uniformen zurecht und formierten sich in zwei Reihen, eine auf jeder Straßenseite, die Waffen dicht an den Körper gepresst. Die Leute kamen, der eine gern, der andere zögerlich, aus den nahen und weiter entfernten Türen und Toren und gingen schweigend durch den Korridor aus unnatürlich lachenden Soldaten, wie durch einen sehr langen Tunnel, flankiert von bewaffneten Wachen.

Iwanka lugte hinter dem Rücken ihres Vaters hervor und betrachtete den Soldaten, der als Erster von dem fremden Fahrzeug gesprungen war.

So einen schönen Mann, aufrecht, mit geraden Schultern und gerader Statur, hatte es, seit Erde und Sonne sind, in ihrem Dorf noch nicht gegeben. Iwanka spürte, wie ihr Herz schnell und ungestüm zu schlagen begann, als er seinen Blick suchend über die Menschenköpfe gleiten und einen Moment lang auf ihr verweilen ließ.

Der Mann trug eine hellbraune Uniform, eine Hose mit breiten roten Streifen an den Seiten, an den Ärmeln prangte unterhalb des Ellenbogens ein roter Stern und darunter eine goldene Tresse, die aussah, als hätte jemand Zeige- und Mittelfinger gespreizt und würde sie in die Höhe halten. Um seine schlanke Mitte trug er einen Ledergürtel und an der rechten Seite einen Holster mit Pistole. Über die rechte Schulter führte ein Riemen, der mit dem Gürtel verbunden war, und an den Kragenspitzen befand sich jeweils ein kleiner roter Besatz mit einem roten Stern. Um seine hohe Uniformkappe herum lief ein breites rotes Band, das über der Stirn von einem großen Stern geschmückt wurde.

Dem Kind schien, dass der unglaublich schöne Mann in diesem Moment nur ihr zulächelte, freundlich, den Mund leicht geöffnet, und sie wurde rot.

Die Augen des Mannes waren ebenso schön wie er selbst, groß und freundlich.

Er stand heftig gestikulierend zwischen den Leuten auf der Straße, wurde nicht müde zu lächeln und seine sehr weißen und sehr geraden Zähne zu zeigen;

mal leiser, mal lauter erzählte er den Mutigsten, die direkt neben ihm standen, von einer *roten Armee*, die alle Feinde niedergetrampelt hatte, genau so, wie der heilige Georg den Drachen mit den Hufen seines Pferdes niedergetrampelt hatte;

Iwanka betrachtete den schönen Mann noch eingehender – vielleicht sprach er von sich selbst, wollte es aber nicht zugeben? Sie lenkte ihren Blick auf den Glockenturm: Das Fenster, das auf die Straße hinausging, zierte eine Ikone des heiligen Georg.

Jedes Mal, wenn sie auf dem Weg aus dem Teufelsgraben am Glockenturm vorbeikam, ließ Iwanka still die Augen nach oben wandern, zur Ikone des Drachentöters im Fenster, bekreuzigte sich drei Mal, betete in Gedanken ein Vaterunser und ging weiter. Manchmal kam ihr vor, der Drachentöter auf der Ikone hätte Ähnlichkeit mit ihr selbst, wenn sie in Gedanken allerlei finstere Mächte vertrieb, um endlich zu Mitternacht in den Besitz einer Farnblüte zu kommen.

Der schöne Mann, der sich *roter Kommissar* nannte, sprach damals dieselbe Sprache wie die Leute in ihrem Dorf, nur ein bisschen weicher und langsamer, schmeichelnder; besonderen Gefallen fand Iwanka an seinem „L“: Er sprach es so weich aus, als müsste er darauf schlafen, als wäre seine Zunge mit dem Gaumen verwachsen. Er sagte „Ljeute“ und schaute dann einen Einzelnen so herausfordernd an, dass ihm das Blut in den Kopf stieg – Iwanka hätte sich vor Hitze am liebsten das Gesicht gerieben.

Der schöne Mann lachte munter in alle Richtungen und wartete geduldig, bis sich ihm eine neue Menschentraube näherte, gekleidet wie an Ostern: die Frauen mit bestickten Ärmeln und kanadischen Tüchern mit Fransen, die Männer in über die weißen Leinenhosen reichenden Sonntagshemden, die ein breiter Gürtel mit geschnitzter Schnalle um die Mitte zusammenhielt. Die Kinder liefen zwischen ihren Beinen herum, doch niemand schenkte ihnen die geringste Beachtung.

Iwanka riss plötzlich den Mund auf, verdeckte ihn aber im nächsten Moment mit den Händen: An der Spitze der Prozession, die einmütig aus dem Schulhof strömte und mit ihren fröhlichen Gewändern langsam und feierlich in das hellbraune Spalier der Soldaten einlief, ging ihre ewig unzufriedene Tante Augustyna.

Nun strahlte sie über das ganze Gesicht, den Kopf stolz erhoben, ohne Angst, ihr schwerer entblößter Kropf könnte aus dem grünen, groß geblümten Tuch fallen, das auffallend geknotet war und über der Stirn eine prächtige Blume bildete. Die Arme unnatürlich vor sich ausgestreckt, trug die Tante auf einem bestickten Tuch einen runden Laib Weißbrot. Ein solches Brot buk niemand im Dorf, nicht einmal an Weihnachten: Der gigantische Laib mit einem zerfallenen Häufchen Bittersalz in der Mitte schien Augustyna jeden Moment aus den Händen zu hüpfen, damit diese wieder frei für die Haselnüsse würden, von denen sich die Tante nie trennte.

Einen Schritt hinter der Tante schwenkte ihr Mann Dmytro eine blau-gelbe Stofffahne an einer langen dünnen Stange und war aus irgendeinem Grund auch erfreut.

Hinter den beiden hatten sich noch andere feierlich gestimmte Männer und Frauen versammelt. Tante Augustyna baute sich vor dem ranghöchsten Soldaten auf,

blickte sich nach links und rechts um, noch immer ein breites Lächeln auf den Lippen,

trat dann einen großen Schritt vor,

verbeugte sich so tief vor dem schönen Mann, dass die Fransen ihres Tuches in den Straßenstaub hingen, raunte ihm dann lang und leidenschaftlich Worte zu, die niemand hörte, und sah dabei aus, als wäre sie im siebenten Himmel, war ganz zerstreut vor Freude; der schöne Mann blickte über den Kopf der Tante hinweg einfach zu Iwanka, lächelte freundschaftlich, brach ein Stück vom Brot ab und tauchte es in das Salz.

Dann machte das Brot, bereits ohne Tuch, die Runde, zunächst unter den Soldaten auf der einen Straßenseite, der Rest wanderte hinüber zu den bewaffneten Männern auf der anderen Straßenseite. Als das letzte Stückchen Brot zurückkam, aß es der lächelnde Mann selbst auf und wischte sich genüsslich mit der Hand über den Mund.

Tante Augustyna beugte sich wieder nach vorne, um ihm die Hand zu küssen, doch er zog sie jäh zurück und traf dabei fast den gesenkten Kopf der Frau.

Iwanka blickte zu Boden, als schämte sie sich wieder. Doch sie musste den Blick nicht lange nach unten gerichtet halten, denn die Straße kam in Bewegung:

Zuerst stieg der schöne Mann auf das Podest, das Dmytro Schandro und Petro Darijtschuk vor den Augen der Leute mitten auf der Straße aus frischgehobelten Brettern gebaut hatten. Erst dann begann der Kommissar laut zu den Menschen zu sprechen, überschüttete sie mit einem Schwall dieser für Iwankas Ohren neuen Wörter. Dabei gestikulierte er ausladend und zeigte beim Lachen alle Zähne – die *Ljeute* warfen einander Blicke zu, manche stellten Fragen, vielleicht wiederholte der Mann deshalb manche Worte zweimal.

Als der *rote Kommissar* von Grund und Boden zu sprechen begann, erwähnte er die Gutsherren und verwendete dabei ein Wort, das Iwanka nicht erhaschte, dann nannte er den einen oder anderen sogar beim Namen; ein einhelliges Raunen ging durch die Menge, manche *Ljeute* drängten näher heran, manche klatschten, manche riefen, „Das Land den Armen!"

Der schöne Mann wartete, bis sich die aufgeregte Menge beruhigt hatte, und fuhr wieder fort. Er sagte, die Rumänen würden niemanden mehr schlagen, nur weil die *Ljeute* nicht Rumänisch sprächen. Dass die gefräßigen Wucherer die *Ljeute* nicht mehr ausbeuten würden, dass es mit der Zeit im Dorf einen Kolchos geben würde und dass alle gleich sein würden. Auch über den Krieg sagte er etwas.

Aber Iwanka hörte ihm nicht mehr zu. Sie beobachtete, wie sich die großen, wulstigen Lippen des *roten Kommissars* bewegten, wie energisch und elegant er die Arme bewegte, wie die Knöpfe an seiner Uniform und der rote Stern in der Sonne glänzten – und wieder erfasste ein Gefühl der Schwäche ihren kindlichen Körper, vom Scheitel bis zur Sohle.

Sie hörte nicht, worüber Dmytro Schandro und Petro Darijtschuk sprachen, die auf das Podest gestiegen waren und sich neben den *roten Kommissar* gestellt hatten. Für einen Moment ruhte ihr Blick auf Tante Augustyna und Onkel Dmytro; die schwenkten immerzu lächelnd ihre Fahnen, wechselten nur dann und wann die Hand und warfen einander aus irgendeinem Grund verschwörerische Blicke zu. Iwanka ließ ihre Augen noch kurz über die von den Gesprächen aufgekratzten Menschen wandern, suchte sich dann still einen Weg zwischen den erhitzten Körpern hindurch und lief nach Hause.

Der Vater und die Mutter kehrten ungewohnt schweigsam heim. In den Teufelsgraben Milch holen schickten sie zum ersten Mal in diesem Sommer Semen, außerdem gingen die Eltern früher als sonst ins Bett. Damals konnte Iwanka ihr Gemurmel nicht belauschen, sie war allzu erschöpft vom Herumlaufen an diesem Tag und schlief ein, kaum hatte ihr Kopf das Kissen berührt.

… Iwanka träumte vom *roten Kommissar,* diesem schö-önen großgewachsenen Mann in Uniform, der als Erster vom Trittbrett des *Grusowiks* auf die Straße gesprungen war. Er stützte sich auf den Rand des Andrytsch-Brunnens, in einem Eimer neben ihm gluckste Wasser, das ganz trüb war, fast schwarz. Der Kommissar winkte Iwanka zu sich, doch sie zog ihren Kopf ein und schaute zu ihren Füßen hinunter, wo sich eine graue Schlange zu einer dicken Spirale zusammengerollt hatte. Hin und wieder hob die Schlange ihren kleinen, grauen Kopf mit den zwei schwarzen, lidlosen Augen, blickte rund um sich, legte dann ihren Kopf in der Mitte der Spirale ab, die Augen auf Iwanka gerichtet. Der Mann bedeutete Iwanka nun eindringlicher, zu ihm zu kommen, doch gefesselt vom Blick der Schlange hatte sie keine Kraft, sich von der Stelle zu rühren oder um Hilfe zu bitten.

Schweißnass vor Angst erwachte sie auf ihrer Pritsche.

Im Ofenwinkel pfiff ihr Bruder Semen im Schlaf beim Atmen.

Im Bett schnarchte der Vater, die Mutter murmelte im Traum „nein, nein“ und schreckte immer wieder mit einem gedämpften Schrei hoch.

Iwanka stand leise auf und schlich hinaus in den Hof zum Klo.

Über ihrem Kopf hing der Mond.

Kain und Abel hielten ihre Heugabeln zum Angriff bereit, doch sie beachtete den Himmelskampf nicht mehr: Sie spähte durch den Zaun, wo schwarz der einsame *Grusowik*, mit dem die *roten Kommissare* ins Dorf gekommen waren, auf der Straße stand, und der in der Nacht an einen hässlichen, furchterregenden Bären erinnerte, der sich einem plötzlich in den Weg stellt. Bis zum Morgen machte sie kein Auge mehr zu ...

Immer wenn ein *Grusowik* von Wyschnyzja ins Dorf rollte und Staubwolken aufwirbelte, liefen Scharen barfüßiger Kinder auf beiden Seiten der Straße zusammen und winkten dem Wagen nach, auch manche Erwachsene winkten freudig, andere standen einfach am Straßenrand, beschirmten mit einer Hand die Augen, die andere hielten sie vor den Mund, damit nur ja kein Wort herausschlüpfen konnte.

Auch Iwanka war das eine oder andere Mal mit den Nachbarjungen rufend hinter einem *Grusowik* hergelaufen, hatte mit den Händen den aufgewirbelten Staub vertrieben, bis die Kapetuterin sie gemeinsam mit ihren Söhnen in den Hof scheuchte und jedem mit dem weißen Tuch, das sie sich im Gehen vom Kopf gezogen hatte, spielerisch einen Klaps auf den Hinterkopf verpasste.

Doch mit der Zeit verflüchtigte sich die Freude: Sobald man im Dorf den Lärm der von Wyschnyzja kommenden *Grusowiks* hörte, jagten die Mütter ihre Kinder mit Kopfnüssen in die Häuser, die Männer senkten ihre Köpfe und die alten Frauen, die zwischen Scheune und Feld hin- und hergingen, beugten sich hinunter und lösten den Blick nicht von ihrer Haue oder ihrem Rechen.

Ein paar Mal fragte Iwanka den Vater, was die *roten Kommissare* in den *Grusowiks* herumführten, dass die

Menschen nun solche Angst hatten, wenn sie auf der Straße auftauchten, denn vor kurzem noch ...

Der Vater kratzte sich am Kopf:

„Menschenleid, Kind. Aber du bist noch zu klein, um das zu verstehen. Geh lieber und hilf der Mutter auf den Gemüsebeeten, als ständig auf die Straße zu schauen."

„Wieso? Können die Leute von den *Grusowiks* mir vielleicht einen bösen Blick zuwerfen?"

„Oh ja, Kind, ja ..."

„Und was hat Tante Augustyna mit den *Grusowiks* zu tun?", fragte Iwanka, worauf der Vater ungewohnt scharf, fast böse antwortete:

„Unsere Tante gibt sich nicht mit dem zufrieden, was sie hat. Lang schon sucht sie nach irgendeinem Abenteuer. Aber das musst du nicht wissen. Und fragen sollst du auch nicht. Niemanden! Nicht einmal die Tante!"

Iwanka wurde rot, als wüsste der Vater, dass sie ihn auch noch wegen diesem schönen Mann hatte fragen wollen, den sie zumindest ein Mal aus der Nähe sehen wollte.

Doch der Herbst ging zu Ende, Winter und Frühling vergingen, und es wurde wieder Sommer: Im Dorf trieben sich viele *rote Kommissare* herum, manche Männer aus dem Dorf arbeiteten für sie, aber der schönste von allen *roten Kommissaren* zeigte sich nicht mehr. Und falls doch, hatte Iwanka ihn nicht gesehen.

Und sie vergaß ihn, als hätte sie ihn eingeackert.

... Iwanka sammelt all ihre Kräfte und reißt noch eine Schindel aus der Wand des Glockenturms.

Jetzt kann sie durch das Loch die vom Scheinwerferlicht der *Grusowiks* erhellte Straße sehen, die dunklen Mauern der Schule auf der anderen Straßenseite, den Garten mit dem Andrytsch-Brunnen, das Dorfpostamt und in der Ferne die von Gaslampen erleuchteten Fenster des ehemaligen Saremba-Gehöfts, von wo ein undeutliches Stimmengewirr zu hören ist. Eine Gruppe von Männern löst sich von dem Haus. Im Mondlicht erkennt Iwanka, dass sie Waffen tragen.

Stumm und schnell marschieren die bewaffneten Männer, kräftig mit den Stiefeln aufstampfend, unter ihren Augen vorbei, eine Reihe auf jeder Straßenseite; beinahe wie letzten Sommer, als sie zum ersten Mal ins Dorf gekommen waren, nur hielten sie damals die Waffen nicht im Anschlag, sondern eng an den Körper gepresst. Nun zeigen die Läufe ihrer Gewehre nach vorne, als hätten sie die Absicht, jemanden aufzuspießen, wie Kain und Abel auf dem Mond mit ihren Heugabeln.

Iwanka beobachtet, wie in diesen seltsamen nächtlichen Korridor aus bewaffneten Menschen *Grusowiks* einfahren, zwei wilde Tiere auf Rädern, die mit ihren grellgelben Augen in die dunkle Nacht hineinleuchten. Ihr Heulen hat die Hunde in den Nachbarhöfen aufgeschreckt, sie bellen wütend, als wollten sie sich von ihren Ketten losreißen.

Die *Grusowiks* kommen unweit des Glockenturms zum Stehen. Während ihre Motoren noch eine Weile brummen, treten die Soldaten mit den Gewehren näher an die Wagen heran.

„Raus da!“, brüllt ein Mann in voller Lautstärke und springt aus der Kabine des ersten *Grusowik*. Seine

Stimme kommt Iwanka bekannt vor. „Dawaj[5], dawaj, antreten, Kontrolle! Kontrolle! Dschangirow, rühr dich, lass sie antreten! Aber leise, leise!“, bellt die Stimme auf Russisch in die Nacht, der Mann selbst geht in die Richtung von Sarembas Gehöft.

Iwanka klebt an ihrem Guckloch fest.

Das kann nicht sein!

Nein!

Das Herz hüpft wie wild in ihrer Brust.

Da ist er, der Schöne!, der Schönste unter den Roten, mit Schultern, straff wie eine Saite, mit seiner einschmeichelnden, süßen Sprache!, der vergangenen Sommer geduldig für die vor so viel Fremdem aufgeregten *Ljeute* die neuen Wörter wiederholt hatte, der Iwanka über die Köpfe der *Ljeute* hinweg freundlich zugelächelt hatte, von dem sie geträumt hatte! Und nun brüllt er mit furchteinflößender, wütender Stimme in die Dunkelheit; und Iwanka spürt, dass sie mehr Angst vor ihm hat als damals vor Petro, dem Schwarzhändler.

Das Mädchen lehnt sich an die Wand. Plötzlich ist ihr, als wäre alles Leben aus ihr gewichen. Nein, eigentlich hat sie keine Angst, wovor sollte sie auch Angst haben, wenn da Leute mit Waffen stehen, die sie – wenn es sein müsste – doch beschützen werden?!

Hat er das nicht gesagt, der schöne Mann, letzten Sommer vor der Schule?

Ja, hat er!

Hat er nicht gesagt, dass die *roten Kommissare* in die Berge gekommen sind, um die Menschen vor Unrecht zu beschützen?

Hat er!

Also weshalb Angst haben?

---

[5] dawaj, dawaj (russ.) – dalli, dalli

Sie will ja nur wissen, was da in der Nacht im Dorf los ist, wenn das Dorf schläft oder zumindest vorgibt zu schlafen, denn bei diesem Hunderadau würde sogar ein Toter erwachen.

Es ist unmöglich, dass der Mann, bei dessen Anblick Iwanka das Blut in den Schläfen gepocht hat, ihr etwas Böses antun würde. Sie will ihn fragen, was im Dorf los ist.

Im selben Moment hört sie von der anderen Seite des Glockenturms, die der Kirche zugewandt ist, wahrscheinlich direkt von der Kirchentür her seltsam schleichende Geräusche und gedämpfte Stimmen.

Sehr leise tappt Iwanka auf die andere Seite ihres Verstecks und bekreuzigt sich: Vielleicht bildet sie sich das nur ein?

Nein, es ist keine Einbildung. Zwei Stimmen, eine gurrende Männerstimme und eine kaum hörbare weinerliche Frauenstimme flüstern einander etwas zu oder streiten miteinander, wahrscheinlich im überdachten Vorbau der Kirche.

Iwanka eilt noch einmal zu ihrem Guckloch in der Glockenturmmauer: In völliger Stille, nur begleitet vom Rumpeln der Ladeklappe, springen zögerlich und ohne einen einzigen Ton von sich zu geben dunkle Gestalten vom *Grusowik* auf die Straße und rotten sich in der Nähe der Post zu einem Grüppchen zusammen.

Die Soldaten mit den Gewehren im Anschlag zischen den Leuten vom *Grusowik* etwas zu, erheben ihre Stimmen jedoch nicht.

Nur im immer noch erleuchteten Gehöft von Saremba herrscht geschäftiges Treiben, und der Wind trägt Stimmen herüber.

Iwanka zögert nun nicht mehr: Leise geht sie die Treppe hinunter und ergreift die Klinke der Glockenturmtür, die auf den Kirchhof hinausführt. Sie weiß, eine der Stimmen, die von der Kirchenmauer her zu hören sind, ist die des Herrn Pfarrer. So eine süß-gurrende Stimme hat im Dorf nur der Pfarrer. Und nur der Herr Pfarrer, der im Haus nebenan wohnt, kann jederzeit durch eine im Fliedergestrüpp versteckte Pforte zur Kirche gehen, anstatt durch das Tor beim Glockenturm.

Nicht einmal die größten Strolche im Dorf trauen sich die Klinke dieser Pforte zu drücken, um anders als durch das Tor beim Glockenturm in den Kirchhof zu gelangen. Den Schlüssel der Pforte benutzt allein der Pfarrer. Und das, wie es im Dorf heißt, nur bei einem Brand oder in einer Stunde der Not.

Iwanka schlüpft schnell aus ihren Opanken und rennt vom Glockenturm zur Kirche hinüber. Die Dunkelheit und der Schweiß, der dem Kind plötzlich wie bei Fieber über das Gesicht rinnt, hindern sie daran zu erkennen, was sich bei der Kirchentür tut.

Doch da ist nicht viel zu erkennen: Der Herr Pfarrer Onufrij kniet in seiner Alltagskutte auf dem Boden, vor ihm liegt eine Frau mit gespreizten Beinen. Aus ihrer Brust dringen abwechselnd Stöhnen und Seufzen.

Vater Onufrij versucht, ihr auf die Beine zu helfen oder sie hochzuheben.

„Herr Pfarrer, ich bin's, Iwanka vom Pawlo Borsuk ...", sagt sie ohne Begrüßung und berührt den Pfarrer an der Schulter; der wundert sich nicht, reagiert so, als hätte er sie genau hier und genau in diesem Moment erwartet:

„Gepriesen sei Gott ... Hilf mir, die Frau in die Kirche zu bringen, Kind, man könnte sie hören, die Straße ist nah und sie hat schon Wehen. Muttergottes, Dein Wille geschehe ..." Vater Onufrij spricht das Gebet zu

Ende und scheint damit jemanden, der nicht zu sehen ist, um Hilfe zu bitten.

Seine Ratlosigkeit lässt das Kind zusammenzucken: Ihr tut der nervöse Herr Pfarrer plötzlich so leid, dass sie die Unbekannte am liebsten selbst hochgehoben hätte.

Die Frau am Boden stöhnt, sie hat ein Tuch, mit dem sie sich immer wieder die Stirn abwischt, zwischendurch stopft sie es sich in den Mund; Iwanka kann ihr Gesicht nicht erkennen.

„Gleich, Herr Pfarrer, gleich ..." Mit einer Hand hält sie die Frau an den Schultern, mit der anderen hilft sie, die Gebärende auf die Beine zu bringen.

Unaufhörlich stöhnend stützt sich die Frau schließlich auf die Brüstung des überdachten Vorbaus, die Beine weit gespreizt, und Iwanka entweicht beinahe ein „Oj, wej is mir!" Das ist ja Chaja Rendyhewytsch, die Frau von Lewko Rendyhewytsch, der mit den *roten Kommissaren* zusammenarbeitet, sie ist in den letzten Tagen mit einem Bauch durchs Dorf gegangen, so rund wie der Berg in der Legende von den zwei unglücklich Liebenden; Chaja erwartet ihr erstes Kind.

Iwanka schlägt sich auf die Stirn: Was?! Der Herr Pfarrer will eine Jüdin in die Kirche bringen?

Doch sie traut sich nicht zu fragen.

Sie fasst sich nur an den Kopf, als wollte sie sich selbst beruhigen.

Vater Onufrij macht sich noch immer mit dem Schlüssel am Schloss zu schaffen, kaum hörbar murmelt er ein Gebet nach dem anderen, während Iwanka die Jüdin an der Hüfte stützt:

„Leise, Chaja, leise, sie könnten dich hören ...", bittet Iwanka und beginnt beinahe selbst zu weinen. „Irgendwas ist auf der Straße los, ich weiß nicht, was."

„Oj, da ist was los, Kind, da ist was los ...", Chaja weint und stöhnt gleichzeitig. „Oj, wej is mir. Oj, wej."

Vater Onufrij öffnet die Tür zur Kirche, der Geruch von Wachs und Kornblumen und von den alten Tüchern schlägt ihnen entgegen; Tücher, die die Leute jeden Sonntag über die Ikonen hängen und die der Küster nach der Messe wieder einsammelt und auf einen Stoß legt, bis zum nächsten Gottesdienst.

Alle drei gehen schweigend, ohne die Türschwelle zu berühren, ins Innere der Kirche, der Pfarrer verschließt die Tür hinter ihnen und ein tiefes, stummes Seufzen löst sich aus seiner Brust, das er mit einem leichten Hüsteln zu ersticken versucht.

In der Kirche ist es dunkel und still.

Von den Wänden blicken düster die Heiligen herab, um die herum weiße Tücher hängen.

Durch die bemalten Scheiben der Kirchenfenster schimmert der Mond und man sieht gelbe Lichtbündel von den *Grusowiks* oder von Taschenlampen herumwandern.

„Geht mir nach", sagt der Herr Pfarrer und zündet eine dicke Hochzeitskerze an. „Nur nicht stolpern. Schau gut auf den Boden, Kind. Schau genau, damit ihr nicht stürzt ... Hilf mir, guter Gott, und vergib uns ..."

Chaja hält sich mit beiden Händen an Iwanka fest. Ihr ständiges Stöhnen geht mal in Schluchzen, mal in Weinen über. Chaja bleibt immer wieder stehen und atmet ganz tief, dabei löst sie eine Hand von Iwanka, um damit ihren abgesenkten Bauch zu stützen.

In der Dunkelheit scheint Iwanka, als hätte sich der Bauch der Jüdin bis zu den Knien gesenkt, noch ein Schritt und er wird Chaja mit seinem Gewicht zu Boden reißen.

Vater Onufrij, der vor ihnen geht, setzt seine Schritte unsicher und sagt hastig:

„Bring sie mir nach. Bring sie in den Altarraum, Kind. Sonst können wir uns nirgends verstecken. Gerechter Gott, erhöre mein sündiges Gebet ..."

„Das ist eine Sünde." Iwanka unterbricht das Gurren des Pfarrers und wiederholt für irgendwen unter dem Kirchengewölbe: „Das ist eine Sünde." Dann bleibt sie stehen.

Ihre Füße verwachsen aus Angst oder aus Verzweiflung mit dem Kirchenboden. Vor ihr leuchtet, obwohl es so dunkel ist, das Gold der Ikonostase.

Irgendwo oben schlägt eine verirrte Fliege gegen ein Fenster.

Der gekreuzigte Christus, von dem – wie ihr scheint – auch in der Dunkelheit Blut tropft, wird sich vor Verwunderung von der Wand losreißen und vor die drei großen Sünder treten.

Iwanka steht da und wartet.

„Ja, Kind, eine große Sünde ...", stimmt ihr der Herr Pfarrer wieder seufzend zu und geht mit kleinen Schritten zur Königstür. Dann greift er nach einem Türflügel: „Auch das ist eine Sünde. Und das ist auch eine Sünde."

Er spricht wie zu sich selbst, und Iwanka hat den Eindruck, als wäre Vater Onufrij nicht ganz bei sich.

„Ich weiß nicht mehr, was Sünde und was ...", nervös bricht er mitten im Satz ab.

Iwanka lässt die Hand der Jüdin los:

„Wenn Sie wollen, gehe ich zu den *roten Kommissaren* und bitte sie ..."

„Herr Pfarrer", stöhnt Chaja Rendyhewytsch wieder, „ich habe Durst ... gleich platzt die Fruchtblase, oj, wej ..."

Chaja verhält sich, als verstünde sie nicht, was passiert und wo sie ist. Doch Iwanka hat keine Zeit, um auf Chaja böse zu werden.

„Oh nein ...“, stöhnt jetzt der Herr Pfarrer, als hätte auch er plötzlich Schmerzen.

„Ich habe im Glockenturm einen Eimer voll Milch“, sagt Iwanka auf einmal freudig und will schon zur Kirchentür laufen.

Sie geht lieber zurück zum Glockenturm als durch die Königstür. Welcher Christ kann sich so etwas vorstellen?!

Vater Onufrij dreht sich unerwartet heftig zu Iwanka um und fasst sie an der Hand, sie spürt, wie die weiche Hand des Herrn Pfarrer zittert:

„Geh, Kind, nur geh leise, damit dich niemand hört. Ich bitte dich, dass dich nur niemand hört, sonst wird es uns allen schlecht ergehen. Schau, was dort los ist, wirf nur einen Blick dorthin und komm zurück, damit dich niemand bemerkt. Und bring Chaja Milch, wenn du welche hast.“ Der Herr Pfarrer verstummt, als würde er nachdenken: „Das nehme ich ...“ Er löst das Tuch von Iwankas Rücken. „Geh, Kind, geh, nur ganz leise, ich bitte dich, leise wie eine Maus, ich mach dir die Tür auf, und wenn du zurückkommst, kratz an der Tür, ich werde dich hören ...“

Auf Zehenspitzen schiebt Iwanka sich durch die Tür und hört noch, wie der Pfarrer sie von innen verschließt, dann sinkt Iwanka im Kirchenvorhaus zu Boden; sie faltet die Hände zum Gebet, hebt den Kopf Richtung Himmel und flüstert tonlos ein Vaterunser.

„Vater unser ... Vater unser ...“, wiederholt sie drei Mal und bemerkt, dass sie die Worte vergessen hat. Nein, sie hat sie nicht vergessen, sie bringt sie durcheinander, weil sie nicht an das Vaterunser denken kann, vor ihren Augen steht noch immer die Jüdin Chaja mit ihrem dicken Bauch, wie ihn auch Iwankas Mutter fast jedes Jahr hat; die runde Chaja steht breitbeinig vor der Königstür, als könnte sie die Beine nicht schließen, und gleich, gleich geht sie durch die Königstür und geführt wird sie vom Herrn Pfarrer Onufrij, der einmal auf Iwanka so böse gewesen ist, weil sie ihn etwas über den Himmel gefragt hat.

Was ist an ihrer Frage damals so schlecht gewesen? Jetzt ärgert sich der Herr Pfarrer nicht einmal über die ungetaufte Chaja und führt sie sogar selbst in den Altarraum.

Iwanka beutelt sich, als wollte sie Stroh aus ihren Haaren schütteln: „Vater unser ... der du bist im Himmel ... dein Wille geschehe ... und ... nein, dein Reich komme ... wie im Himmel ... nein, und vergib uns unsere Schuld ... und führe uns nicht in Versuchung, wie im Himmel, so auch auf Erden ... und wir vergeben unsern Schuldigern ... und dein Reich komme ...“ Nun kann sich Iwanka nicht mehr halten und weint in ihre geballten Fäuste, weil ihr die Worte im Gebet durcheinanderkommen, weil sie Angst hat, auf den Kirchhof hinauszugehen, als wäre sie hier im Vorbau in Sicherheit.

Der Herr Pfarrer hat ihr in der Kirche nichts Beunruhigendes gesagt, nur, dass sie mit der Milch zurückkommen soll. Aber er hat sie gebeten nachzuschauen, was dort los ist ... Was ist denn los, dass der Pfarrer eine Jüdin in die Kirche geführt hat, als wäre er nicht ganz bei Trost, und jetzt zittern die beiden dort wie in der weihnachtlichen Kälte!

Iwanka hat Sisjo einmal gebeten, sie in die Mikwe nach Wyschenka mitzunehmen, doch Sisjo hat ihr den Vogel gezeigt; selbst ist Iwanka gerade mit Chaja an

Jesus Christus vorbeigegangen und der ist nicht von der Wand gefallen.

Was ist dort los?

Auf der Straße heulen nur noch die *Grusowiks* und man sieht, wie Taschenlampen die Wipfel der Eichen bei der Schule abtasten.

Das Kind wischt sich die Tränen weg. Dann reibt es sich noch die nackten Fersen und schleicht mit angehaltenem Atem die Kirchenmauer entlang. Iwanka überlegt, was besser ist: den Kopf über die Mauer strecken, die die Kirche umgibt, oder in den Glockenturm hinaufsteigen?

Von der Mauer aus würde sie besser auf die Straße sehen, aber auch Iwanka selbst könnte gesehen werden ...

Himmelherrgott, warum muss der Mond heute nur so hell sein? Will hier jemand Beeren sammeln mitten in der Nacht?

Iwanka macht sich noch kleiner, auf den Zehenspitzen läuft sie zum Glockenturm und schlüpft wie ein Mäuschen durch die Tür; die vorhin knarrenden Stufen sind ihr nun gnädig: Die Bretter unter ihren Füßen sind weich wie Teig. Oder kommt ihr das nur aus Angst so vor.

Sie könnte die Treppe schneller hinauflaufen, weiß jetzt schon, wie die Stufen aufeinanderfolgen, welche schrundig, welche gebrochen sind. Doch Iwanka schleicht wie ein Dieb: nimmt eine Stufe, lauscht, nimmt noch eine, bleibt stehen.

Die Glocke hängt mit ihrem schwarzen Mund und der herausgestreckten Zunge über ihr, und Iwanka spürt den Drang, nach dem Glockenseil zu greifen. Sie möchte die Glocke läuten und die müden Menschen wachrütteln.

Wieso schlafen sie alle bei dem, was hier vorgeht? Wieso kommen sie nicht, um zu schauen, was los ist, wenn sogar die Hunde verstehen, dass etwas passiert, und sich fast von ihren Ketten losreißen.

Und Vater Onufrij, der über alles auf der Welt und im Himmel Bescheid weiß, hat keine Ahnung, was vor seiner Nase geschieht? Irgendetwas muss los sein, wenn er eine Jüdin in die Kirche führt!

Iwanka würde die Glocke mit beiden Händen läuten, dass man sie bis in den Teufelsgraben hört und über den Fluss, bis nach Galizien, und bis in ihr Haus! Damit die Leute in ihren Ofenwinkeln aufspringen und den *roten Kommissar* fragen würden, was sie nun tun sollen: sich vor den *Grusowiks* fürchten oder froh sein, dass sie mitten in der Nacht ins Dorf gekommen sind? Was sollen sie tun? Den Herrn Pfarrer schelten, weil er gesündigt hat, oder schnell die Hebamme für Chaja Rendyhewytsch holen?

Iwanka steht vor dem Loch in der Wand des Glockenturms und spürt Sand in ihren Augen, oder sind es ihre zurückgehaltenen Tränen, die Angst haben, über ihr Gesicht hinunterzukullern.

Der Sand hindert sie daran zu sehen, wie die *Grusowiks* mit ihren gelb leuchtenden Augen bewegungslos in der Nähe der Schule auf der Straße stehen. Ein Grüppchen Leute drängt sich an der Postamtsmauer genau gegenüber dem Glockenturm im Dunkeln zusammen. Sie erinnern Iwanka an Schafe, die sich an einem feuchten Tag im Unterstand zusammendrängen.

Bewaffnete Soldaten bewachen die Menschen auf beiden Seiten.

Noch ein schwarzes Grüppchen nähert sich von Sarembas Gehöft her und verschmilzt still mit den Leuten beim Postamt.

Die *Grusowiks* wenden ihre gelben Augen in Richtung Post, sie leuchten den Menschen direkt ins Gesicht, daher erkennt man nun gut, dass manche an der Mauer eine Jacke tragen, manche einen Keptar, andere nackte Arme haben, doch fast alle treten von einem Fuß auf den anderen, und manche schauen in den Nachthimmel hinauf, obwohl – was außer Sternen und dem Mond gibt es dort jetzt zu sehen?

Auch Iwanka würde gern zum Himmel hinaufschauen, wenn sie nur könnte, um zu sehen, ob Kain und Abel sich versöhnt haben. Denn irgendwie ist es nicht gut, dass die zwei Brüder mit Heugabeln aufeinander losgehen. Vom Glockenturm aus sieht sie den Mond nicht. Außerdem ist ihr gerade nicht nach dem Mond. Sie sieht die Menschen bei der Post. Doch sie haben keine Gesichter.

Ein weiteres Grüppchen, das schnellen Schrittes von Sarembas Gehöft kommt, unterbricht Iwankas Gedanken.

Die dunkle Nacht beginnt wieder mit der Stimme des schönen Mannes zu sprechen:

„Iwanow, Gefangene antreten lassen! Heller, durchzählen!"

Ungestüm, mit all ihrer nicht-kindlichen Kraft reißt Iwanka noch eine Schindel aus der Wand des Glockenturms und steckt den Kopf bis zum Hals durch die Öffnung, fühlt sich wie unter einem Joch.

Der schöne Mann steht mit dem Gesicht zu den Leuten und mit dem Rücken zum Glockenturm, er hält ein Blatt Papier vor seine Augen. Ein Soldat mit zwei Taschenlampen stellt sich rechts neben ihn. Mit der einen leuchtet er dem Kommissar, die andere lässt er über die verängstigten Menschen wandern. Der Kommissar führt das Papier näher an seine Augen heran, dann blickt er daran vorbei, mustert zuerst die Leute und vertieft sich dann wieder in sein Papier, mit veränderter – fremder und furchteinflößender – Stimme liest er, ohne Luft zu holen:

„Im Namen der Union der Sozialistischen Sowjetrepubliken und nach Entscheid der Gerichtstroika verkünde ich den Beschluss der NKWD-Verwaltung der Region Czernowitz vom 13. Juni 1941 über die Aussiedlung von für die Gesellschaft gefährlichen und schädlichen Elementen in abgelegene Regionen, aus den Reihen der Kulaken, der Mitglieder der nationalistischen Organisationen Proswita, Sitsch, Dopomogowe Towarystwo, und darüber hinaus aus den konterrevolutionären Parteien – der national-zaranistischen, der sozialistischen und den kommunistischen Parteien der Westukraine, denen Staatsverrat vorgeworfen wird: Vorbereitung der massenweisen Flucht aus der Sowjetunion nach Rumänien und Spionagetätigkeit gegen die sowjetische Macht unter dem Deckmantel gesellschaftlichen Engagements."

Der Kommissar atmet ein:

„Heller, gib mir die Mappe mit der Liste der zu Deportierenden!"

Ein kleiner Mann löst sich aus der Gruppe, die von Sarembas Gehöft gekommen ist.

Der *rote Kommissar* reißt sie ihm aus der Hand und fährt fort, dabei schaut er in die Mappe:

„Ich nenne den Nachnamen, der Festgenommene tritt vor und sagt ‚hier'. Alles klar? Ja!", fragt er und gibt sich gleich selbst die Antwort, danach verliest er die Liste, wobei er die ukrainischen Namen auf Russisch ausspricht, und wartet nicht darauf, bis jeder „hier" gesagt hat. „Kifa Petro Iwanowytsch, geboren 1898, Kifa Maria Todoriwna, geboren 1910, Kifa Iwan

Petrowytsch, geboren 1927, Kifa Olena Petriwna, geboren 1930. Vortreten. Alle Kifas. Iwanow, zähl sie noch einmal durch und verlade sie auf den Wagen."

Der Soldat ganz links in der Reihe stößt vier Personen, die ihre Köpfe gesenkt halten, mit einem Bajonett in den Rücken und treibt sie zum ersten *Grusowik*.

„Tschutschko Pentelej Dmytrowytsch, geboren 1915."

„Das bin ich", meldet sich augenblicklich ein Mann und geht, ja läuft fast zum Wagen, ohne darauf zu warten, dass ihn ein Soldat mit der Waffe dorthin zwingt.

„Cholewan Fedir Katerynowytsch, geboren 1877. Fedir Katerynowytsch?", fragt der *rote Kommissar*. „Was für ein Blödsinn? Katerynowytsch, wie kann das sein? Hat dein Vater Kateryn geheißen?"

„Meine verstorbene Mutter war eine Kateryna, Gott hab sie selig", gibt eine dumpfe Stimme zur Antwort; ein sehr großer Mann im Sardak verlässt langsam die Gruppe und bleibt Aug in Aug mit dem *roten Kommissar* stehen, berührt ihn fast.

Der Soldat leuchtet ihm mit der Taschenlampe direkt ins Gesicht, und der Mann verdeckt schnell mit beiden Händen seine Augen.

Von oben kann Iwanka gut seinen breitkrempigen Hut und seinen weiten Sardak erkennen.

Der *rote Kommissar* macht einen Schritt zurück:

„Na, na ... Ein Bastard, oder was?" Er lacht aus vollem Hals, will damit die Wachen erheitern.

„Nein, kein Bastard. Sondern Fedir Katerynowytsch. Holen Sie mich deshalb auf meine alten Tage von zu Hause weg, Pan-Towarischtsch Offizier?", fragt er höhnisch und geht zum Wagen.

„Das wirst du noch erfahren, alles wirst du erfahren und dabei stutzen wir dir auch gleich die Zunge, du antisowjetischer Kontrik, geh endlich und dreh dich nicht um.“ Der Kommissar kehrt an seinen Platz zurück und fragt weiter. „Schandro Dmytro Epifanowytsch, geboren 1906, Schandro Maria Iwaniwna, geboren 1912, Darijtschuk Petro Prokopjewytsch, geboren 1907, Darijtschuk Prokopij Petrowytsch, geboren 1879, Darijtschuk Wasylyna Fedoriwna, geboren 1911, Darijtschuk Mychajlyna Petriwna, geboren 1931, Darijtschuk Onufrij Petrowytsch, geboren 1936, Petraschtschuk Dmytro Iwanowytsch, geboren 1901, Petraschtschuk Augustyna Iwaniwna, geboren 1897, Petraschtschuk Todosij Dmytrowytsch, geboren 1919, Petraschtschuk Paraska Dmytriwna, geboren 1921. Alle gleichzeitig vortreten“, befiehlt der Offizier zorniger als zuvor. „Nicht stehen bleiben, gleich auf den *Grusowik*!“

Als Erstes trotten die Männer los, ihnen folgen die Kinder, dahinter kommen die Frauen, bevor sie auf den *Grusowik* klettern, raffen sie ihre Röcke oder Trachtenschürzen zusammen.

Nur Tante Augustyna dreht sich zum Kommissar um. Mit der rechten Hand legt sie ihren hängenden Kropf zurecht, unter dem sie ihr Kopftuch festgezogen hat, dann beugt sie sich mit ihrem ganzen Körper zum Kommissar hin und schreit ihm zornig ins Gesicht – wäre es Tag, könnte man sehen, wie der Speichel aus ihrem Mund spritzt:

„So seid ihr also jetzt, ihr Kommunisten, nachdem wir uns so bemüht haben? Sogar die Schandros und die Darijschtschuks! Nach unserem Brot und unserem Salz! Dafür, dass wir euch mit offenem Herzen empfangen haben! Dafür, dass die Nachbarn hinter mir auf den Boden gespuckt haben, weil ich euch die Fahnen bestickt und die Hofherren in die Irre geleitet habe! Dafür, dass die Leute mich beschimpft haben, und kein einziger anständiger Bursche meine Tochter angeschaut hat wegen ihrer dummen Mutter? Die Hofherren haben schon Recht gehabt, dass die Kommunisten ihr wahres Gesicht noch zeigen werden! Ist es Ihnen nicht peinlich, so falsch zu sein, Pan-Towarischtsch? Und sagen Sie mir bitte: Wofür holt ihr uns mitten in der Nacht aus unseren Häusern? Was haben wir euch in einem Jahr so Böses getan, dass ihr uns nicht fertig zu Abend essen lasst?! Dass wir uns von den Verwandten nicht verabschieden dürfen? Wenn ihr Gutes im Sinn hättet, wärt ihr nicht wie Verbrecher in unsere Häuser eingedrungen und würdet uns nicht auf diese *Grusowiks* verladen.

Glaubt ihr, dass Gott eure Lüge nicht bemerkt, wenn ihr uns in der Nacht holt? Nein, nein, nein, oh, nein ... Vielleicht durchschauen die Leute eure Lüge noch nicht, weil die Unsrigen von Geburt an blind sind. Aber Gott sieht alles: Er merkt sich das Gute und das Böse. Ihr werdet euch noch an meine Worte erinnern! Das sage ich euch, ich, die ich auf euch gewartet habe wie auf keinen einzigen Liebhaber in meinem Leben! Und auch die anderen wollte ich für euch gewinnen. Aber ihr habt unser blindes Vertrauen mit Füßen getreten, und vor Gott habt ihr keine Achtung."

„Es gibt keinen Gott, Augustyna!", gibt der Offizier fast freundlich zurück. „Es gibt keinen Gott. Das habe ich dir schon gesagt. Oft gesagt. Die Kommunisten erkennen euren Gott nicht an. Sie erkennen ihn nicht an", wiederholt er aus irgendeinem Grund und wendet sich ab.

„Bei Vater und Mutter, das hätte ich nicht von Ihnen gedacht! Falls Sie einen Vater und eine Mutter haben!"

Die Tante spuckt dem Kommissar vor die Füße und schwingt ihren gigantischen Rock vor seinem Gesicht hin und her.

Erst vor der offenen Wagenklappe bleibt sie stehen und dreht sich noch einmal zu den Menschen an der Mauer um: „Vergebt mir ...“ Sie verbeugt sich vor ihnen bis zum Boden, bekreuzigt sich und reicht jemandem auf der Ladefläche die Hand.

Plötzlich will Iwanka mit aller Kraft losschreien. Bis jetzt ist sie dagesessen wie ein Mäuschen in seinem Loch, zitternd vor Angst und ganz schwindelig von dem, was sie gehört hat. Aber nun, da der *rote Kommissar* sogar Tante Augustyna und Onkel Dmytro samt Familie auf den *Grusowik* packt ... Dabei haben sie sich so viel Mühe gegeben für die Kommunisten, sogar der Vater hat einmal zur Tante gesagt – Iwanka hat sie hinter dem Stall belauscht: „Augusta, pass auf, dass dir deine Fahnen und die Partei nicht irgendwann auf den Kopf fallen ...“

Iwanka weiß nicht, was sie den *roten Kommissaren* mitten im verschlafenen nächtlichen Dorf zurufen könnte, und plötzlich bleibt ihr der Schrei in der Kehle stecken, denn sie stellt sich vor, wie Tante Augustyna den Kopf zum Glockenturm hebt und die zu Tode erschreckte Iwanka erblickt. Iwanka scheint sogar, dass ihr die Tante mit dem Finger droht: „Wehe dir!“

Mit einem Ruck zieht Iwanka ihren Kopf aus dem Loch in der Wand, steckt ihn aber gleich wieder durch die Öffnung, so heftig, als würde sie den Kopf in ein Stück Holz rammen. Sollen die Kommissare sie doch sehen, aber sie muss sich das unbedingt bis zum Ende anschauen!

Iwanka beißt sich auf die Zunge, nein, sie legt eine Hand über den Mund, versperrt den Worten sozusagen den Weg und schaut weiter und lauscht weiter.

Ihre Augen tränen, es kratzt im Hals, es juckt in den Kniekehlen, doch sie zwinkert nur und blickt mal auf die erschöpften Menschen neben der Post, mal auf den vollen *Grusowik*, der nach kurzem Knattern – die bewaffneten Soldaten springen noch auf die Ladefläche – in Richtung Wyschnyzja losfährt.

Der zweite *Grusowik* rollt ganz nah an die Leute heran, jetzt kann Iwanka nur hören, aber nicht mehr sehen, was sich bei der Post tut.

„Heller, wo ist der Rest?", fragt der Kommissar.

Und jemand, den man nicht sieht, antwortet laut:

„Alle hier, Towarischtsch Major. Alle hier."

Dann herrscht lange eine drückende Stille.

Iwanka strengt ihre Ohren noch mehr an: Sie will wissen, was der *rote Kommissar* macht. Wie eine Glocke erschüttert seine Stimme wieder die nächtliche Stille:

„Wir machen weiter! Folgende Diversanten und Opportunisten konnten sich das Vertrauen der sowjetischen Macht erschleichen, wurden jedoch durch die Wachsamkeit der Mitarbeiter des NKWD und unserer hiesigen Genossen entlarvt. Gemäß § 54-2 und § 54-11 des Kriminalkodex der USSR sollen wegen konterrevolutionärer Tätigkeit von der sowjetischen Gesellschaft isoliert werden: Hensler Mosys Wolfowytsch, geboren 1901, Hensler Faina Adolfiwna, geboren 1909, Hensler Salman Mosysowytsch, geboren 1927, Rendyhewytsch Lew Solomonowytsch, geboren 1911, Rendyhewytsch Chaja Mojsejiwna, geboren 1923. Was ist los, Heller? Was ist los?!"

„Rendyhewytsch haben wir in der Erfassungsstelle festgenommen, er hatte gerade Schicht, aber seine Frau haben wir nicht gefunden, Towarischtsch Major!"

„Wie, nicht gefunden? Was soll das heißen? Hat sie sich vielleicht in Luft aufgelöst? Heller, ich habe dich etwas gefragt!“

„Sie ist schwanger, haben die Nachbarn gesagt, kann jederzeit niederkommen, vielleicht ist sie für die Geburt zu ihren Verwandten nach Wyschnyzja gegangen, ihr Mann hat ständig bei uns gearbeitet, haben die Nachbarn gesagt.“

„Was redest du, Heller? Welche Verwandten? Lew, wo ist deine Frau?“

Iwanka will mit dem Kopf weiter durch die Öffnung schlüpfen, doch Nase und Kinn hindern sie daran. Sie hört, kann aber immer noch nichts sehen. Nur so viel, dass die Soldaten ihre Taschenlampen wandern lassen – die Lichtkegel grasen die Wipfel der Bäume bei der Post ab, dann gehen sie tiefer, und nichts mehr ist zu erkennen.

Endlich begreift Iwanka, dass der *rote Kommissar* von Chaja Rendyhewytsch spricht! Chaja, die in der Kirche auf Milch wartet, und Iwanka ...

„Ich frage *dich*, du Mistkerl!“ Man hört ein Knallen, als hätte sich einer mit der Peitsche gegen die Stiefel geschlagen oder jemand anderen mit der Hand ins Gesicht. „Wo hast du deine Sara versteckt?“

„Sie heißt Chaja, Pan-Towarischtsch Major, Chaja Rendyhewytsch, Mojsejiwna.“

„Was macht das für einen Unterschied, Rendyhewytsch?! Sara, Chaja ... Ein Spion ist sie und ein Diversant der sowjetischen Macht, genauso wie du, du falscher Dreckskerl, genau das ist sie. Ich frage dich, wo ist deine schwangere Sara?!“

„Zu Hause, Chaja geht nirgends hin. Ich weiß nicht, vielleicht ist etwas passiert, Pan-Towarischtsch Major. Gebt mir eine Stunde, ich schwöre bei meinem Vater, ich suche sie und komme wieder zurück. Ich schwöre auf meinen Namen ..." Leises Weinen und Schluchzen dringt vom *Grusowik* herüber. „Vielleicht hat sie das Kind auf dem Feld geboren. Sie ist noch so jung. Meine erste Frau ist bei der Geburt gestorben. Wer hilft meiner Chaja? Sie ist kein Spion. Und ich bin auch kein Spion. Sie haben gesehen, wie ich arbeiten kann." Wieder hört man Schniefen, danach ein lautes Flüstern: „Soln sej brenen lichtik. Soln sej lign in der erd."[6]

„Idiot! Auf den Wagen! Heller, seine Frau holen wir nächste Woche. Dafür hältst du den Kopf hin!"

„Der Nächste! Der Nächste ... Borsuk Iwan Nykyforowytsch, geboren 1870. Na, na, den will ich mir gut anschauen, diesen Ältesten der polnischen Schmuggler, diesen schlimmsten aller Antisowjetschiks!"

Iwanka spürt, wie ihr das Herz stehen bleibt: Der *rote Kommissar* hat ihren Großvater Iwan aufgerufen!

„Meine Schuld, Towarischtsch Major! Ich hatte keine Zeit darzulegen: Borsuk Iwan Nykyforowytsch lebt nicht im Dorf, sondern in einem Weiler, der Teufelsgraben heißt. Fünf Kilometer von hier, den Bach entlang. Wir hatten keine Zeit dorthinzugehen. Das ist in der anderen Richtung. Er ist irrtümlich auf der Liste der heute zu Deportierenden gelandet. Bei der nächsten Partie ist er dabei."

Das Kind sinkt wie erschlagen auf den Boden des Glockenturms. Sie hat weder Kraft noch Lust, in die Kirche zurückzugehen und Chaja in die Augen zu schauen. Sie kann nicht lügen.

Iwanka wird auf dem kalten Boden des Glockenturms liegen, unter dem klaffenden schwar-

---

6 Soln sej brenen lichtik. Soln sej lign in der erd. (jidd.) – Sollen sie lichterloh brennen. Sollen sie umkommen. (Fluch)

zen Schlund der stummen Glocke, ohne Angst wird sie in ihren schrecklichen Rachen blicken, nur um diese grässliche Stimme und das, was sie sagt, nicht mehr hören zu müssen. Nein, sie hat keine Angst mehr davor, mit dem Eimer vom Glockenturm zur Kirche hinüberzulaufen. Niemand sucht sie, und niemand wird sie suchen. Die Kommissare haben keinen Gott, hat der *rote Kommissar* gesagt, der letzten Sommer noch ein schöner Mann gewesen ist. Und wenn sie keinen Gott haben, werden sie weder Chaja noch Iwanka in der Nacht in der Kirche suchen. Es gibt keine Kirche für sie. Weder am Tag noch in der Nacht.

Doch Iwanka hat keine Kraft, den Henkel des Eimers zu greifen und über die Treppe hinunterzugehen, sie weiß einfach nicht, was sie dem Herrn Pfarrer und Chaja sagen soll. Nicht, weil Iwanka die Worte des *roten Kommissars* nicht verstanden hat. Vielleicht das eine oder andere Wort nicht. Denn er hat nicht geredet, er hat gebellt. Aber sie hat wohl gehört, wie er jetzt mit den Leuten spricht – gestern noch ist er ein guter Mensch gewesen, heute ist er eine Bestie.

Iwanka kann sich noch an vergangenen Sommer erinnern, genau an diesem Platz ... Der Maihonig von Großvater Iwan ist weniger süß, als es die damalige Rede des *roten Kommissars* war. Aus seiner heutigen Rede ist pures Gift geflossen, was kann man da noch missverstehen?

Iwanka trägt den Eimer mit Milch in einer Hand und in der anderen den Korb mit Heidelbeeren, sie spürt, wie die dünne Rahmschicht auf der Milch reißt. Und ihr scheint, als würde die Haut ihres verletzten Herzens reißen, und sie kann das Blut nicht stillen ...

... **„Wo warst du, Kind ...“**, flüstert Vater Onufrij heiser und zieht Iwanka mit einer Hand grob in die Kirche, mit der zweiten Hand nimmt er den Eimer mit Milch. „Das ist was hier ... Erschrick nur nicht, Gott steh uns bei.“ Gott hat uns schon beigestanden, denkt sich Iwanka mit einem Blick auf ihr Tuch, in welches das Kind eingewickelt ist.

Das kleine Bündel liegt auf einem Stoß Kirchentüchern gleich neben einem Bein des Altartischs auf dem Boden. Man sieht das Kind zwar nicht, aber sein faustgroßes Köpfchen leuchtet unter dem Tuch hervor.

Auf dem Boden des Altarraums stehen zwei dicke Hochzeitskerzen, deren dünne Flammen wie im Wind flackern. Das Wachs tropft langsam auf den Boden und erstarrt dort augenblicklich zu unregelmäßigen weißen Pyramiden, die in der Dunkelheit aussehen wie Zucker.

Chaja liegt neben dem Kind auf einem Teppich, zugedeckt mit einem Messgewand des Pfarrers, und atmet ruhig. Wahrscheinlich schläft sie. Die rechte Hand hat sie seitlich ausgestreckt, zu ihrem Kind hinüber.

Vater Onufrij wischt den Boden mit einem Tuch auf, das während des Gottesdienstes die Ikonen schmückt. Auf dem Boden steht aus irgendeinem Grund eine riesige Lache Blut oder Wasser. Der Pfarrer scheint die Suppe noch mehr zu verteilen, und Iwanka hat den Eindruck, dass er dabei leise weint.

Wortlos gleitet Iwanka zu Boden und lehnt sich mit dem Rücken an die Wand des Altarraums. Sie hat stechende Kopfschmerzen. Sie will neben Chaja zur Erde fallen und einschlafen, aber so, dass sie nicht morgen und nicht übermorgen aufwacht, sondern erst wenn sie groß ist, wenn die *Grusowiks* niemanden mehr holen, wenn Chaja nicht in der Kirche und auch Vater Onufrij nicht mehr da ist. Und dann soll sie niemand ausfragen, bemitleiden und jemals lieben. So eine düstere Trägheit hat sie befallen, dass sie nicht einmal mehr atmen will.

„Mit zwei *Grusowiks* haben die *roten Kommissare* den Schwiegersohn von den Tschutschkos, alle Kifas vom Berg, die Darijtschuks ohne ihre Ziehtochter, die Schandros aus Zaryna, den dummen Cholewan, Tante Augustyna mit allen, den rothaarigen Monja mit allen und Lewko Rendyhewytsch weggebracht. Sie sind alle Spione und wollten nach Rumänien fliehen. Sie werden in die UdSSR gebracht, und bald holen sie auch unseren Großvater Iwan und Lewkos Chaja, weil sie nicht zu Hause waren, als die Kommissare gekommen sind“, sagt Iwanka mit müder, fast alter Stimme, ohne dem Pfarrer ihren Kopf zuzuwenden.

Mit einem Ruck richtet sich Vater Onufrij auf und steht mit dem Tuch über ihr, als wollte er damit zuschlagen. Das Tuch kommt Iwankas Augen so nah, dass sie im Kerzenlicht die Stickerei und die Blutspuren darauf erkennen kann.

„Wen werden sie sonst noch holen?“, fragt der Herr Pfarrer mit zitternder Stimme.

„Ich weiß nicht. Ich weiß es nur vom Großvater und von Chaja. Aber wegen zwei Leuten werden sie doch keinen *Grusowik* aus der UdSSR schicken?“

„Kind“, seufzt der Herr Pfarrer, „wie soll ich's dir sagen ... Du findest es nicht gut, dass ich eine Jüdin in die Kirche geholt habe ...“

„Aber ich weiß doch, dass es schlecht ist ...“, unterbricht ihn Iwanka.

„Du bist schlau, du wirst das verstehen. Im Leben kommt es manchmal vor, dass ein Menschenleben mehr zählt als eine Sünde vor Gott. Sünden kann man abbeten ... Chaja hat gehört, wie sie den Tschutschko abgeholt und über Lewko geredet haben. Deshalb ist sie zu mir gelaufen. Jeder rettet sich auf seine Weise, Kind."

„Warum erzählen Sie mir das, Herr Pfarrer? Sagen Sie besser, was wir jetzt mit dem Judenkind in der Kirche tun sollen. Ich will nicht, dass ein *Grusowik* es morgen in die UdSSR bringt."

„Ich weiß nicht, Kind ... ich weiß nicht ... Bis morgen Abend können sie in der Kirche bleiben, Gott vergib uns. Und am Sonntag ist heilige Messe ... Ich weiß nicht, wohin wir sie bringen sollen. Chaja kann nicht weit gehen. Ich weiß nicht ... Sie werden sie suchen ... Böse geworden sind diese Kommissare. Ein Jammer."

Auf ein Wimmern des Kindes hin rührt sich Chaja. Dann geht das Wimmern in Weinen über, das man vermutlich auch auf der Straße hören kann.

Iwanka zuckt zusammen, doch sie überlegt nicht lange: Sie reißt vorne einen Streifen von ihrem Hemd ab, knotet ihn zusammen, tunkt ihn in die Milch und steckt ihn dem Neugeborenen in den Mund. Das Kindchen beginnt zu schmatzen und wird ruhig.

Chaja weint:

„A dank dir, mejdele, Iwanka ..."

Wieder weint sie.

Der Herr Pfarrer bekreuzigt sich still.

Iwanka lässt sich nicht ablenken und macht noch einen Knoten, den sie Chaja in die Hand drückt, dann schiebt sie den Eimer mit Milch näher an sie heran.

Auch Vater Onufrij erwacht wieder zum Leben: Er nimmt eine Tasse vom Tisch und schöpft damit Milch für Chaja aus dem Eimer.

„Geh nach Hause, Kind", wendet er sich seufzend an Iwanka. „Nur, ich bitte dich bei Jesus Christus:

Erzähl nichts. Dein Vater hat eine Schar Kinder. Und auch ich ...“

Iwanka beugt sich zuerst über Chaja und macht ein Kreuzzeichen über ihr. Dann nimmt sie das Bündel mit dem Kind hoch, sie weiß, wie man ein Kind aufhebt: Die Mutter hat es ihr beigebracht, als Mychajlyk geboren wurde.

Sie riecht an dem Gesicht von Chajas Kind. Es riecht genauso, wie ihre Brüder gerochen haben: nach Milch.

Iwanka macht auch über dem Kind ein Kreuzzeichen, spuckt sich dann drei Mal über die linke Schulter – „Pfui, wie hässlich“ –, um das Kind nicht zu behexen.

Nun kann sie gehen.

„Machen Sie sich keine Sorgen, Herr Pfarrer. Ich kann den Mund halten.“ Sie beugt den Kopf vor dem Pfarrer wie zum Segen, doch Vater Onufrij segnet sie nicht, küsst sie nur auf den Scheitel und drückt sie dann an sich:

„Dass du nur nichts erzählst, Kind ...“

... Kein Wort sagte Iwanka zu den Eltern, die zitternd am Tor warteten, sie wunderte sich nur im Stillen, dass Mutter und Vater sie in einer so angsterfüllten Nacht nicht suchen gegangen waren – noch nie war Iwanka erst gegen Morgen aus dem Teufelsgraben zurückgekehrt. Schlafen hätten in dieser Nacht sowieso nur Tote können. Haben Mutter und Vater etwa geschlafen, während alle Hunde im Dorf versucht haben, ihre Ketten zu zerreißen, und Iwanka vom Glockenturm aus die Menschen bei der Post beobachtet hat?!

... Iwanka schwieg wie ein Grab, als Vater ihr mit der Rute die Schenkel blutig schlug, um herauszubekommen, wo der Milcheimer geblieben war.

Keine Träne vergoss sie, biss nur die Zähne zusammen, als Mutter das zerrissene Hemd entdeckte und sie, nachdem sie ihr ein paar Klapse verpasst hatte, grob an der Brust packte und sie mit einem Wort beschimpfte, das man im Dorf nur zur kinderlosen Domka sagte, die sich mit allen Hirten auf der Alm abgab.

Iwanka rollte sich bloß im Ofenwinkel zusammen und schloss die Augen ganz fest. Am liebsten hätte Sie sich Harz in die Ohren gegossen, doch es war gerade keines im Haus. Vor kurzem hatten die Borsuks das Harz über dem Feuer flüssig gemacht und damit das Dach des Erdkellers abgedichtet.

Mutter, die sich nicht mehr schlafen legte, klapperte im Haus lautstark mit den Töpfen, verfluchte gleichzeitig das feuchte Brennholz, die alte Asche im Ofen und die kleinen Erdäpfel vom letzten Jahr.

Der Vater wetzte im Hof zornig die Sense und zankte sich unterdessen mit den Risuns von nebenan, deren Schafbock in der Nacht den Zaun hinter dem Stall der Borsuks niedergerissen hatte.

Magdalyna kochte hinter der Scheune Wäsche aus und stöhnte aus irgendeinem Grund bei jedem Schlag mit dem Wäscheklopfer „Ach“ und „Och“.

Kalyna trug die Pelze zum Trocknen aus der Kammer ins Freie und knallte jedes Mal laut mit der Flurtür.

Fedus bohrte pfeifend Löcher für die Leisten in die neuen Fensterrahmen.

Stefko klopfte seelenruhig Reifen für die Brinsa-Fässer.

Semen tauschte nervös die abgebrochenen Zinken am Rechen aus.

Und Iwanka lag reglos da, als wäre sie gelähmt, presste nur die Finger auf die Narbe vom *Marienschuh*. Sie wollte wieder sterben. Aber so, dass niemand davon erfuhr und niemand um sie weinte. Denn in der Nacht war etwas mit ihr geschehen, von dem sie nicht wusste, wo sie es hintun sollte. Früher hatte Iwanka geglaubt, bereits alle Ängste dieser Welt erlebt zu haben. Doch wenn durch ihre geschlossenen Lider wieder die gelben Augen der *Grusowiks* von Marfas Hügel her auf sie zurollten, stieg ihr der Geschmack von Erbrochenem in die Kehle.

Iwanka wollte nicht essen, nicht trinken, nicht weinen, nicht schreien. Sie wollte bis in alle Ewigkeit daliegen und mit keinem Menschen mehr sprechen. Sie hatte den Eindruck, dass einer der *Grusowiks* oder vielleicht auch beide sie mit ihren großen runden Rädern überrollt und ihr alle Knochen gebrochen hatten, denn wieso schmerzten sie sonst jedes Knöchlein und jedes Haar, jeder Finger und alle Zähne gleichzeitig?

Plötzlich durchfuhr es Iwanka wie ein tödlicher Blitz, und sie schrie, dass die Fensterscheiben klirrten, mit grässlicher Stimme, als hätte sie vollkommen den Verstand verloren, „Vate-er!“

Alle Borsuks kamen ins Haus gelaufen und stellten sich in einer Reihe vor der Ofennische auf, aber die verwirrte Iwanka wollte nur den Vater, nahm ihn wie einen kleinen Jungen an der Hand und zog ihn wortlos hinaus.

Zuerst hinter die Scheune, dann – noch immer wortlos – zum Bach, bis zur Uferbefestigung. Dort stellte Iwanka sich auf die Zehenspitzen und streckte sich zu Vaters Ohr.

Was sie ihm zuflüsterte, hätte niemand sagen können, denn der Lärm des Baches übertönte sogar ihr Schnaufen, aber so wie der Vater zusammenzuckte und dann wie besessen auffuhr, war klar, dass Pawlo Borsuk nichts Erfreuliches von seiner Tochter erfahren hatte.

... **Am Montag ging im Dorf** das Gerücht um, die Borsuks seien von einem großen Unglück heimgesucht worden, na ja, der Nykyfor'sche Zweig der Familie: Die Tochter Augustyna war ohne Lebwohl ihren *roten Kommissaren* gefolgt, dorthin gehörte sie auch, denn sie hatte sich in ihrer Politisiererei so ereifert, dass ihr die Spindel aus der Hand gefallen war, sobald sie über den *Kolchos* zu sprechen begonnen hatte.

Und Großvater Iwan, der Vater von Augustyna und Pawlo, der im Teufelsgraben gelebt hatte und der Deportation wegen Politisiererei und Weiterverkauf von Schwarzhändlerwaren knapp entgangen war, wollte seine Schafe in den Stall treiben, und war – was für ein schreckliches Unglück – ausgerutscht, vom Teufelsfelsen in den Teufelsgraben gestürzt und verunglückt, man fand nur ein abgerissenes Stückchen von seinem Keptar an einem Bergahorn über dem Abgrund. Nun überlegten die Borsuks, wie sie den Alten aus diesem verwunschenen Teufelsort herausholen sollten, um ihn zu begraben. Sogar die Kirchenglocken verkündeten seinen Tod.

Die vollkommen geschwächte Iwanka wurde mit Semen und Kalyna in Großvaters Hütte geschickt, um das Vieh zu hüten.

Sohn Pawlo und dessen ältere Söhne mähten das Gras auf den Wiesen oder suchten nach dem Großvater.

Mit einem Wort, in der Familie stand alles Kopf. Und man wusste nicht, welche Sünde daran schuld war.

Mutter Marika ging heimlich zum Haus von Tante Augustyna, doch die Fenster und Türen waren überkreuz vernagelt und die im Haus eingesperrte Katze kratzte entsetzlich an der Scheibe, doch die Mutter wagte es nicht, das Fenster einzuschlagen, die Katze ist wohl vor Hunger krepiert.

Chaja Rendyhewytsch hatte niemand gesehen, seit Lewko abgeholt worden war, es hieß, sie habe sich vielleicht vor Kummer erhängt, sei noch sehr jung gewesen und habe diesen durchtriebenen Lewko so sehr geliebt, dass sie nichts anderes gemacht habe, als zu schauen, ob sich sein runder, von einem Soldatengürtel geschmückter Leib nicht schon von der Erfassungsstelle heranwälzte.

Jemand aus Wyschnyzja erzählte, dass alle, die in der Nacht von Freitag auf Samstag abgeholt wurden, nach Kizman gebracht und auf einen Zug verladen worden seien, aber wohin es dann weitergegangen war, wusste niemand.

Es kamen keine *roten Kommissare* mehr auf *Grusowiks*, sie gingen auch nicht mehr durchs Dorf, außer vielleicht Heller, dieser Schurke, der tagelang bewaffnet vor dem Dorfsowjet stand oder auf der Straße patrouillierte und notierte, wer mit wem wie oft und wohin ging.

Vater Onufrij begann aus irgendeinem Grund jeden Tag eine Morgen- und eine Abendmesse zu lesen, und es war ihm egal, wie viele Leute außer dem Küster noch kamen.

Wer große Lust zum Schwatzen hatte und wenig Angst um seine Zunge, der redete auch weiterhin, aber nicht mehr so scharf wie früher. Wer denken und schweigen wollte, der schwieg und wich gefährlichen Gesprächen aus, wie man dunklen Gestalten auf dem mitternächtlichen Friedhof ausweicht.

Und so ging es Tag um Tag, eine ganze Woche lang.

Am Montagmorgen läuteten wieder die Glocken, ohne Unterbrechung wohl eine ganze Stunde lang, vielleicht auch länger. So hatten sie nicht einmal beim Tod des Kaisers geläutet, auch nicht nach dem Tod des letzten Dorfpfarrers – dem Vorgänger von Vater Onufrij –, als dessen Körper drei Mal um die Kirche getragen wurde, und auch nicht als die *roten Kommissare* ins Dorf einmarschiert waren.

Jemand aus Wyschnyzja brachte die Nachricht, dass die Deutschen am Sonntag die Russen angegriffen hätten und der Krieg begonnen habe.

Viele der älteren Männer zuckten nur mit den Schultern: Was ist neu daran? Ist das etwa der erste Krieg auf dieser Erde?

Die jüngeren Männer zählten im Geist ihre Jahre: Müssten sie noch einrücken, falls es soweit käme?

Die schlaueren überlegten: Wer würde jetzt für den Krieg mobilisieren, die Sowjets, oder kommen vielleicht die Rumänen zurück? So und so ist es schlecht.

Doch noch eine Woche verging und in Tscheremoschne war kein Krieg in Sicht, es passierten nur drei offensichtliche Wunder:

Chaja Rendyhewytsch tauchte gesund und munter auf, noch dazu mit Kind, und kehrte in ihr unversperrtes Haus zurück;

außerdem erweckte Gott Großvater Iwan Borsuk wieder zum Leben, es hieß, der Großvater sei gar nicht in die Schlucht gestürzt, sondern habe beim Schafehüten zu viel Rosenwurz gekaut – das war nämlich einer der Alten, die gern allerlei Wurzeln probierten, vielleicht hatte er die Rosenwurz nicht erkannt, jedenfalls war er von dem berauschenden Zeug so benommen gewesen, dass er eine Woche lang auf dem Grund einer Grube schlief, bis er sich wieder aufrappelte und von selbst zum Leben erwachte;

na ja, und das dritte Wunder, ja, es war wirklich ein Wunder: Die *roten Kommissare* verließen so fluchtartig das Dorf, dass manche sich nicht einmal von ihren Geliebten verabschieden konnten und die Fenster der Post offen blieben.

... Iwanka sitzt auf einem Hügel in Großvaters Weiler, kaut an dem bitteren Stängel einer Schafgarbe und beobachtet einen Habicht, der über ihr in der Luft steht. Sie legt den Kopf in den Nacken: Am klaren Himmel ist kein anderer Vogel zu sehen. Keine Menschenseele ist in der Nähe. Und der Habicht steht reglos über Iwanka, als wollte er jeden Moment auf ihren Scheitel herabstürzen. Sie wirft einen Stock in die Höhe, um ihn zu vertreiben. Aber der Raubvogel steht weiterhin in der Luft, als würde er an einem Faden vom Himmel herabhängen.

Sie legt sich auf den Rücken. Nun schaut sie dem Vogel direkt in die Augen. Er wird sie ihr auspicken. Aber sie hat vor nichts mehr Angst.

Der Großvater hat gesagt, dass der Krieg begonnen hat und die *roten Kommissare* nie wieder ins Dorf zurückkommen werden.

Dass die Kommissare nicht zurückkommen werden, ist gut.

Aber sie weiß nicht, ob es gut oder schlecht ist, dass der Krieg begonnen hat. Sie weiß nur, dass der erste Krieg dem Glöckner Mychajlo den Arm genommen hat.

Und wo dieser zweite Krieg nun ist und was er so macht, das erzählt Iwanka niemand, und sie fragt nicht nach. Der Krieg ist etwas für Männer, hat der Glöckner gesagt. Nichts für sie. Der Krieg geht sie nichts an.

Sie würde Großvater gern wegen Chaja Rendyhewytsch fragen, aber Iwanka hat Vater Onufrij ihr Wort gegeben, dass sie den Mund halten wird. Nicht einmal dem Vater hat sie damals von der Jüdin in der Kirche erzählt. Dem Vater hat sie nur gesagt, dass sich der Großvater verstecken soll, weil die *Grusowiks* kommen werden, um ihn zu holen. Außerdem hat sie den Vater gebeten, dem Herrn Pfarrer jeden Tag Milch zu bringen, damit er dafür betet, dass die *Grusowiks* niemanden mehr in der Nacht aus dem Dorf abholen.

Doch eines will Iwanka wirklich wissen: Wo ist Chaja all die Tage mit ihrem Kind gewesen, bis sie in ihr Haus zurückgekehrt ist? Wer hat sie versteckt? Wer mit Essen versorgt? Wo hat sie sich gewärmt? Womit zugedeckt? Beim Herrn Pfarrer sind sie wahrscheinlich nicht gewesen, denn die Frau vom Pfarrer kann nicht einmal ihre eigenen Geheimnisse für sich behalten.

Es scheint gut zu sein, dass der Krieg begonnen hat, ohne den Krieg hätte Chaja Rendyhewytsch nicht in ihr Zuhause zurückkehren können.

Iwanka sieht, wie Großvater Iwan ihr vom Haus aus mit seinem Hut zuwinkt, und steigt langsam von ihrem Hügelchen herab. Gut, dass der Großvater einen Platz zum Verstecken hatte, doch nicht einmal Iwanka kennt seinen Unterschlupf. Und das ist gut so. Es gibt ihn, das ist genug. Wenn sie selbst sich verstecken müsste, dann sicher im Glockenturm. Jetzt weiß sie: Das ist ein sicherer Ort.

Der Großvater sitzt neben Iwanka auf der Bank an der Wand seines Hauses und schweigt. Er will etwas sagen, zögert aber.

Er bläst Rauch aus.

Hustet.

Klopft Heu von seiner Hose.

Putzt seinen Hut ab.

Rutscht hin und her.

Schweigt.

„Sagen Sie's schon ... Ich seh ja, dass Sie etwas sagen wollen." Iwanka stellt sich vor dem Großvater auf die Zehenspitzen und dreht sich so schnell auf der Stelle, dass sich ihr Rock eng um ihre Waden legt.

„Schau, dass du nicht schwindelig wirst!" Er beendet Iwankas Spiel mit seiner geschnitzten Axt, deren kupferner Griff wie ein Pferdekopf aussieht.

„Iwanka-a-a ...", der Großvater zieht ihren Namen ungewöhnlich in die Länge, und sie weiß, dass er gleich etwas sehr Geheimes erzählen wird. „Kannst du dich an Petro von der anderen Seite des Flusses erinnern?"

„Ist Petro tot?", fragt Iwanka zurück.

„Nein. Wieso sollte er tot sein? Er ist noch jung. Er lebt. Hat die schlimme Zeit abgewartet und ist dann nach Galizien zurückgegangen."

„War er bei Ihnen?"

„Ja, war er. Weil die Kommissare ihn auf unserer und auf der anderen Seite gesucht haben. Er hat die einen wie auch die anderen reingelegt. Und jetzt beginnt alles von vorne ..."

„Was kann denn noch beginnen, wenn schon der Krieg begonnen hat?", wundert sich Iwanka.

„Hör mir erst zu und dann stell Fragen ... Vieles wird beginnen, Kind. Ich habe den ersten Krieg mitgemacht, ich weiß das. Alles Mögliche kann passieren. Nur wann weiß man nicht. Du gehst gemütlich ins Dorf zurück, zur Mutter, zum Vater. Du wirst weiterhin Milch von mir holen. Aber manchmal wird Petro zu euch kommen. Und du hör ihm gut zu, merk dir alles und erzähl es mir später weiter. Und vielleicht bekommt Petro irgendwann auch noch unsere Magdalyna."

„Großvater, er ist alt! Und unsere Magdalyna ist jung!“

Großvater Iwan lacht, dabei hüpft sein weißer, aufgezwirbelter Schnurrbart:

„Iwanka, was heißt hier alt? Er wird erst fünfzig! Und Magdalyna ist ein bisschen über zwanzig. Gerade richtig für eine Hauswirtschaft. Sie wird ihn ja nicht kochen wollen, oder?“

„Großvater, er ist alt!“

„Schäm dich, nicht einmal ich bin alt!“

„Sie sind nicht alt, weil Sie mein Opa sind. Aber Petro ist alt!“, fast hätte sie mit dem Fuß aufgestampft. „Magdalyna hat einen anderen geliebt, aber der hat sie nicht bekommen!“

„Gut, gut, wie du meinst. Dann ist er eben alt. Aber die Alten sind auch Menschen.“

„Schon …“, Iwanka bleibt mit gesenktem Kopf vor dem Großvater stehen. „Ich werde mir alles merken und es Ihnen dann erzählen. Aber Magdalyna zusammen mit Petro mag ich nicht!“

Großvater antwortet nicht, nimmt Iwanka einfach an der Hand und geht mit ihr zum Zauntritt bei der Weide.

„Iwanotschka-a“, wieder zieht der Großvater ihren Namen in die Länge, als würde er auf etwas warten, und sagt dann: „Ich zeig dir jetzt was, schau es dir an und vergiss es gleich wieder. Irgendwann wirst du’s brauchen. Zeiten sind das gerade. Da kann alles sein. Der Vater weiß nichts davon. Die Mutter weiß nichts. Augusta hat nichts gewusst. Aber du musst es wissen. Es könnten Zeiten kommen, in denen der Mensch nicht weiß, wo er hin soll. Aber du wirst in Sicherheit sein.“

Großvater Iwan steht vor einer Tanne, deren untere zerzauste Zweige den Boden berühren. Unter der

Tanne sind lauter Ameisenhaufen. Weiter unten am Hang plätschert in der Wiese ein Bach. Der Großvater beugt sich zum Ameisenhaufen hinunter, sucht dort irgendetwas mit seiner Hand, und plötzlich tut sich vor Iwanka ein Wunder auf: Großvater hebt das Gras gemeinsam mit dem Ameisenhaufen hoch, wie den Deckel zum Erdkeller. Der Brust des Kindes entschlüpft ein überraschtes:

„Oh-h-h!"

„Ob ‚oh' oder nicht ‚oh', jedenfalls ein guter Bunker", am liebsten würde sich der Großvater die Hände reiben. „Ich gehe zuerst, und du kommst mir nach, schau nur gut, wo du hinsteigst."

Von oben fällt Licht herein.

Unten zündet der Großvater eine Lampe an.

Iwanka ruft wieder „oh". Ein unsichtbares Häuschen unter der Erde, mit Holz vertäfelt, in dem leicht ein paar Leute Platz fänden, bis oben hin voller Waren: Pralle Säcke, Rucksäcke, ähnlich denen, die Petro immer gebracht hat, Fässer, Gläser, ein paar Pelze, eine Decke – all das ist feinsäuberlich in Holzregale eingeordnet, die wenn nötig auch als Liegen dienen können.

Irgendwo sehr nah, wie direkt unter den Füßen, plätschert Wasser.

Iwanka beugt sich nach vorn: In einer tiefen Nische fließt ein schmales Bächlein von oben die Wand hinunter durch den Bunker und verschwindet vor ihren Augen im Boden.

„Was ist das, Opa?", Iwanka hat sich noch nicht ganz gefasst.

„Iwanka, ich habe gesagt: Es könnten Zeiten kommen, in denen die Menschen nicht wissen, wo sie sich verstecken sollen. Aber du weißt: Du hast einen sicheren Ort im Teufelsgraben, von dem niemand weiß."

„Was ist mit Petro?“

„Petro weiß nichts davon. Aber auch Petro könnte ihn einmal brauchen. Er wird es dir sagen. Und du zeigst ihm alles. Verstanden?“

„Aber wo werden Sie sein, Großvater?“

„Ich sage dir ja: Alles Mögliche kann passieren. Wer weiß ... Ich bin schon alt, du sagst es selbst. Doch dich werden sie in Ruhe lassen.“

„Aber der Krieg hat schon begonnen! Die *roten Kommissare* sind schon weg!“

„Die einen sind weg, aber es können andere kommen. So ist das im Krieg ... Ein anderes Mal zeige und erkläre ich dir alles hier. Diesmal merk dir nur den Ort. Und schweig, wie du nur schweigen kannst. Du bist *meine* Enkelin.“ Der Großvater hat plötzlich Tränen in den Augen, vielleicht hat er vor Erregung deshalb so nachdrücklich „meine“ gesagt, als ob irgendwer daran zweifeln könnte.

... Iwanka geht auf ihrem Weg aus dem Teufelsgraben durchs Dorf, als kitzelten sie die Sohlen: Sie dreht sich, hüpft, schaut zurück, pfeift, läuft los, bleibt stehen.

Die Sonne brennt auf ihren Kopf, aber sie will sich das Tuch nicht umbinden: Großvater Iwan hat ihr so schön die Haare gemacht, sogar einen roten Faden eingeflochten. Iwanka fächelt mit dem Tuch vor ihrem schweißnassen Gesicht, zupft an ihrer Bluse herum und steckt sie besser in den Rock. Die Mutter hat ihn ihr für die Erstkommunion besorgt: Hinda, die Mutter von Eli Scherf, hatte den Rock in Wyschnyzja für ihre mittlere Tochter Esther gekauft, doch er war Esther zu groß gewesen, und so hat Mama Marika ihn Hinda abgekauft. Bis zur Erstkommunion muss Iwanka aber noch warten und warten, und sie hat ihre Mutter so sehr gebeten, so gebettelt ...

Der Vater hat eine wegwerfende Bewegung mit der Hand gemacht:

„Frau, gib dem Kind doch das neue Gewand. Mariä Himmelfahrt müssen wir noch erleben. Soll sie ihn doch tragen."

„Guter Gott, was du daherredest! Bis Mariä Himmelfahrt ist es nicht mehr lang. Nur noch sechs Wochen!", winkte die Mutter ab, holte den Rock aber trotzdem aus der Truhe.

Jetzt spaziert Iwanka gemächlich die sommerliche Straße entlang und hält Ausschau, ob ihr nicht jemand entgegenkommt. Wäre es nur Sonntag oder ein Feiertag! Aber so ...

Samstags sind zur Mittagszeit wenig Leute im Dorf unterwegs.

Großvater Hawrylo Klym treibt seine Kuh zu Marfas Stier. Die Kuh schlägt aus, Hawrylo reißt heftig am Strick.

Anna Ohronnykowa trägt so schwer an ihrem Korb mit Heidelbeeren, als würde sie einen ganzen Berg tragen.

Paraska Cholewan unterhält sich, den Rechen auf der Schulter, über den Zaun hinweg mit der Locken-Marika.

Nykolaj Nahirnjak schiebt eine Karre mit Holzspänen und hinkt dabei wegen seinem maroden Bein.

Hm ... Wenn man so schaut, alle sind alt. Hört man aber auf den Großvater – gerade richtig für eine Hauswirtschaft. Aber was hat Iwanka davon? Da ist nicht einmal jemand, vor dem sie mit ihren hübschen Zöpfen und ihrem neuen Rock prahlen kann. Sie schwingt ihr Röckchen und niemand beachtet es.

„Pfui! Schäm dich! So ein großes Mädchen!", genau mit diesen Worten würde ihre Schwester Kalyna sie zurechtweisen, könnte sie sehen, wie stolz Iwanka den Saum ihres Rocks hebt. Aber wofür sich schämen? Die schwarze Krankheit meldet sich nicht, hat wohl von Iwanka abgelassen. Der Großvater hat ihr ein Geheimnis anvertraut, von dem sonst niemand weiß. Sie hält ihre Zunge im Zaum, und die *Grusowiks* kommen, Gott sei's gedankt, nicht mehr zurück, um Leute abzuholen. Weil Krieg ist!

Iwanka will zum Glockenturm gehen, in der Kapelle am Wegrand ein wenig beten und sich dann am Brunnen bei der Schule kurz ausruhen. Zum ersten Mal vielleicht hat sie es nicht eilig, niemand hetzt sie, Mutter und Vater wissen nicht einmal, dass der Großvater sie vom Weiler bis ins Dorf begleitet hat. Eines, nur eines betrübt sie: dass der galizische Petro ihre Schwester Magdalyna heiraten könnte. Vielleicht ist dieser Petro gar nicht so alt, aber Iwanka will es trotzdem nicht! Sie hat Angst vor ihm, und aus! Wie könnte sie Magdalyna warnen, ohne den Großvater zu verraten und ohne der Schwester einen Schreck einzujagen?

… Ein ungesattelter Brauner mit einem Reiter ohne Kappe prescht die Straße entlang und wirbelt eine solche Staubwolke auf, dass Iwanka das Gesicht in ihrem Tuch verbirgt. Der Reiter bringt das Pferd abrupt zum Stehen – und im nächsten Moment umringen ihn alle:

Hawrylo Klym steht ganz vorne, aber ohne Kuh,

Anna Ohronnykowa eilt herbei, den Korb mit Heidelbeeren über dem Arm,

Paraska Cholewan springt mit großen Schritten heran, den Rechen nun über die andere Schulter geworfen,

die Locken-Marika kommt mit der Haue gelaufen,

Nykolaj Nahirnjak hat die Hand voller Holzspäne, die durch seine Finger zu Boden rieseln,

Iwanka kommt, das Tuch vor dem Mund, hinter allen anderen zum Stehen und lässt den abgehetzten Reiter nicht aus den Augen.

Der Mann springt vom Pferd. Will etwas sagen, ringt aber nur nach Luft, als hätte das Pferd ihn nicht getragen, sondern vor sich hergejagt.

„Mykola, was ist passiert?“, fragt Nykolaj, öffnet die Hand und die Späne rieseln auf seine Hose.

„Die Deutschen. Die Deutschen kommen mit den Rumänen ins Dorf. Sind schon in Kaljuha. Vorne ist ein Rumäne auf einem weißen Pferd geritten. Ein Offizier. Von irgendwo ist ein Schuss gekommen, und der Rumäne ist vom Pferd gekippt. Die Deutschen sind zornig geworden. Sind alle stehen geblieben und waren sehr wütend. Viele Deutsche kommen hinter den Rumänen. Sie haben schrecklich herumgebrüllt. Und ich bin schnell hierher."

„Das hat uns gerade noch gefehlt ... Und was passiert jetzt?", fragt Paraska Cholewan und rückt ihr jugendlich im Nacken gebundenes Tuch zurecht, ohne dabei den Rechen von der Schulter zu nehmen.

„Dummes Weib! Was soll schon passieren ... Der Krieg kommt zu uns! Und sie fragt, was los ist", antwortet der hinkende Nykolaj Nahirnjak zornig. „Sie haben einen Rumänen umgebracht, das wird böse ausgehen. Einen Offizier noch dazu ... Böse wird das ausgehen. Die Rumänen und die Deutschen machen jetzt gemeinsame Sache. Schrecklich. Leute, geht nach Hause. Je schneller, desto besser."

Iwanka weiß nicht, ob sie gehen oder laufen soll. Der Großvater hat gesagt, sie soll nach Hause gehen und auf Petro von der anderen Seite des Flusses warten. Petro wird samstags kommen. Der Großvater hat außerdem gesagt, dass die *roten Kommissare* nie mehr ins Dorf zurückkehren werden – sie braucht keine Angst zu haben. Aber der Großvater hat nicht gesagt, dass der Krieg ins Dorf kommen und statt der *roten Kommissare* jemand anderen bringen wird, und der Großvater hat auch nicht gesagt, was sie dann tun soll. Nur, dass alles Mögliche passieren kann.

Aber was genau?

Im Handumdrehen verschwinden die Leute, hinterlassen eine Staubwolke, als wären auch sie geritten, nur Iwanka steht wie eine Mohnblume mitten auf der Straße und weiß nicht, ob sie in den Teufelsgraben zurückkehren oder nach Hause laufen soll. Nein, besser nach Hause. Was, wenn Petro dort auf sie wartet? Der Großvater erwartet ja Nachrichten von ihm. So oder so ist es schlecht.

Ein, zwei Minuten hält sie noch inne, dann reißt sie sich los und rennt, was das Zeug hält, zur Kirche. Vor dem Glockenturm bleibt sie stehen und greift ohne zu zögern nach der vertrauten Türklinke. Hopp-hopp, zwei, drei Stufen hinauf und da ist es schon, ihr nächtliches Versteck von neulich:

der staubige Boden,

die herausgestreckte, jedoch gar nicht so angsteinflößende Glockenzunge,

das Seil,

der umgedrehte Stuhl,

ein paar Schindeln, die sie letztes Mal herausgerissen hat,

Lumpen, auf denen der Glöckner Mychajlo vielleicht bisweilen döst,

eine Tasse,

eine Kanne mit Wasser,

drei Äpfel und

dort, ein vertrocknetes Zweiglein mit verdorrten Heidelbeeren, das sie wohl damals verloren hat.

Iwanka trinkt ein paar Schlucke von dem warmen Wasser und richtet sich schnell ein Plätzchen unter dem Fenster mit dem heiligen Georg ein. Wie gut, dass niemand es repariert hat, aber vielleicht schaut auch der einarmige Mychajlo manchmal durch das Loch auf Gottes Schöpfung hinunter? Beobachtet, wie dort beim Brunnenhaus am frühen Abend die Jungen und Mädchen miteinander turteln oder die Dorfweiber sich darüber streiten, wo die eine oder andere Grenze verläuft oder wem was prophezeit wurde. Gut, dass der Glöckner es nicht gerichtet hat. Es heißt, der

Glöckner hat keine sehr guten Augen. Und außer ihm darf keiner in den Glockenturm. Doch selbst wenn Mychajlo Iwanka im Glockenturm erwischen würde, wäre er nicht überrascht, würde sie vielleicht „Engel“ nennen und freundlich nach Hause schicken.

Iwanka hebt schon den Fuß, um auf den Stuhl zu klettern, als ihr der neue Rock einfällt. Oh nein, er könnte zerreißen, besser sie zieht ihn aus. Sie dreht den Rock um, faltet ihn zweimal zusammen und legt ihn auf Mychajlos Lumpenhaufen.

Oh, hier kann sie noch eine Schindel herausreißen und ohne den Kopf hinauszustrecken beobachten, was sich auf der Straße tut.

Sie will so schnell wie möglich in Richtung Kaljuha schauen, dort mahlt Jakow Kapetuter in der Mühle des Vaters wahrscheinlich noch immer Mehl, damit Salman und Malka Brot für die Hochzeit haben, wenn die beiden heiraten. Wahrscheinlich wird er bald heiraten, wieso ist Riwka Saremba sonst mit ihren Kindern aus Wyschenka ins Dorf zurückgekommen? Hochzeit werden sie feiern, ganz sicher.

Aber von Kaljuha bis zur Kirche ist es weit. Zu Fuß jedenfalls, doch wenn man reitet ...

Die Straße ist auf beiden Seiten der Kirche menschenleer. Als würden nicht nur die Juden, sondern das ganze Dorf gerade in Schtiras Haus beten, und als würde nur Iwanka beobachten, was sich Samstagmittag rechts und links von der Kirche tut.

Was tut sich?

Nichts.

Die einen mähen Gras,
andere hüten das Vieh,
andere sammeln Pilze,
andere wiegen ihre Kinder in den Schlaf.

„Im Leben gibt es nichts Besonderes, es ist immer dasselbe: Der eine wartet auf den Tod, der andere auf die Geburt", hat Großmutter Warwara gesagt, als Iwanka ihr noch zuhören konnte.

Heute will also nur Iwanka wissen, wieso es plötzlich so menschenleer ist im Dorf.

Sie schiebt den Kopf ein Stück durch das Loch.

Schaut nach rechts auf die Straße in den Teufelsgraben. Nichts. Auf ein paar Gemüsebeeten arbeiten Frauen mit ihren Hauen.

Sie schaut nach links, in Richtung Kaljuha. Nichts zu sehen. Die Kuppe von Marfas Hügel ist im Weg. Dieser Hügel mitten im Dorf, auf dem man im Winter gut Schlittenfahren kann, hindert sie nun daran zu sehen, was dort passiert.

Iwanka reibt sich die Augen. Nein, sie sieht richtig: Auf der Kuppe von Marfas Hügel wird sehr langsam, fast gespenstisch, eine Gruppe von Menschen sichtbar.

Das Kind schaut genauer hin.

Diese Menschen gefallen ihr nicht und auch nicht, wie überraschend viele von ihnen plötzlich die Straße überfluten. Zuerst war da niemand, nun taucht eine ganze Hochzeit auf, nur ohne Musik.

Die gegen die Sonne dunkel erscheinenden Menschen strömen langsam, einer nach dem anderen von der Kuppe der Anhöhe, die Marfas Hügel heißt, herunter, aber so merkwürdig, dass Iwanka nicht versteht, wie es sein kann: Zuerst ist da lange niemand und dann rollen die Leute wie Kürbisse oder laufen nach der Reihe von der Anhöhe herunter, als hätte man sie oben festgehalten und ihnen dann von hinten einen Schubs gegeben. Sie bilden eine immer größere Wolke, denn hinter den schwarzen Menschen, die von der Bergkuppe herunterrollen, reiten Menschen auf Pferden, und hinter den Pferden brummen kleine, niedrige Fahrzeuge, auf denen auch Menschen sitzen. Und die schwarze Menschenmenge wird von anderen Menschen bewacht und angetrieben, die gegen die Sonne ebenso schwarz erscheinen wie sie.

All das ähnelt weder einer Hochzeit noch einem Begräbnis und es verheißt nichts Gutes, das weiß Iwanka aus irgendeinem Grund, denn hinter den tuckernden Fahrzeugen, die nicht schnell fahren, aber sehr laut sind, gehen noch andere Leute, nur Männer, nicht viele, aber sie gehen wie zum Mähen: mit Heugabeln und Rechen, manche mit Sensen.

Einen Moment lang noch verfolgt Iwanka alles von oben, dann stürmt sie die Treppe hinunter, ohne daran zu denken, dass sie nur ein Hemd trägt und nicht einmal einen Gürtel darüber. Sie läuft der Menschentraube entgegen, denn ihr scheint, dass die *roten Kommissare* zurückgekommen sind und dass unter den schwarzen Menschen, die von Marfas Hügel wie Kürbisse herabkullern, ihr Vater ist.

Sie entfernt sich etwas vom Glockenturm, springt dann aber unvermittelt in den Mychajljuk-Graben: Wieso soll sie weiterlaufen, wenn die Menschen in ihre Richtung gehen?!

Am Grund des Grabens steht trübes Regenwasser, und Iwanka bemerkt nicht, dass ihr weißes Hemd nun voller Matschspritzer ist: Angestrengt, als hätte sie schwache Augen, starrt sie auf die seltsame, näher kommende Prozession und begreift: Die Menschen vorne gehen nicht freiwillig, sie werden von anderen getrieben. Es sind viele, die einen wie auch die anderen. Aber die Letzteren sind in der Überzahl.

... Da war nicht viel zu verstehen: Die Juden wurden getrieben.

Allen voran gingen die Scherfs. Moschko, der Älteste, hielt mit der Rechten die Hand seiner Frau Hinda, die vollkommen – bis zu den Fersen – in Schwarz gekleidet war, das schwarze Kopftuch war ihr auf die Schultern gerutscht. Mit der Linken hielt er die Hand seiner Mutter Zilla, die alt wie die Welt war.

Die Scherf-Mutter zitterte am ganzen Leib so stark, dass man denken konnte, der Kopf reißt jeden Moment von ihrem Hals ab und rollt zwischen ihre dürren Beine.

Hinda hatte die jüngste Tochter Eva auf dem Arm, die irgendein selbstgemachtes Tier an sich drückte und nicht zu weinen aufhörte, und die älteste Scherf-Tochter Adel stützte mit beiden Händen die Großmutter Zilla, oder hielt sich an ihr fest, und zitterte gemeinsam mit der Alten, als würde sie im Juli frieren.

Hinter den Eltern gingen die Scherf-Söhne, Solomon, Abram und Isja. Zwischen Abram, dem ältesten, und Isja, dem mittleren, schlurfte die mittlere Schwester Esther, die von Geburt an verkrüppelt war. Abram und Isja bildeten immer wieder mit den Händen einen „Sitz“, beugten sich hinunter und nahmen Esther darauf, doch sie konnte nicht lange auf den Händen der Brüder sitzen, dann ließen sie die Schwester absteigen und das Mädchen setzte wieder mühsam einen Fuß vor den anderen, als wäre sie schrecklich müde.

Hinter den Scherfs ging die zerzauste Riwka Saremba, ein Tuch um den Hals gebunden. Ihr schütteres, schief geschnittenes, grau-schwarzes Haar baumelte ihr am Rücken und am Scheitel stand ein Büschel Haare in die Höhe, das von einem grünen

Gummiband zusammengehalten wurde. Riwka lachte – irgendwie hicksend – ohne Unterbrechung und auf eine unheimliche Art und Weise, von der Seite sah es so aus, als hätte sie den Verstand verloren: Immer wieder bückte sie sich, um ihren Rock vorne hochzuraffen, dann wurde über ihren blauen, geschwollenen Knien eine ausgeleierte Unterhose mit langen Beinen sichtbar, ihre Töchter Rachil und Malka, die die Mutter unter den Achseln stützten, schlugen ihr sogleich auf die Hände und zogen ihren Rock auf beiden Seiten nach unten.

Die Zwillingssöhne der Sarembas – Schloma und Samuel –, die einander glichen wie ein Ei dem anderen, trotteten stumm hinter der Mutter und den Schwestern her, als stützten sie sie von hinten. Tränen tropften aus ihren Augen, vielleicht hoben sie ihre Köpfe deswegen nicht und wischten sich nur mit den Ärmeln, die in schwarzen Ärmelschonern steckten, über die Augen. An den Ärmelschonern konnte man erkennen, dass sie eben noch an ihren Nähmaschinen gesessen hatten.

Neben den Saremba-Söhnen schlurfte einsam Josko Korgan daher. Er starrte vor sich hin, sah wahrscheinlich niemanden, und seine Lippen bewegten sich im Takt eines tonlosen Gebets oder seines unverwechselbaren „Saj gesunt“. Von Zeit zu Zeit sagte er ein und denselben Satz nach hinten, „Lass es sein“, den er wahrscheinlich an seinen in die Jahre gekommenen Sohn Mordechaj richtete, der mit einem riesigen Bündel auf dem Rücken kaum von der Stelle kam. Wahrscheinlich war das Bündel schwer, denn es zog Mordechaj nach hinten, sodass sein Rücken gerade wurde, doch Mordechaj zerrte es mit beiden Händen und aller Kraft wieder nach oben, aus Angst, es könnte ihm vom Rücken rutschen.

Hinter Mordechaj Korgan ging Chaja Rendyhewytsch mit ihrem Kind auf dem Arm: bleich wie Flachsfasern, kein Fünkchen Farbe im Gesicht, mit offenem, wirrem Haar, an einem Fuß einen roten Stiefel, am anderen einen weißen Pantoffel. An ihrer rechten Schulter baumelte ein kleiner Rucksack, an der linken klapperten zwei Töpfe und ein Metallbecher mit verbogenem Griff, die von einer dicken Schnur zusammengehalten wurden. Die graue Decke, in die das Kind gewickelt war, verrutschte ständig und ein rosa Kinderbeinchen schaute heraus. Das Kind schrie ohne Unterbrechung, Chaja senkte ihr blutleeres Gesicht zu dem in der Decke verborgenen Köpfchen und leckte mit der Zunge über die Kinderlippen. Ob sie nun versuchte, das Kind mit ihrem Speichel zu füttern, nur sein Gesicht befeuchtete oder die Augen des Kindes küsste, konnte niemand sagen, denn niemand interessierte sich dafür.

Jakow Kapetuter, der ein blutig geschlagenes Gesicht und ein verklebtes Auge hatte, wurde von Sisjo Klugman geführt oder nur gestützt. Über seinem rechten Arm trug Sisjo einen langen Wintermantel mit Nerzkragen, weil Sisjo so klein war, schleifte der Mantelsaum über den Boden, als würde Sisjo damit die Straße fegen. Sisjo Klugman hob und senkte seinen Arm, damit der Mantel nicht in den Staub hing, was so aussah, als würde er einen Eimer Wasser aus dem Brunnen ziehen. Mit der linken Hand wischte er das Blut von Jakows Gesicht, dafür verwendete er ein weißes Frauentuch, vielleicht von seiner Mutter. Das Tuch verfärbte sich rot von Jakows Blut, und schließlich steckte Sisjo es in seinen Gürtel.

Jakow Kapetuter atmete schwer und spuckte immer wieder blutig aus. Seine schwarze Alltagsweste war voller weißem Mehl, ebenso seine Kippa, und auch sein dichtes schwarzes Schustergarn-Haar war mit Mehl bedeckt. Wenn Jakow den Kopf schüttelte, vor Schmerzen oder um irgendwelche Gedanken zu vertreiben, rieselte Mehl von ihm wie Schnee oder Schuppen. Vielleicht kam deswegen niemand in seine Nähe außer Sisjo Klugman, der keine Angst davor hatte, sich mit dem Mehl oder mit Jakows Blut schmutzig zu machen.

Salman, Jakows älterer Bruder, schob eine Schrittlänge hinter den beiden eine Karre mit dem blinden, schwachen Vater, Aaron Kapetuter, der sein ganzes Leben lang, auch schon eine Weile zu Lebzeiten seines Vaters, nichts anderes gemacht hatte, als Mehl in der Mühle der Familie in Kaljuha zu mahlen, deren vier Wände er selten verließ. Vielleicht verdunkelte sich die Welt in Aarons Augen wegen des ewig weißen Weizenlichts in der Mühle, und vor ein paar Jahren wurden auch noch die Beine des buckeligen und blinden Aaron krank. Deshalb war er das letzte Jahr über immer am Eingang zu seiner Mühle gesessen und hatte seine Söhne Salman und Jakow monoton belehrt, während sie ihre Arbeit machten, die restliche Zeit schaute er mit seinen blinden Augen in den Himmel und kehrte in Gedanken zu seiner schon lange verstorbenen Frau Dora zurück.

Jetzt war Aaron Kapetuter auf die Größe eines Kindes geschrumpft und hatte sich, gefügig wie eine Waise, mit eingezogenem Kopf in der Karre zusammengerollt, nur seine verwelkten, abgearbeiteten Handflächen waren der Sonne zugewandt, wie zum Gebet bereit. Auf dem Boden der Karre hüpfte gemeinsam mit Aaron ein geflochtener Korb mit Hausrat auf und ab. Der Alte jedoch beachtete nichts um sich, ganz selten drehte er kurz den Kopf zum Himmel. Rollte sich dann wieder zusammen und ließ sich geduldig in der Karre durchrütteln.

Ganz hinten liefen die Klugmans. Sisjos Vater Abram, groß und prächtig wie ein Hirsch, hatte den Arm seiner Frau Hannah genommen, von der Seite sah es so aus, als würde er seine jüngere Tochter führen. Die kleine, hübsche Hannah aus der Familie Schtira ging Abram, wie man im Dorf sagte, nur bis zum Nabel. Um ihr etwas zu sagen, hielt Abram mit der Hand seinen hohen schwarzen Hut über den langen Peies fest, beugte sich komisch zu Hannahs Ohr hinunter, so als klappte er sich in der Mitte zusammen, schob eine Strähne ihres sehr lockigen und sehr roten Haars beiseite und sagte etwas oder küsste das Ohr seiner Frau, woraufhin Hannah den Kopf leicht zur Seite neigte, vielleicht weil es sie kitzelte, vielleicht weil ihr diese Zärtlichkeit vor den Leuten unangenehm war.

So war es immer.

Und auch jetzt zupfte der sorgfältig gekleidete Abram, der ein weißes Hemd und einen langen schwarzen Gehrock trug, zunächst das große weiße Tuch mit roten Rosen auf Hannahs gekrümmten Schultern zurecht und beugte sich erst dann zu ihr hinunter, schob ihr Haar beiseite und flüsterte ihr lang und leidenschaftlich etwas ins Ohr, ohne sich dabei aufzurichten.

Hannah wandte ihr kleines Gesicht mit den pflaumengroßen Augen immer wieder zu Abram und schaute ihm lange und ohne zu zwinkern in die Augen, als wollte sie dort verweilen. Dann nickte sie Abram beipflichtend zu.

Iwanka schnürte es beim Anblick des blutüberströmten Jakow Kapetuter das Herz zusammen, sogar jetzt, nass und schmutzig, wie sie war, wäre sie am liebsten aus dem Graben gesprungen, um ihm das Blut abzuwaschen und Wegerich auf sein verschwollenes Auge zu legen; wie um Himmels willen hatte er in dieser Mühle so schuften können, dass er davon blutende Wunden bekommen hatte. Doch ein ungutes Gefühl unterbrach ihre Gedanken: Hatte Jakow heute, am Samstag, überhaupt das Recht, in der Mühle zu arbeiten?! War er vielleicht gezwungen worden, und hatte sich dagegen gewehrt?

Gleich hinter den Juden saßen auf fünf grauen Pferden Soldaten, in nicht ganz neuen, aber mit zahlreichen Orden dekorierten Uniformen. Wahrscheinlich waren es Offiziere, denn sie ritten. Sie unterhielten sich nicht allzu laut, aber auch nicht leise, und gestikulierten dabei energisch. Ihnen folgten Fußsoldaten in den gleichen, jedoch bescheideneren braunen Uniformen. Einer der Soldaten führte ein weißes Pferd mit einem frischen Blutfleck an der Flanke am Zügel. Der Rest bewegte sich weder träge noch sehr flott voran. Alle waren bewaffnet und hatten entweder große Bündel oder Decken auf den Rücken gebunden.

Iwanka hatte sie schon früher einmal gesehen: Diese Soldaten waren in ihrem Dorf gewesen, bevor die *roten Kommissare* gekommen waren. Als ein paar von ihnen in den Hof der Borsuks kamen, sprach Vater Rumänisch mit ihnen, und als sie gingen, spuckten sie verärgert aus und verfluchten jemanden aufs Schlimmste, doch Iwanka hörte nicht, wen.

Hinter den Rumänen fuhren in zwei laut tuckernden und sehr niedrigen kleinen Fahrzeugen, die drei Räder hatten, auch Soldaten – jeweils zu dritt –, solche hatte Iwanka im Dorf noch nicht gesehen. Ihre Kleidung war neu und schlammgrau, auf dem Kopf hatten sie etwas aus Eisen, das aussah wie umgedrehte Kulescha-Kessel, sie trugen hohe feste Stiefel – vielleicht aus Juchtenleder – mit vielen Metallknöpfen und groben Schnürsenkeln, ihre Brust schmückte etwas, das an einen ausgestopften oder ausgetrockneten Habicht mit geöffneten Schwingen im Miniaturformat erinnerte. Einer, der im Beiwagen des ersten Fahrzeugs saß, trug auf dem Kopf statt eines umgedrehten Kessels eine hohe, nach oben gebogene Kappe mit einem schwarzen glänzenden Schirm. Über dem Schirm befand sich eine breite weiße Kordel, über der Kordel eine schimmernde silberne Marke aus hübsch angeordneten getrockneten Blättern, über der Marke flog ebenfalls ein Habicht mit ausgebreiteten Flügeln. Eng am Hals, über dem letzten Knopf und direkt unter dem Kragen, hing ein großes weiß-rotes Kreuz aus Eisen.

Das waren wahrscheinlich die Deutschen, von denen Mykola gesprochen hatte. Und der mit dem Kreuz am Hals war vermutlich der Anführer, denn er rief von Zeit zu Zeit etwas und zeigte mit der Hand nach vorne, aber bei dem Lärm konnte Iwanka nicht hören, in welcher Sprache er redete.

Alle waren staubig und von der stechenden Sonne wohl erschöpft. Vielleicht bewegte sich diese für Iwanka so seltsame Prozession deshalb so langsam. Oder sie hatten keine Eile, denn wohin sollten es Juden am Samstag schon eilig haben. Es war Schabbes und sie sollten gerade in Schtiras Haus beten wie jeden Samstagmittag.

Vielleicht wurden sie zum Beten an einen anderen Ort gebracht, vielleicht war Schtira nicht zu Hause, denn Schtira war nicht unter den Leuten und sein Sohn Gabriel auch nicht. Sie gingen sicher irgendwo anders hin beten, denn alle Männer trugen Kippot, sogar die Kinder, die sonst selten welche trugen. Oder war vielleicht ein wichtiger jüdischer Feiertag?

Doch Iwanka wusste immer von den Kindern, wann die Juden ihre Feiertage hatten. Dieses Jahr hatten sie zwei Tage vor dem christlichen Osterfest ihr Pessach gefeiert. Und vor einem Monat etwa hatten sowohl die Christen als auch die Juden im Dorf ihr Pfingstfest gefeiert, na ja, vielleicht waren die Juden mit ihren fünfzig Tagen um ein paar Tage früher dran gewesen. Nein, heute ist ein normaler Schabbes. Und für die Juden ist Gebetszeit.

Doch am Schabbes ist noch nie Krieg gewesen, denkt Iwanka und hebt hin und wieder den Kopf über den Rand des Grabens, dann versteckt sie sich wieder darin. Vielleicht betet man im Krieg irgendwie anders?

Sie wartet, bis das letzte kleine Fahrzeug, in dem Soldaten mit Kesseln auf dem Kopf sitzen, an ihr vorbeigefahren ist, und lugt wieder aus dem Graben.

Aus irgendeinem Grund gehen hinter den Soldaten ein paar Männer aus dem Dorf mit Heugabeln, Sensen und Schaufeln. Die ersten sind Petro Klym und Petro Djatschuk. Ihr Gang wirkt nicht müde, sondern kräftig, als hätten sie sich bei bester Gesundheit und voller Energie zum Mähen versammelt. Im Dorf jedoch gehen die Leute im Morgengrauen mähen, wenn es gerade erst zu dämmern beginnt. Die Schpanjuk-Brüder rennen mit Ruten in der Hand hinter Klym und Djatschuk her, jeder von seinem Haus aus, im Laufen rufen sie einem Hofherrn am Fuße von Marfas Hügel etwas zu.

Wieder schnürt es Iwanka das Herz zusammen. Ohne auf die Straße zu blicken, klettert sie aus dem Graben und schließt sich, nass, wie sie ist, den Menschen an. Sie sollte nach Hause, in die andere Richtung, laufen, doch etwas Beunruhigendes, für sie Unbegreifliches führt sie in Richtung Kirche zurück.

Iwanka kann nicht so langsam gehen, wie sich die Prozession fortbewegt. Nur Begräbnisse darf man nicht überholen, aber Menschen, die auf der Dorfstraße gehen, selbst wenn man nicht weiß wohin, schon!

Iwanka geht am äußersten Rand der Straße, an der Kante des Straßengrabens, setzt bedächtig einen Fuß vor den anderen, als würde sie auf glühenden Kohlen gehen. Sie schaut die ganze Zeit auf den Boden, aber aus den Augenwinkeln sieht sie, dass aus den Häusern an der Straße Leute kommen. Manche gehen nur bis zum Gartentor, die Hand zum Schutz vor der Sonne an die Stirn gelegt, andere laufen neben den Soldaten her, glauben vielleicht, es gäbe etwas Besonderes zu sehen, die Soldaten ermuntern sie mit Gelächter und einladenden Handbewegungen dazu; andere schlendern hinter den Männern aus dem Dorf her. Und an der Weggabelung beim Glockenturm stehen bereits einige Jungen und Frauen, als wollten sie die Prozession empfangen.

Iwanka beschleunigt ihren Schritt und geht nun neben dem letzten Wagen. Ein wohlgenährter Soldat, der seitlich in einem Beiwagen sitzt, nimmt seinen Kessel ab und winkt Iwanka damit, er lacht laut, holt etwas Rundes in einem bunten Papier aus der Tasche, das dem Fruchtgelee aus Korgans Kooperative sehr ähnlich sieht, und streckt es dem Mädchen hin. Iwanka geht weiter neben dem tuckernden Fahrzeug her und schüttelt ablehnend den Kopf. Wasylko, der Sohn von Petro Djatschuk, kommt von hinten gelaufen, reißt dem Deutschen fröhlich das Fruchtgelee aus der Hand und läuft davon. Schallendes Gelächter erfüllt die Straße, der Deutsche holt noch ein Bonbon hervor und hält es Iwanka hin.

Sie kommt etwas näher, der Deutsche sagt laut „*Gut, djewotschka*[7], *gut*" und gibt ihr das Fruchtgelee, dann deutet er, dass sie sich neben ihn setzen soll: „*Motozikl, djewotschka, motozikl.*"

Iwanka schüttelt den Kopf, als würde sie nicht verstehen.

Das *Motozikl* fährt weiter, hinterlässt eine Wand aus Staub und den Nachhall teuflischen Soldatengelächters.

Iwanka steht da, das Bonbon fest in der Hand. Schon überholen sie die Männer mit den Sensen, der Staub hat sich gelegt, und sie steht und denkt nach.

Plötzlich läuft sie los und jagt der Prozession in einem Höllentempo hinterher.

Dann überquert sie leise, den Blick wieder auf den Boden geheftet, die Straße von der anderen Seite her und nähert sich, ohne den Kopf zu heben, der Juden-Kolonne.

Chaja Rendyhewytsch erkennt sie an den Füßen, einer steckt in einem roten Stiefel, der andere in einem Pantoffel. Iwanka schließt zu Chaja auf, wirft das Bonbon wortlos in die Decke mit dem Kind und folgt den Juden, den Kopf gesenkt, langsam am Straßenrand.

Die alten Scherfs sind vom Gehen an der Spitze wohl müde geworden, denn nun stolpern sie neben Jakow Kapetuter und Sisjo Klugman her.

Hinda weint lautlos und versucht sich von Moschkos Händen zu befreien. Ständig rutscht ihr das schwarze Tuch von den Schultern, bis es die jüngste Tochter Eva endlich nimmt und sich wie einen Trauerflor um den Arm bindet. Beide – Mann und Toch-

---

[7] djewotschka (russ.) – Mädchen

ter – halten die Mutter fest an den Händen, sie weint, lamentiert vor sich hin und schlägt die irren Augen auf und zu.

Iwanka blickt zu Boden und fragt leise:

„Sisjo, wo bringen sie euch hin?"

Sisjo wischt Jakow das Blut von der aufgeplatzten Wange, als hätte er nichts gehört, und antwortet flüsternd, kaum hörbar, mit dünner, hoher Stimme:

„In den Himmel, Iwanka ..."

Sie geht noch näher an die Kolonne heran. Tut so, als würde es sie nichts angehen und als ginge sie, wie auch die anderen Dorfbewohner, nur aus Neugier mit, um die ehemaligen Nachbarn zu begleiten. Ein Dutzend Menschen sind aus ihren Häusern gekommen, auf beiden Seiten schließen sie sich der Kolonne an, man könnte den Eindruck gewinnen, die Juden hätten nichts zu befürchten: hinten Soldaten, links und rechts Dorfbewohner.

„Was habt ihr am Samstag denn so Schlimmes gemacht?", fragt sie Sisjo und spürt, wie sie Gänsehaut bekommt.

„Sie haben uns was angedichtet", antwortet Jakow mit dumpfer Stimme und hustet Blut.

„Ein rumänischer Offizier ist verletzt worden. Siehst du sein Pferd dort?", Sisjo wirft sich den Mantel über den anderen Arm. „Nimm du dir doch den Mantel, Iwanka ... Der Djatschuk hat gesagt, dass die Juden aus der Mühle geschossen haben." Sisjo deutet mit den Augen auf Jakow. „Da könnte höchstens das Mehl geschossen haben ... Schau nur, sie haben Jakow geschlagen. Und den Befehl gegeben, uns alle zur Post zu treiben. Petro Djatschuk ist mit den Schpanjuks von Haus zu Haus gelaufen, sie haben alle mit Peitschen auf die Straße gejagt. Die Deutschen und die

Rumänen haben nicht gewusst, wo die Juden wohnen. Viele waren im Bethaus."

„Und die Schtiras?", fragt Iwanka.

„Ich weiß nicht. Gabriel war zuerst bei uns. Vielleicht ist er geflohen. Und Rabbi Schtira war heute nicht zu Hause. Ich weiß nicht … Lauf weg von hier Iwanka. Du sollst nicht sehen, was sie mit uns machen. Ich hab einen Traum gehabt … duss is schreklach[8] …", Sisjo schluchzt. „Nimm meinen Mantel. Du hast keinen. Un bet far unds baj Got[9], Iwanka …"

Obwohl sie Angst hat, kommt sie näher, streichelt Sisjos Flachshaar, berührt mit den Fingern seine mit weichem Flaum bedeckte Wange und küsst dann seine Hand, die zuvor Jakows Gesicht abgewischt hat.

Sisjo zuckt mit dem ganzen Körper zusammen, dreht sich zu Jakow und seine Schultern zittern vom unterdrückten Weinen:

„… a dank … ich hob mojre[10] …"

Iwanka hört Sisjos Schluchzen, sie läuft zum Graben zurück und setzt sich einfach in den Staub, die Tränen stecken ihr im Hals, aber sie wollen nicht heraus. Sie hat den Kopf zwischen die Knie geklemmt und hört, wie die fröhlichen und aus irgendeinem Grund ausgelassenen Soldaten an ihr vorbeimarschieren. Doch das Marschieren der Soldaten kann Sisjos „Ich habe Angst" nicht übertönen.

Plötzlich zerreißt ein wilder Schrei von Hinda Scherf die heilige Samstagsstille, die nur vom Schnauben der Pferde und vom Tuckern der Motorräder gestört wurde:

---

8 duss is schreklach (jidd.) – das ist schrecklich
9 un bet far unds baj Got (jidd.) – bitte bei Gott für uns
10 ich hob mojre (jidd.) – ich habe Angst

„Hilfe! Rettet uns! Lasst nicht zu, dass sie uns töten!"

Hinda bricht aus der Kolonne aus und läuft zum Straßenrand, fällt auf die Knie, streckt die dünnen Arme nach vorne, brüllt mit fremder Stimme und zeigt dabei auf einen von denen, die mit Heugabeln am Straßenrand stehen:

„Menschen! Er is majn schuchn[11]! Wir haben ihm nichts angetan! Er ist unser schuchn!"

Iwanka presst die Hände fester an ihre Ohren, trotzdem hört sie Hindas Gekreisch:

„Mein dummes jüngstes Kalb ist in den Wald gelaufen! Bring es in den Stall zurück, Iwanko, es geht verloren! Es ist dumm, das Kalb, war nicht angebunden."

Mit einem Mal verstummt das durchdringende Geschrei. Hinda liegt mit dem Gesicht im Schotter, über ihr steht ein großer Deutscher mit Kessel-Helm. Seine gepflegte Hand hält die Pistole über Hinda. Aus der Pistole weht eine Rauchfahne. Der Deutsche wischt die staubige Spitze seines Stiefels an Hindas Gewand ab und kehrt zum *Motozikl* zurück.

Iwanka springt in den Straßengraben, der mit einem Bächlein verbunden ist, und liegt bäuchlings im Matsch. Und obwohl sie das Gefühl hat, dass auch über ihr ein Deutscher mit Pistole steht, dreht sie das Gesicht zur Sonne, um nicht zu ersticken.

Sie hat noch nie eine schwarze Sonne gesehen. Aber jetzt sticht sie die glühende Scheibe der Sonne spitz wie Nadeln in die Augen und stürzt mit ihrem schwarzen Körper auf Iwanka herab, in den tiefen Graben, der plötzlich voll trübem Wasser ist, von dem das Kind getragen wird, bis in alle Ewigkeit.

---

11 er is majn schuchn (jidd.) – er ist mein Nachbar

... Iwanka lag völlig durchnässt im Straßengraben hinter der Post, genau gegenüber dem Schulbrunnen. Vielleicht war eine Uferbefestigung gebrochen oder irgendwo in den Bergen starker Regen gefallen, das Rinnsal jedenfalls, das zu Mittag kaum feucht gewesen war, hatte sich zu einem richtigen Bach gemausert.

Iwanka wurde zum Teil von einem alten ausladenden Maulbeerbaum verdeckt, dessen lange Äste fast bis zum Wasser reichten. Sie zitterte vor Kälte und Angst: Die Juden waren zum Schulbrunnen getrieben worden, und während die Rumänen mit den Deutschen schwatzten und die Dorfbewohner tuschelnd in der Nähe standen, war der Brunnen schnell von Alten und Kindern bevölkert.

Sofort stürzten die Schpanjuk-Brüder mit ihren Peitschen auf die Unglücklichen los und verscheuchten die Juden von der Brunneneinfassung wie Hühner von der Stange.

„Charascho[12]!“, sagte der Deutsche mit dem Kreuz am Hals und schwenkte eine dünne Eisenstange. „Charascho, Iwan! Gut, gut!“

Der Deutsche ging zu Jakow Kapetuter und hob Jakows Kopf mit der Eisenstange in die Höhe. Jakow blinzelte den Deutschen mit seinem nicht verschwollenen Auge an und man sah, wie die langen Arme neben seinem Rumpf zitterten.

„Jude? Jude!“, der Deutsche schlug Jakow mit der Stange ins blutverschmierte Gesicht und sofort bahnte sich ein neues Bächlein Blut seinen Weg über dessen Wangen, von der Braue bis zum Kinn. „Du, puff-puff, Herr Offizier Sojusnik? Du!“

---

12 choroscho (sprich: charascho) (russ.) – gut

„Er hat geschossen! Er!“, rief Dmytro Schpanjuk fast freudig und kam etwas zu nah an den deutschen Offizier heran. „Er war’s. Ich kenne diese Juden schon lange. Aus seiner Judenmühle hat er geschossen und die Waffe dann ins Wasser geworfen. Sie haben schon für die Sowjets Mehl gemahlen. Viele von den Juden haben für die Sowjets gearbeitet“, aus dem Mund des aufgeregten Schpanjuk spritzte Speichel.

„Charascho, Iwan“, sagte der Deutsche und schob Schpanjuks Gesicht mit der Eisenstange zur Seite.

„Oberleutnant Dumitriu, bitte schön!“

Der, den der Deutsche Dumitriu genannt hatte, war ein junger, fast jugendlicher Offizier mit aufrechtem Rücken, gespannt wie ein Bogen.

„Mul umesc[13], Herr Major!“, meldete der Rumäne kurz und nahm eine noch strammere Haltung an, wobei er die rechte Hand an die Uniform presste. „Mul umesc. Damit ihr mich alle versteht“, wandte er sich an die Juden, „werde ich in eurer Sprache sprechen.“ Und tatsächlich begann er auf Ukrainisch zu sprechen, fast wie die Leute im Dorf, Iwanka reckte sogar den Hals hinter dem Stamm des Maulbeerbaums hervor. „Heute hat einer von euch einen Anschlag auf einen Militär des großen Führers verübt.“ Er streckte den rechten Arm in die Höhe, woraufhin alle Deutschen und Rumänen gleichzeitig ihre Arme hoben und im Chor „Heil!“ riefen. „Einer von euch hat einen Offizier seiner Hoheit Marschall Antonescu tödlich verletzt. Wir wissen, wer dieses niederträchtige Verbrechen begangen hat.“

Der Offizier verschluckte sich an seinem Speichel und hustete, dann schaute er in die Runde der Deut-

---

[13] mul umesc (rum.) – danke schön

schen, als suchte er Lob oder Rückhalt, doch die Deutschen standen da und betrachteten die Kirchenkuppeln gegenüber. Nur der Major nickte im Takt zu den Worten des Rumänen.

„Jedes Verbrechen muss hart bestraft werden, besonders ein Mordanschlag auf einen Soldaten des großen Reichs. Ihr müsst den Verbrecher freiwillig ausliefern, damit er gerecht bestraft werden kann, andernfalls werdet ihr alle bestraft. Einer von euch hat schon gesagt, wer es war."

Der Offizier machte eine Pause.

Es wurde totenstill. Aaron Kapetuter, den seine Söhne Jakow und Salman mit den Schultern stützten, streckte wie alle Blinden einen Arm nach vorne und machte mit seinen halbtoten Beinen einen Schritt vorwärts, mit der anderen Hand hielt er sich an Salman fest.

„Herr Major! Der Herr Schpanjuk – ich glejb nischt ... er is majn schuchn ... Er hat unmöglich freiwillig ... Er hot nischt gekent sogn asa sach mitn ejgenem wiln[14] ... so etwas über meinen Sohn gesagt .. ganz sicher ..." Aaron war zu alt. Er zog die Wörter in die Länge, atmete sie aus. Entweder damit ihn die Deutschen besser verstanden, oder weil ihm die Kraft zum Sprechen fehlte, doch der blinde Kapetuter – auf halb eingeknickten, dürren Beinen und mit einer von Alter oder Krankheit zitternden Hand – versuchte sein langsames Sprechen mit einem sehr weichen und zärtlichen Ton auszugleichen; so richtete er sich an alle, ohne irgendjemanden zu sehen.

---

[14] Ich glejb nischt ... er is majn schuchn ... Er hot nischt gekent sogn asa sach mitn ejgenem wiln (jidd.) – Ich glaube nicht ... Er ist mein Nachbar ... Er hätte so etwas niemals freiwillig gesagt ...

„Domnule[15] Oberleutnant!“, der Alte drehte sich mit dem ganzen Körper zur Seite, als wollte er zeigen, dass er jetzt nur zu Dumitriu sprach. „Das ist ein schrecklicher Irrtum, dass mein Sohn auf Ihren Offizier geschossen haben soll. Ich versichere Ihnen, ein schrecklicher Irrtum. Mein Jakow hat nie eine Waffe gesehen oder in die Hand genommen. Er ist Müller. In unserer Familie sind alle Müller. Wenn wir für die Leute Mehl mahlen, fragen wir nicht nach ihrem Glauben und ihrer Herkunft. Alle Menschen, egal woran sie glauben, haben Hunger. Wir geben ihnen zu essen. Ich weiß, dass es Leute gibt, die schießen. Aber wir sind nur Müller. Für uns macht es keinen Sinn zu töten, Domnule Oberleutnant.“

Dann fiel der alte Aaron Kapetuter, nachdem er seinen zweiten Arm aus der Hand des Sohnes befreit hatte, auf die Knie. Aaron schlug seinen Kopf gegen die Erde, als wollte er sie spalten. Er warf den Kopf hin und her, peitschte mit seinem schütteren Haar gegen den Boden und trommelte mit den Händen auf ihn ein, als wäre die Erde ihm etwas schuldig.

Petro Djatschuk schoss wie ein Habicht zu Leutnant Dumitriu und schwang wild seine Peitsche:

„Der Jude lügt, Domnule Offizier. Er lügt. Wenn nicht der geschossen hat, dann ein anderer aus der Mühle. Diese Juden hätten Spaß daran, den Leuten weiter mit ihren Geschäften Blut abzuzapfen. Hundert Jahre beuten sie unsere Leute schon aus. Sie haben Mühlen, Schenken, Gerbereien, Gold und Land. Und die Betrügerei. Luchsen den Leuten das Land ab, machen unser Volk in den Schenken betrunken! Ich habe in ihrer Mühle malochen müssen, sie sind den Kommunisten an den Lippen gehangen und haben weißes

[15] domnule (rum.) – Herr

Brot für die *roten Kommissare* gebacken! Fast haben sie vor Freude in die Hände geklatscht, dass die Kommunisten kommen, um ihnen zu helfen unsere Leute zu verhöhnen."

„Iwan ..."

„Ich heiße Petro, Domnule Offizier. Petro Djatschuk."

„Petro, und waren es auch diese Juden, die den rumänischen Offizieren die Epauletten heruntergerissen haben, als wir die Țara Bucovina verlassen haben, bevor die Bolschewiken gekommen sind?!"

„Alles haben sie ihnen heruntergerissen. Auch die Rangabzeichen. Sie und andere. Sie sind genau solche Kommunisten wie die *roten Kommissare*. Unter den Kommissaren hat es hier einen Heller gegeben. Unsere Leute haben ihn mehr gefürchtet als alles Schlangengetier. So grausam und böse ist er zu den Menschen gewesen. Unter den Juden gibt es eine, Chaja Rendyhewytsch. Ihr Mann Lewko war so ein *roter Kommissar*, Gott behüt. Ich hab keinen von meinen Äpfeln essen dürfen, weil alles in die bolschewikische Erfassungsstelle musste, dieser Lewko war der Chef dort. Vor dem Krieg ist er mit den Kommissaren geflohen, und die da hat er versteckt, damit sie hier ihre Judenbrut zur Welt bringt und unser Brot isst, wahrscheinlich wollte er sie zu sich holen, aber dazu ist es nicht gekommen! Nein!"

Djatschuk lief in die Menge und führte Chaja mit ihrem Kind heraus:

„Bitte sehr, Domnule Offizier: Das ist die bolschewikische Judenhure. Eine Woche vor dem Krieg haben mir die Juden und dieser Rendyhewytsch mit seinen Kommissaren den Großcousin Pantel Tschutschko von zu Hause weggeholt, vielleicht haben sie davon gehört, ohne ‚Lebewohl', wegen der Ukraine haben sie ihn geholt, der Cousin wollte nicht inmitten dieser Juden-Bolschewiken leben."

„Und in România Mare wollte der Onkel auch nicht leben?", der Blick des Oberleutnants verengte sich.

Einen Moment lang war Djatschuk verunsichert, dann sammelte er sich wieder:

„Die Ukraine war doch ein Teil von România Mare, dann sind diese Juden-Bolschewiken gekommen und die Ukraine war verloren."

Der Rumäne nickte bestätigend mit dem Kopf.

Chaja stand irgendwie starr über Aaron Kapetuter, das Kind an die Brust gepresst. Sie weinte nicht. Zitterte nicht. Nicht einmal den Kopf bewegte sie. Sie stand wie versteinert neben dem blinden Müller, der noch immer mit dem Kopf gegen den Boden schlug, und betrachtete ihn gleichgültig.

„Wstat[16]!", der Deutsche zog ihm mit seiner Eisenstange eins über den krummen Rücken. „Wstat, Jude!" Aaron stand nicht auf, vielleicht trugen ihn seine leblosen Beine nicht mehr. Er kroch zu den Offiziersstiefeln, wahrscheinlich folgte er dem Geruch, fasste sie mit seinen gichtigen Händen und begann zu weinen:

„Herr Major! Töten Sie mich. Ich habe Ihren Offizier erschossen. Ich war es ..."

Ein leises Raunen ging durch die Gruppe der Juden, aus Missbilligung oder aus Verwirrung.

Chaja Rendyhewytsch machte einen Schritt auf den Offizier zu und sagte, während sie dem Deutschen fest in die Augen blickte:

„Er lügt. Er ist blind. Die Kommissare verstecken sich im Wald. Sie schießen auf alle, auf euch und auf uns. Glauben Sie ihm nicht."

---

[16] Wstat' (russ.) – aufstehen

Doch Aaron Kapetuter hörte nicht, er küsste die Stiefel des deutschen Offiziers, weinte, schniefte und sagte gleichzeitig:

„Ich bin schon ein bisschen verrückt. Ich weiß nichts, verstehe nichts mehr. Ich hab gedacht, da kommen die Kommissare zurück, und habe geschossen. Ich habe von oben, von der Mühle aus, geschaut und immer wieder geschossen. Ich war das, nicht Jakow. Töten Sie mich. Nur lasst diese Menschen in Ruhe. Sie können nichts dafür, dass ihre Mütter sie als Juden geboren haben. Wir mögen nicht alle, und nicht alle hassen uns. Aber die hier sind unschuldig. Das schwöre ich bei meinen blinden Augen."

Salman konnte seinen Vater nicht rechtzeitig von den deutschen Stiefeln wegreißen, da spritzte ihm das Blut aus dem Kopf des Vaters bereits ins Gesicht.

Der Deutsche schoss und schoss, als wollte er aus Aaron Kapetuters Kopf ein Sieb machen. Bis Chaja Rendyhewytsch aus ihrer Starre erwachte und sich auf Aarons durchlöcherten Körper fallen ließ, im nächsten Moment wurde auch sie von einer – vielleicht der letzten – Kugel aus der Offizierspistole durchbohrt. Chajas noch lebendige Hände öffneten sich und ließen das still gewordene Kind los – das Kind fiel aus ihren Händen und rollte wie ein Ball über den Boden, die notdürftige, schmutzige Windel löste sich und für einen Augenblick wurde der kleine, faltige und verschwitzte Babypopo sichtbar.

Wahrscheinlich nahm niemand davon Notiz, dass Chaja ein Mädchen zur Welt gebracht hatte, denn im nächsten Moment knackten die Kinderknochen unter den eben erst an Hinda Scherfs Kleidern blank geputzten Stiefeln des Deutschen.

Die Frauen liefen zusammen und schrien.

Die Kinder klammerten sich an den Rocksaum ihrer Mütter und weinten.

Die Männer schirmten mit ihren Körpern die Frauen und Kinder ab, indem sie mit gesenkten Köpfen nach vorne traten.

Daneben grölten die Deutschen, die erspäht hatten, wie Marfas Stier vor dem Glockenturm die Kuh von Hawrylo Klym bestieg.

Ein paar rumänische Soldaten kauten Kürbiskerne.

Drei Ungeduldige aus dem Dorf mit Herzen aus Stein standen unweit der Post und hielten unbeirrt Sträuße aus Liebstöckel und Kamille in der Hand, die offensichtlich für die Deutschen und Rumänen bestimmt waren und in der Sonne bereits verwelkten.

Und die Männer, die Groll gegen die Juden hegten, hielten noch immer ihre Sensen und Heugabeln in den Händen und traten von einem Fuß auf den anderen.

Die wilde, animalische Stimme von Riwka Saremba setzte den Minuten der Erstarrung der einen und den Minuten der Ungeduld der anderen ein Ende. Das einst unverwechselbare Lachen der größten Schwätzerin und Lachtaube des Dorfs erinnerte nun an Wehklagen. Riwka presste die Hände gegen ihren zerzausten Kopf, öffnete den Mund, als wollte sie „A-a-a!“ schreien, doch es kamen nur gepresste Wörter und Laute heraus, die in eine Art Pferdegewieher übergingen: „Ih-ha-ha“.

Riwkas Wiehern ließ Iwanka erzittern. Das Kind klammerte sich an den Stamm des Maulbeerbaums, kniff die Augen zusammen und plötzlich erinnerte sie sich an einen längst vergangenen Besuch in Sarembas Schenke, wo sie Gas holen sollte.

Die Schenke war verlassen, weder Riwka noch Berko noch ihre Kinder waren da, aber irgendwo draußen war Riwkas Lachen zu hören, und Iwanka folgte ihm. Beim Eingang zum Stall, in dem im Sommer Sarembas Schweine, die für den Verkauf bestimmt waren, gehalten wurden, stand die vor Lachen gekrümmte und nach Luft schnappende Riwka; Berko schüttete aus einer großen Schüssel nach und nach Wareniky ins Schweinegehege. Die Ferkel, die eine wilde Färbung hatten, stürzten sich mit ihren schwarzen Rüsseln aufeinander, kämpften um jeden Warenik, Riwka hielt sich vor Lachen mit beiden Händen den Bauch und aus ihrem Hals drang ein hysterisches „Ih-ha-ha". Neben Berko stand sein Gehilfe, ein jüngerer der zahlreichen Djatschuk-Kinder, und trat von einem Bein aufs andere, er wollte näher zur Hausherrin hingehen, doch die winkte ab und krümmte sich immer wieder nach vorne, als plagten sie Koliken. Auch Berko lachte laut und warf die Wareniky nun schneller über die Einzäunung, zwischendurch rief er entweder seinem Helfer oder Iwanka, die wie angewurzelt auf der Schwelle stand, zu:

„Joj, haltet die Pani, sie wird hysterisch vor Lachen oder es platzt ihr der Bauch!"

... Iwanka schüttelte die alten Bilder von sich ab und öffnete die Augen: Riwka lachte und redete gleichzeitig vor sich hin, sie taumelte von einer Seite zur anderen und zerrte an ihren Kleidern, bis ihr Rock in zwei Teile zerrissen neben ihren Füßen zu Boden fiel: Jetzt trug Riwka nur noch ihre bis an die Knie reichende Unterhose. Doch weder Riwkas Töchter noch ihre Söhne versuchten mehr, die Scham der Mutter zu bedecken, sie starrten lediglich auf die Beine ihrer Unterhose, das eine kürzer, das andere länger, mit gerissenem Gummi.

Petro Djatschuk stürmte ohne lang zu überlegen in die Gruppe der Juden und seine schwarze Knute mit Eisenkügelchen an den Enden sauste auf Riwkas Schultern nieder, bis sie neben der Brunneneinfassung zu Boden sank und mit letzter Kraft versuchte, sich daran festzuhalten.

Leutnant Dumitriu schritt zum Brunnen und drückte Djatschuk die entsicherte, auf Riwkas Kopf gerichtete Pistole in die Hand.

Dumitriu hielt seine Hand über Petros Hand und beobachtete den erregten Rächer aufmerksam, der löste seinen Finger nur für einen Moment vom Abzug, drückte dann mit aller Kraft zu und ließ ihn mit einem Ruck wieder los.

Leutnant Dumitriu musste seine Waffe nur noch aus Djatschuks plötzlich nass gewordener Hand befreien, den Griff mit einem Taschentuch abwischen und sie in den Halfter an seinem Gürtel zurückstecken.

„Charascho!", mischte sich der Deutsche schließlich ein. „Genug mit den Spielchen. Achtung! Achtung! Dumitriu! Bringen wir die Sache zu Ende." Der Major zeigte mit der Hand in die Richtung von Sarembas Gehöft, nur ein bisschen weiter rechts, wo sich das Bächlein teilte: Auf der einen Seite ging es in den mit Wasser gefüllten Graben über, auf der anderen Seite stürzte es in die steile Schlucht, auf deren Grund das Dorf sein verunglücktes oder verendetes Vieh begrub.

Schpanjuk stellte sich mit hochrotem Gesicht neben Leutnant Dumitriu: „Auf die Knie, Judenschweine! Auf die Knie!", er lief mit der Axt zwischen den Leuten herum, die einer nach dem anderen auf die Knie sanken. „Bekreuzigt euch, Judenschweine! Bekreuzigt euch! Ihr habt unseren Erlöser gekreuzigt! Jetzt büßt ihr dafür!" Er schlug wahllos mit der Faust auf die gesenkten Köpfe ein. „Ha, Korgan, auf einen Zentner Äpfel ist's noch ein Kilo, damit's eine runde Summe wird!" Er riss dem Alten die Kippa vom Kopf und warf sie ihm vor die Füße. „Bekreuzige dich, Judenschwein!" Er stand über Sisjo Klugman. „Was hast du da in der Hand?"

„Zucker ...", Sisjo öffnete seine Finger und in der schmutzigen Hand des Jungen leuchteten zwei Stück schneeweißer Zucker. „Für's Herz."

Schpanjuk lachte los:

„Den Zucker kannst du dir in den Arsch stecken, nicht in den Mund, dreckiger Jude! Bekreuzig dich, bevor du stirbst, hab ich gesagt! Bekreuzig dich als Erster!"

Sisjo hob den Kopf und blickte Schpanjuk mit seinen großen blauen Augen unter dem goldenen Flachshaarschopf hervor an:

„Pan Schpanjuk, mir sajn jidn, far unds is umiglach zejlemen sich. Ober mir glejbn in Got. Mir hobn undser ejgenem Got."[17]

„Milchgesicht, willst du mir etwas über meinen Gott erzählen?! Bekreuzig dich!!!", schrie Schpanjuk.

Sisjo senkte den Kopf ganz tief, steckte die zwei weißen Zuckerstücke Korgan zu, der sich neben Sisjo kniend das Blut von der Nase wischte, dann hob Sisjo zaghaft seine linke Hand zur Stirn, als wollte er sich tatsächlich bekreuzigen.

Petro Schpanjuk holte mit aller Kraft aus und ließ dann seine Axt auf Sisjos linken Arm niedersausen.

Sisjo hatte noch nicht einmal aufgeschrien, da baumelte sein Arm beim Ellenbogen nur noch an der Haut.

---

17 Mir sajn jidn, far unds is umiglach zejlemen sich. Ober mir glejbn in Got. Mir hobn undser ejgenem Got. (jidd.) – Wir sind Juden, wir bekreuzigen uns nicht. Aber wir glauben an Gott. Wir haben unseren eigenen Gott.

„Ich wel fochn mit di fliglen funem himl arop ... Kik glajch in himl arajn, wesstu sen mich dortn, Iwanka“[18], schrie Sisjo in den Himmel und stöhnte vor Angst und Tränen.

Als wüsste er, dass Iwanka irgendwo in der Nähe war, als könnte er sehen, wie sie ihren Kopf gegen den gespaltenen Stamm des Maulbeerbaums schlug, sich mit beiden Händen den Mund zuhielt, um nicht selbst loszuschreien.

„Ich weiß, dass du weinst! Me tor nit wejnen. Du bist a gute. Ober nit ale mentschn sajnen gut. Me tor nit wejnen.[19] Ich winke dir mit den Flügeln vom Himmel ... Misstome, duss is undser tojt. Duss is schreklach“[20], schluchzte der Junge, den niemand hörte und beachtete, denn der Deutsche zeigte noch einmal zur Schlucht.

... Die Toten blieben beim Brunnen liegen und die Lebenden wurden vor den Augen der anderen Lebenden wie Vieh vorwärtsgetrieben, als könnten sich die Getriebenen verspäten.

Die Menschen, von bewaffneten Soldaten umringt, eben noch stumm und leblos, diese Menschen begannen ohne Kommando gleichzeitig zu summen, wie ein Bienenschwarm, der in seinen Bienenstock zurückkehrt. Wie ein vielstimmiger Chorgesang stand das wortlose Summen der Leute oder vielmehr ihrer Schatten über dem stummen, sonnen-

---

[18] Ich wel fochn mit di fliglen funem himl arop ... Kik glajch in himl arajn, wesstu sen mich dortn, Iwanka. (jidd.) – Ich werde dir mit den Flügeln vom Himmel winken ... Schau direkt zum Himmel, du wirst mich dort sehen, Iwanka.

[19] Me tor nit wejnen. Du bist a gute. Ober nit ale mentschn sajnen gut. Me tor nit wejnen. (jidd.) – Weine nicht. Du bist eine Gute. Aber nicht alle Menschen sind gut. Weine nicht.

[20] Misstome, duss is undser tojt. Duss is schreklach. (jidd.) – Das ist wahrscheinlich unser Tod. Das ist schrecklich.

gefluteten und von Menschen beseelten Dorf, drang in jeden Spalt, jede Ritze, bis zu den Wurzeln der Bäume, verlor sich in deren Kronen und bahnte sich ebenso fließend und frei seinen Weg in den Himmel, wo die Sonne noch nicht schwarz geworden und nicht vor Kummer auf die Erde gestürzt war, wo die Vögel kreisten und sogar in diesem Moment noch zu singen versuchten.

Das Todessummen kroch über die blühende Julierde, auf der die Menschen nicht erstarrten, sondern schauten, atmeten, fegten, Kühe molken, seufzten, Kinder wiegten, Heu machten: lebten. Dann ging das Summen, das aus den geschwächten Körpern mit Urgewalt ausgebrochen war wie aus einem Gefängnis, in letzte Worte über. Wie aus einem Mund und in einem Atemzug wurden sie von jenen gesprochen, die bereits über der verwilderten Dorfschlucht standen, auf deren Grund noch das Gras grünte und sich die unermüdlichen Insekten tummelten, wo unter Gras und Kornelkirschen die Überreste von verendetem oder geschlachtetem Vieh verwesten, und von oben wie vom Himmel herab ergoss sich das letzte Gebet der Juden, die von dieser verrückten Zeit erwählt worden waren und von anderen, gnadenlosen Menschen gerichtet wurden:

„Schma Jissroel , A-donoj E-lohejnu, A-donoj echod. Boruch schem kewojd malchusso le-ojlom wo-ed.[21]“

---

[21] „Schma Jissroel, A-donoj E-lohejnu, A-donoj echod. Boruch schem kewojd malchusso le-ojlom wo-ed.“ – „Höre Israel, der Ewige ist unser Gott, der Ewige ist Einzig. Gelobt sei der Name der Herrlichkeit Seines Reiches für immer und ewig.“

… Iwanka hörte die Schüsse nicht. Sie überquerte die ausgestorbene Straße zwischen Post und Glockenturm, gejagt von lautem Knacken. Wahrscheinlich waren es die Bäume, die sich von selbst entwurzelten, deren Zweige wie Menschenknochen brachen. Sie knackten wie trockenes Holz im Feuer, wie Glasscherben unter den Sohlen.

Doch Iwanka hörte nichts. Sie zog mit beiden Händen am Glockenseil, so fest, dass ihre Finger blau wurden – und die heraushängende schwarze Zunge der Kirchenglocke schwang scheinbar tonlos über ihr, wie eine Drohne, deren Summen die Stille des Iwanka von nun an fremden Dorfs nicht durchbrechen kann …

Niemand hörte sie, niemand suchte sie. Sonst würde sie nicht auf dem Boden des Glockenturms im Staub sitzen und die Kindertränen hätten den hier vergessenen Rock nicht so reingewaschen.

Iwanka war blind und taub. Sie war gemeinsam mit den anderen gestorben.

Sie sah den vor Trauer fahlen Vater Onufrij nicht, der vor der geöffneten Kirchentür kniete und – beide Hände zum Himmel erhoben! – ein Gebet sprach, das selbst er nicht verstand: „Vater unser, der du bist im Himmel, geheiligt werde dein Name, deine Strafe komme, über die Schuldigen, wie im Himmel so auch auf Erden …“, dann fiel der Kopf des Pfarrers wie abgehackt auf die abgetretene Kirchenschwelle und Vater Onufrij vergoss lautlos Tränen, an seinem Hals baumelte neben dem Kreuz ein kleiner Knoten mit Blutspuren, der von einem Ikonentuch stammte und einen vertrockneten Babynabel barg.

… Den zweiten Tag schon streicht Iwanka durch die umliegenden Wälder und wandert über die Gipfel, als würde sie vom Waldgeist verfolgt.

Ihr kleines Herz schlägt wie die ruhelose Kirchenglocke und bei jedem Quietschen oder Rascheln droht es aus ihrer Brust zu fallen, wie Chajas Kind beim Brunnen aus dem Deckenbündel gefallen ist. Doch Iwanka wandert weiter, setzt ihre Füße dorthin, wo kein Mensch seinen Fuß je gesetzt hat. Die Pfade der Menschen meidet sie, schaut unter jeden Strauch, in jede Grube.

Nichts.

Nicht einmal die kleinste Spur.

Gestern ist Iwan Kupala gewesen. Und zum ersten Mal hat Iwanka nicht nach einer Farnblüte gesucht. Auch nach dem *Marienschuh* sucht sie nicht. Solche Schuhe gibt es auf der Erde nicht mehr. Sie wurden unter den Menschen weitergegeben. Und die Muttergottes ist bloßfüßig zurückgeblieben. Wie eine einfache Frau, die keine Schuhe hat. Deshalb hat sie auch keine Kraft, das Böse aufzuhalten. Würde die Muttergottes sonst zulassen, dass die einen Menschen mit den anderen Menschen machen, was sie gerade tun? Ein einfacher Mensch kann es nicht mit dem Bösen aufnehmen, aber Gott kann es, wenn er will. Haben die Menschen nicht verdient, dass die Muttergottes ihnen hilft?

Iwanka schlägt sich auf die Stirn – so etwas darf man nicht denken. Und auch nicht sagen. Die Muttergottes ist nicht schuld daran, dass die Menschen böse sind.

Wer aber ist schuld?

Keine Sekunde legt das Kind den kaputten, aber dennoch hübschen roten Schuh von Chaja Rendyhewytsch aus der Hand, den sie Samstagnacht im Gras neben dem gesäuberten Brunnenhaus gefunden hat, und sie sucht nach dem Kalb.

Die verrückt gewordene Hinda hat am Samstag vor Kupala geschrien: *„Mein dummes jüngstes Kalb ist in den Wald gelaufen! Bring es in den Stall zurück, Iwanko, es geht verloren! Es ist dumm, das Kalb, war nicht angebunden."*

Damals hat Iwanka sie nicht verstanden. Doch in der Nacht im Glockenturm, als sie bis zum Morgen die Glocke läuten wollte, kam ihr der Gedanke, dass Hinda vielleicht noch bei Verstand gewesen war, als sie einen Iwanko darum gebeten hatte, ihr Kalb zu suchen.

Einen Iwanko gibt es im Dorf in jedem Haus. Doch die Scherfs haben seit jeher keine Kälber und auch kein anderes Vieh gehalten: Sie hatten eine Gerberei, eine Molkerei und eine Kooperative. Von welchem Kalb hat Hinda also gesprochen, als sie dem Tod schon ins Auge blickte? Denkt irgendwer vor seinem Tod vielleicht an sein Vieh?!

Eli!

Hinda hat gebeten, Eli zu suchen!

Er war der jüngste von den Scherfs. Ein lustiger Junge mit blauen Augen und Haaren wie rostiger Draht, der einfach nicht lernen konnte „*Gilbhart*" zu sagen – und alle Kinder, sogar die jüdischen, neckten ihn wegen seiner ungelenken Zunge und wegen seinem „*Gilbhaar*". Eli war das jüngste von allen Kindern, mit denen Iwanka gespielt hat. Und Semen, Iwankas Bruder, hat ihn, wenn er sich über den Nachbarn geärgert hat, „dummes Kalb" genannt.

Ja, eine Zeitlang hat sich Hinda bei der Mutter beschwert, dass die Borsuk-Kinder Eli mit bösen Wörtern necken.

Doch die Mutter hat der Scherf nur geantwortet: Kälber sind Vieh, und Vieh ist so gescheit wie die Menschen, deshalb gibt es keinen Grund, böse zu sein, wenn die Kinder untereinander ihren Verstand messen. Semen hat Eli mit seinen Worten nicht verletzt, euer Eli wurde dadurch nicht entthront, glaubt Ihr denn, dass Vieh weniger wert ist als die Menschen, dann fragt morgen einmal Euren schojchet[22] Lejba, ob das Blut von einem Kalb, das er mit einem Messerstich tötet, nicht ebenso rot ist wie Menschenblut! Fragt ihn, Hinda! Und die Kinder werden mit ihren Streitereien selbst fertig! Man muss Kinder nicht zurechtweisen und auch nicht miteinander versöhnen. Das ist so bei Kindern. Sie versöhnen sich selbst.

Das war Marikas Antwort, als Hinda zwischen zwei Rotznasen Streit schlichten wollte.

Dann hat die Scherf beim Bach also nicht an einen Iwanko gedacht, sondern an sie, Iwanka Borsuk, weil Eli und sie sich immer gut verstanden haben?!

Iwanka hebt ihre Füße kaum, verfängt sich dann und wann in Brombeerranken, stolpert über von altem Laub bedeckte Buchenwurzeln, kauert sich dann unter eine Buche oder eine Tanne und ruft ganz leise, um niemanden zu erschrecken: „Eli ... Eli ... *Gilbhaar* ... ich bin's, Iwanka, hör mich doch, Eli ..."

Ja, Eli ist immer schon gern im Wald gewesen. Auf der Suche nach Pilzen und Preiselbeeren. Wahrscheinlich hat er vergessen, dass er am Samstag nicht arbeiten darf, und ist in den Wald gelaufen, weil er nicht beten wollte. Er ist ein Strolch, dieser kleine Eli Scherf. Er betet nicht gern, hat er Iwanka im Vertrauen gesagt. Er liebt die Geige, doch er hat noch keine. Deshalb ist Eli immer zu Tobar gelaufen, um ihm beim

[22] schojchet (jidd.) – jüdischer Schlachter

Geigenspielen zuzuhören, bis ihm der Vater selbst eine besorgen wird, damit er nicht immer auf einer fremden spielen muss.

Oder er ist weggelaufen, weil er gewusst hat, was mit ihnen geschehen wird. Vielleicht wollte er sich retten?

Auch Hinda hat gesagt: „Ja, unser Eli ist ein Strolch und nicht sehr folgsam, aber er ist kein dummes Kalb, wie ihn Euer Semen immer nennt, Marika."

„Aber auch unser Semen ist ein Strolch, Hinda. Zwei Strolche schlagen sich nicht die Schädel ein, macht Euch also keine Sorgen. Ein Wort ist kein Messer, wegen einem Wort ist noch nie Blut geflossen."

Und während die Mütter ihre Kinder verteidigten, sattelten Eli und Semen den schwarzen Schafbock der Borsuks wie ein Pferd, setzten sich darauf und wollten bis zur Kapetuter-Mühle reiten. Doch der Schafbock ging durch, warf die Kinder ab und brach ihnen mit seinen Hufen auch noch die Knochen.

Sowohl Semens als auch Elis Bein spielte auf wie die Flöten an Melanka. Beide mussten mit verbundenen Beinen liegen. Iwanka lief mit Medizin von der Moskowiterin zwischen dem eigenen und dem Haus der Scherfs hin und her, legte täglich zerriebenen Beinwell vermischt mit Schmalz auf die blauen Stellen und neckte die beiden: „Wie soll ich euch zwei Dummköpfe jetzt nennen – ‚dumme Böcke', oder fällt euch was anderes ein?! Na, Eli? Na, Semen?"

... Nur der Wind rauscht in den Baumkronen.

Es riecht nach jungem Moos.

Die Grillen stören dabei, dem Wald zu lauschen.

Sie ist vom Gehen auf diesen Bärenpfaden müde geworden. Vielleicht sucht man nach ihr. Vielleicht aber auch nicht: Der Großvater denkt, sie ist im Dorf, Mutter und Vater denken, sie ist beim Großvater.

Doch nicht einmal der Hunger und der herbe Geschmack der Beeren und Täublinge können sie aus dem Wald vertreiben. Gut, dass die Forsthütte des Wildhüters Iwan Wejtschuk bei der Trepittja nicht verfallen ist, da hat sie nachts ein Dach über dem Kopf.

Seltsam nur, dass die Wölfe nicht heulen, die Füchse nicht schreien, die Hasen ihren Weg nicht queren. Nur Eichhörnchen klettern in den Föhrenwipfeln und werfen Iwanka manchmal Zapfen auf den Kopf.

Keine Pilzsammler, keine Wilderer. Der Wald ist wie ausgestorben.

Aber sie spürt, dass noch eine andere Menschenseele irgendwo durchs Dickicht irrt und genauso wie sie gegen Hunger und Angst kämpft. Diese andere Seele hat keinen Ort mehr, an dem sie bleiben kann, nur den Wald.

„Eli!“, schreit Iwanka nun schon aus vollem Hals, die Hände zu einem Trichter zusammengelegt, ohne Angst und ohne sich in Acht zu nehmen: „Eli! Ich bin’s, Iwanka! Komm zu mir, hab keine Angst. Ich bin’s, Eli …“

Der Mond wandert über den Wald. „Eli-i-i-i …“

Iwanka liegt mit dem Gesicht nach unten im Gras und weint.

Und wenn sie bis Mariä Himmelfahrt, bis Mariä Schutz und Fürbitte, bis Dimitrios oder sogar bis Nikolaus unterwegs ist, sie wird ihn finden, sie wird das dumme Kalb Eli finden, denn er muss hier in diesem Wald sein, hat sich irgendwo unter einem Nadelbaum verkrochen und weint, der Kleine, genauso wie sie.

Der Schreck hat ihn eingeholt. Er hat Angst herauszukommen. Sie wird ihn zur Moskowiterin bringen, damit sie ihm die Angst austreibt.

Nein, niemand darf Eli sehen. Nicht einmal Seweryna. Iwanka wird die Moskowiterin fragen, wie man die Angst vertreibt, und sie dann selbst vertreiben: „Nein neun, nein acht, nein sieben ..."

Nein.

Sie darf nicht fragen.

Seweryna ist schlau. Sie wird dahinterkommen.

Iwanka kratzt sich am Kopf: Sie muss sich selbst erinnern, wie man die Angst vertreibt. Großmutter hat es ihr beigebracht, aber Iwanka hat damals schlecht zugehört und alles vergessen. Aber vielleicht kommt sie doch noch drauf.

Sie wird ihn erwürgen, wenn sie ihn unter einer Fichte findet! „Du jüdischer Wahnsinn! Wie konntest du dich nur so lange vor mir verstecken, du lockiger Schafbock! Willst du, dass ich mich wegen dir erhänge?! Komm her, ich versohl dir den Hintern, damit du weißt, wie es ist, wenn man nicht auf Ältere hört!"

Iwanka weint.

Eli-i-i-i!

Eli-i-i ...

„Eli, ich hab ein Versteck für dich", flüstert sie so leise, dass sie ihre Worte selbst nicht hört. „Niemand weiß davon. Komm heraus, Eli ..."

Die frühe Dämmerung schleicht ins Dickicht des Waldes.

Ein Eichelhäher kreischt, so laut er kann, von einer Buche herab.

Eine Nacktschnecke kriecht Iwanka über die Wade.

Bet far unds baj Got – raunt ihr der Haselstrauch mit Sisjo Klugmans weinerlicher Stimme zu.

Iwanka hält den roten Stiefel mit den braunen Blutflecken fest in der Hand, sie spürt, dass sie alt ist, alt wie jene, die auf den Tod warten. Und sie schreit, den Kopf in den Nacken gelegt, mit einer Stimme, die direkt aus ihrem Herzen kommt, in den Wald hinein:

Vater unser, der du bist im Himmel, geheiligt werde dein Name. Dein Reich komme. Dein Wille geschehe, wie im Himmel so auf Erden. Unser tägliches Brot gib uns heute. Und vergib uns unsere Schuld, wie auch wir vergeben unseren Schuldigern. Und führe uns nicht in Versuchung, sondern erlöse uns von dem Bösen. Gott! Lass ihn am Leben!

Kiew,
Dorf Mykulytschyn in der Region Iwano-Frankiwsk
(Pensionat „Selenyj jar", „Anastasija"),
Weiler Leketsche, Bezirk Wyschnyzja,
Dorf Rostoky, Bezirk Putylsk
in der Bukowina.
Juli/August 2013

Abriss der Geschichte der Bukowina

1775 bis 1918 war die Bukowina (dt. Buchenland) Teil der Habsburgermonarchie.

Nach dem Ende des Ersten Weltkrieges und dem Zerfall der österreichisch-ungarischen Monarchie wurde die Bukowina im November 1918 von rumänischen Truppen besetzt, zuvor hatten ukrainische Kräfte die Vereinigung der nördlichen Bukowina mit der Westukrainischen Volksrepublik angestrebt. Die Zugehörigkeit der nördlichen Bukowina zu Rumänien wurde 1919 im Vertrag von Saint-Germain bestätigt.

Im Sommer 1940 wurde Rumänien gezwungen, den nördlichen Teil der Bukowina an die Sowjetunion abzutreten. Hunderttausende Menschen wurden nach Sibirien deportiert.

Nach dem Angriff auf die Sowjetunion im Juni 1941 wurde das sowjetisch okkupierte Gebiet von den mit Hitlerdeutschland verbündeten rumänischen Truppen und der deutschen Wehrmacht besetzt. Beginn der Judenverfolgungen.

1944 wurde die Bukowina erneut von der Roten Armee okkupiert und somit Teil der Ukrainischen Sowjetunion, später – im Zuge der Perestrojka – Teil der unabhängigen Ukraine.

Zusammengestellt von Maria Weissenböck; Quelle: Kappeler, Andreas, Kleine Geschichte der Ukraine, Verlag C. H. Beck, 2010.

Glossar

Bat-Mizwa Bezeichnet im Judentum die religiöse Mündigkeit der Mädchen, die mit zwölf Jahren erlangt wird. Der Ausdruck Bat-Mizwa (bei Jungen Bar-Mizwa) wird sowohl für den Status als auch für die Feier der Erlangung der religiösen Mündigkeit verwendet.

Brinsa (ukr.) Weicher salziger Schafskäse, der v.a. in den Karpaten hergestellt und in der ukrainischen Küche viel verwendet wird.

Dimitrios von Demetrios von Thessaloniki, griechischer Märtyrer des 3. bzw. 4. Jahrhunderts, einer der wichtigsten Heiligen der Ostkirche. In der orthodoxen Kirche ist sein Namenstag der 26. Oktober.

Dopomogowe Towarystwo Bank- bzw. Kreditgenossenschaft.

Dowbusch, Oleksa (1700–1745) Legendärer ukrainischer Freibeuter und Anführer der Opryschky (Karpatenräuber), welche gegen die polnischen Adeligen kämpften. Dowbusch ist eine Symbolfigur des ukrainischen Freiheitskampfes. Legenden zufolge soll das „Gold von Dowbusch", also von ihm eroberte Schätze, noch heute in den Karpaten versteckt liegen.

Grummet Durch den zweiten oder dritten Schnitt innerhalb eines Jahres gewonnenes Heu.

Iwan-Kupala-Fest (oder -Tag) Das traditionell in Russland, Belarus, Polen und der Ukraine gefeierte Fest der Sommersonnenwende, nach dem gregorianischen Kalender am 7. Juli.

Keptar (ukr.) Mit Saffianleder, Wolle und anderen Accessoires verzierte Pelzweste, die typischerweise von den Huzulen getragen wird.

Kontrik (ukr./russ.) Abkürzung von Konterrevolutionär.

Kulescha (ukr.) Maisbrei.

Kyselyzja (ukr.) Huzulische geleeartige Speise aus frischen Pflaumen mit Zucker und Mehl oder Getreide.

Melanka 13. Januar, Vorabend des sogenannten „alten neuen Jahrs“ (Neujahrsfest nach dem julianischen Kalender). An diesem Abend gingen die Leute traditionell von Haus zu Haus, sangen und wünschten einander Glück, Gesundheit und Segen im neuen Jahr.

Mikwe (jidd.) Rituelles Tauchbad der Juden.

Moskalyk (ukr.) von „Moskal“ (ukr.), ironisch-verächtliche Bezeichnung für Russen.

Opryschky (ukr.) Hervorgerufen durch unwürdige Lebensbedingungen flohen, beginnend mit dem 16. Jahrhundert, Bauern und Kleinbürger in die Wälder der Karpaten, schlossen sich zu Räuberbanden zusammen, die Gutsherren, Verwalter und andere vermögende Personen überfielen, deren Höfe ausraubten und das erbeutete Gut an die Armen verteilten. Der berühmteste Opryschok war Oleksa Dowbusch.

Pan/Pani (ukr.) Herr/Frau, höfliche Anrede.

Proswita 1868 in Galizien gegründete Vereinigung zur Förderung der nationalukrainischen Bildung und Aufklärung zum Zwecke der Herausbildung eines nationalukrainischen Bewusstseins.

Rachmanen mythologisches Volk in den Überlieferungen der westlichen Russen, Ukrainer, Moldawier und Rumänen. Legenden zufolge sind die Rachmanen Nachfahren von Seth, eines Sohns von Adam.

România Mare (rum.) Großrumänien.

Rosyhry (ukr.) Erster Tag des Apostelfastens, der Fastenzeit vor dem Feiertag Peter und Paul am 29. Juni (nach gregorianischem Kalender), an diesem Tag sind in den Wäldern die dunklen Mächte unterwegs.

Russaken *Bezeichnung der Russen im Volksmund.*

Russinen Auch Ruthenen, hauptsächlich in Transkarpatien beheimatete Bevölkerungsgruppe.

Rutenberg Überdachter, zu allen Seiten offener Erntespeicher für nicht gedroschenes Getreide, Heu oder Stroh, dessen Dach höhenverstellbar ist.

Sardak Weit geschnittener Wintermantel aus grobem Stoff, verziert mit bunten Wollfäden, Bommeln und Stickereien, zumeist von der dörflichen Bevölkerung, insbesondere von den Huzulen getragen.

Schabbes (jidd.) Sabbat.

„Schma Jissroel“ (auch „Schma Jisrael“) Jüdisches Glaubensbekenntnis, das mit den darauf folgenden Thoraversen die zentralen Bestandteile des täglichen Gebets der Juden bildet.

Sitsch (ukr.) Sportorganisation zur Zeit der österreichisch-ungarischen Monarchie in Galizien, der Bukowina, Transkarpatien und der Emigration, die stark auf nationale Traditionen zurückgriff und ihren Auftrag in der sportlichen Arbeit bzw. Erziehungsarbeit mit Jugendlichen sah. Weitere Ziele waren die Wahrung der gesellschaftlichen Ordnung, die Einhaltung eines gesunden Lebensstils usw. Während der rumänischen Herrschaft in der Bukowina war die Sitsch verboten.

Ţara Bucovina (rum.) Land Bukowina.

Telenka (ukr.) Flöte ohne Löcher.

Trembita (ukr.) Ukrainisches Holzblasinstrument in Form einer Trompete von drei Metern Länge und dreißig Zentimetern Durchmesser; die Trembita wird in den ukrainischen Karpaten, insbesondere von den Huzulen, gespielt.

Tscherkessen Kaukasisches Volk.

Tschumaken Ukrainische Frachtfuhrleute, die in großen Zügen mit Ochsen- und Pferdegespannen Salz, getrockneten Fisch und andere Waren vom Schwarzen Meer bis weit nach Russland transportierten.

Unreines Tier Dem huzulischen Volksglauben zufolge gibt es reine und unreine Tiere; zu den reinen Tieren zählen Haus- und Nutztiere, Spatzen, Hasen, Rehe, Hirsche und Fische, zu den unreinen Raben, Elstern, Wiesel, Bären, Wölfe, Füchse, Mäuse und Fledermäuse.

Wareniky (ukr.) Ukrainische Nationalspeise, Teigtäschchen gefüllt mit Kraut, Kartoffeln, Fleisch, Quark, Sauerkirschen etc.

Warmer Oleksa 30. März, Tag des Heiligen Oleksij; wenn der Schnee geschmolzen und es an diesem Tag warm ist, tragen die Imker ihre Bienenstöcke ins Freie.

Zaranistische/National-zaranistische Partei Bauernpartei in Rumänien, Anfang des 20. Jahrhunderts.

Maria Matios
Darina, die Süße
Roman
Aus dem Ukrainischen von Claudia Dathe
HAYMON taschenbuch 114
200 Seiten, Taschenbuch
€ 9.95
ISBN 978-3-85218-914-7

Ein kleines Dorf im Grenzland der Bukowina: Dort lebt Darina, scheinbar stumm und nicht ganz bei Verstand, allein im Bauernhaus ihrer Eltern. Einzig Zwytschok, dessen Herkunft niemand kennt, kümmert sich liebevoll um die Außenseiterin. Doch wie alle anderen im Dorf weiß auch er nicht, welche dramatische Geschichte sich in Darinas Vergangenheit verbirgt – eine Geschichte, die tief in die Kriegs- und Nachkriegswirren Osteuropas führt.
Mit unverfälschter Hingabe führt Maria Matios, eine der prominentesten Autorinnen der Ukraine, in die faszinierende Welt der Bukowina. *Darina, die Süße*, ihr erstes Buch in deutscher Übersetzung, zeigt die archaische Gewalt von Matios' Sprache, die in der Gegenwartsliteratur ihresgleichen sucht. Der Bestsellerautor Andrej Kurkow gibt in seinem Nachwort Geleit zu Maria Matios' außergewöhnlichem Werk.

„Ein Roman mit großer emotionaler Kraft, in dem die Geschichte einer Familie die bewegte Geschichte der Bukowina im 20. Jahrhundert in sich trägt. So viel Liebe und Talent hat Maria Matios investiert, dass ihre Darina den Leser weit über die Lektüre hinaus begleitet.“
Andrej Kurkow